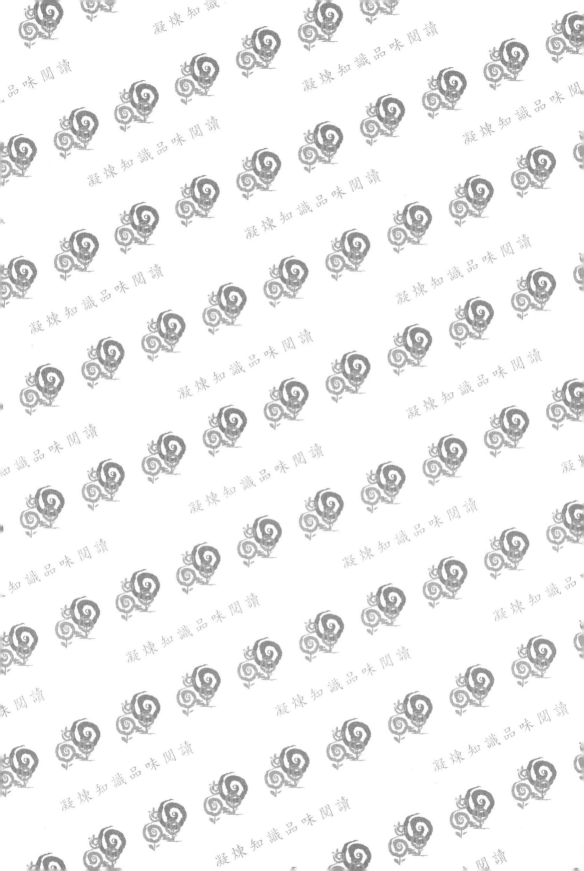

二版

方靜娟、林秀蓉、季明華
簡光明、簡銘宏　編著

醫護文學
選讀

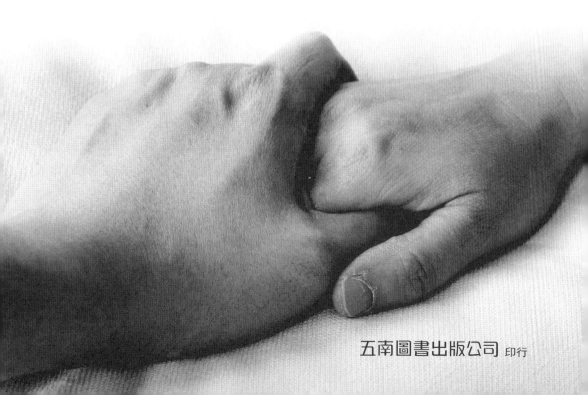

五南圖書出版公司 印行

編輯凡例

一、本書為醫事類大專校院通識教育課程之教材。

二、執編本書教師皆於大專校院任教，並曾開授「醫護文學選讀」、「臺灣醫護文學選讀」課程。其中蔣渭水、賴和、王昶雄、詹冰、王湘琦、陳克華等作家及作品導讀，由林秀蓉老師主編；江自得、白萩、莊裕安、田雅各等作家及作品導讀，由簡銘宏老師主編；曾貴海、鄭烱明、郭漢崇等作家及作品導讀，由方靜娟老師主編；趙可式、王溢嘉、詹潤芝等作家及作品導讀，由季明華老師主編；王浩威、王尚義等作家及作品導讀，由簡光明老師主編。

三、本書在內容的規劃上，以作品文類為主軸，依序為新詩、散文、小說；接著則以作者職別予以區分，分別為醫生、藥師、護士。

四、本書選文以作品內容呈現醫事相關領域為主要依據，即作者職業為醫事領域，內容的呈現亦以醫事相關議題出發，論及人類的生、老、病、死，甚而擴及國家、社會、文化、人性的省思。

五、各文類選文順序依作者出生年代排列。

六、「導論」由林秀蓉老師撰寫，說明臺灣醫事寫作的發展及相關作家寫作特色介紹。

七、「附錄」則是針對江自得、白萩、王溢嘉、田雅各等作家所進行的採訪稿，提供讀者進一步對作家的認識。

八、體例上，在選文之後，皆由主編老師撰寫「作者簡介」、「選文評析」、「問題與討論」及「延伸閱讀」。「作者簡介」呈現作者生平梗概及其整體創作風格；「選文評析」深入淺出地評析作品的特色，有助於讀者掌握作品意涵；「問題與討論」則針對作品內容設計思辨性的問題或習作，引導讀者思考；「延伸閱讀」則列舉相關性的其他著作，以擴展讀者的視野。

推薦序

　　半世紀來，輔英一直以人的健康作為核心價值，致力於健康照護專業人才的培育。我們堅信尊重生命的人文關懷是成為一個優秀健康照護專業人員的必備條件。因此，除了專門知識與技能的傳授和訓練之外，我們特別重視學生人文涵養的陶育。

　　文學記錄了生命中的感動，更進一步地感動他人。醫護工作人員、病患和家屬，甚至只是個旁觀者，在醫院或其他健康照護場域所體驗到生命的來臨、奮鬥、掙扎乃至凋零的深刻感動，透過了文字表達，對未來有志於從事健康照護工作的年輕朋友，尤其能激盪起強烈的共鳴。

　　十多年前簡光明老師還在輔英專任時，就開始了「醫護文學」教學與研究的先河。經過一群熱情教師同仁辛苦耕耘，如今我們已成立了「醫護文學研究中心」，舉辦過全國醫護文學獎，而「醫護文學」也已成為全校通識教育博雅涵養課程中的特色科目，以及國文科教學中的重要主題之一。

　　「醫護文學」課程的主要目的並不在培養學生文學賞析和創作的能力，我們更在意的是那一份「感動」；有了感動，學生會更認真地看待自己正在學習的專業，也會更嚴肅地去思考有關生命價值和倫理的議題。

　　欣見簡老師和林秀蓉、簡銘宏、季明華、方靜娟等同仁，整理長期的經驗，選擇了二十七篇作品，加入導讀，編撰完成《醫護文學選讀》。這些作品的文類及原作者的背景都很多元，但是有一項共同的特點，就是「感動力」。加入了五位老師的智慧與熱忱，相信學生會受益更多。

　　是以為序，表達對五位老師的敬意和感謝。

前輔英科技大學校長

張一蕃

推薦序

　　每個人從出生至死亡，可以說沒有哪一個人是可能絕不生病的，所謂的「生、老、病、死」，就是在述說著人類生命必經的過程。然而，不可否認的，生病畢竟是人生一種「痛苦的經驗」，萬一醫療處理不當，它即有可能導致生命的終結，甚至於也有可能在沒有尊嚴中告別人世。

　　不過，由於時代與社會的變遷，過去封建或窮困的時代，受制於環境因素的影響，生病者往往只能「聽天由命」或「任人擺佈」，甚者亦可能因此「厭世」而「自殺」或「自我了斷」，其間確實是會充滿著許多人生的「無奈」與「辛酸」。

　　可是，值此民主的時代，由於人類「自覺理性」（Self-conscious Rationality）的體悟，再加上當代人權（Human Rights）思潮快速的衝擊，傳統社會中以「醫師為中心」（Doctor-Center）的醫療文化，事實上已逐漸被以「病人為中心」（Patient-Center）的人權概念所取代。

　　換而言之，在此新思潮的影響下，病人已不再是處在「邊陲的地位」，醫師與護理人員，非但不可以有任何故意輕忽，或侮辱病人的醫療行為，更必須儘可能的以其專業來「服務」及「解除」病人的痛苦。同時，在醫療的過程中，更應不斷傾聽病人的心聲，使其「身」、「心」、「靈」均能夠受到完整的照顧。

　　醫師在希波克拉底（Hippocrates, BC 460-377）誓詞中有云：「今我進入醫業，立誓獻身人道服務……本著良心與尊嚴行醫……我對病患負責，不因任何宗教、國籍、種族、政治或地位不同而有所差別……即使面臨威脅，我的醫學知識也不與人道相違。我茲鄭重地、自主地，以我的人格宣誓以上的誓言。」。

　　護士在南丁格爾（Florence Nightingale, 1820-1910）誓詞中亦有云：「余謹以至誠……，終生純潔、忠貞職守，盡力提高護理標準，勿為有損之事，勿取服或故用有害之藥，慎守病人家務及祕密，竭誠協助醫生之診治，務謀病者之福利。」美國醫院學會（AHA）頒布的「病人權利

清單」（A Patient's Bill of Rights），即具體指出，「病人有權利接受妥善而有尊嚴的治療」，這些均在充分說明醫護人員的「核心價值」（Core Value）與其真正之「職責」所在。

再者，依據當代人權學者的分析，人生最重要的大事，莫過於「出生」與「死亡」兩件事，前者代表身體開始「存在」的「有」，後者則代表身體已經「消失」的「無」。惟值得關切者，即依國際人權NGOs的評述：由於現代人開「出生證明」及「死亡證明」的地方均在醫療院所，因此，醫護人員的人權觀念與行為，其中也包括醫療院所內軟硬體的設施，均可代表該國人權發展的水準。

輔英科大是南部一所頗富盛名的醫護學府，多年前即聽聞，在張一蕃校長及簡光明教授的領導下，嘗試結合林秀容等多位老師的努力，發展所謂的「醫護文學」，期望透過詩歌、小說、散文等文學的手法，一方面深刻描繪出一篇篇醫生、護士、病人及家屬間，生動又感人的故事；二方面也藉此譜出許多令人省思的生命哲學與樂章。後來，不但發現該校早已將「醫護文學小組」轉型成立「醫護文學研究中心」，隨後更舉辦了多次「全國醫護文學獎」的頒獎活動，對我國醫護文學的發展，可謂「功不可沒」。如今在老師們的群策群力下，又集結多位名家作品，編撰出版《醫護文學選讀》，更令人真正體會到「先覺悟者，先負責」的「尊敬」與「喜悅」。

此書不但開啟了臺灣醫護文學的新領域、擴展了社會對病人人權重視的新方向，更給通識教育提供了一項嶄新的思維。換而言之，透過醫護文學的洗滌，但願在「白色巨塔」內的人，不但人人「有尊嚴」、「有希望」、「有未來」，同時在解除病痛的過程中，不再有「心理」與「心靈」的苦楚，取而代之的則是與日俱增的「慈悲」與「法喜」。敬仰之餘，謹為序鄭重推薦之。

中華民國通識教育學會第四、五屆理事、監事；
成功大學、崑山科技大學前通識教育中心主任

彭堅汶

2010年1月15日

序——重新認識白色巨塔內的生老病死

以前，對醫院的的認識，就如「白色巨塔」這個名詞一般，那是一個令人望而卻步之處，是一座高不可攀的巨塔；對醫護人員的印象，是權威而令人生畏的，非到萬不得已，沒有人願意走入這座巨塔內。直到我進入了「輔英科技大學」任教，接觸了一群要走入巨塔內服務的小護生，我才確切地體會到——原來醫護人員亦是「人子」。

任教輔英科技大學之初，她尚是「醫事護理專科學校」，培養的是未來在醫院中服務病患的專業人士。身為國文老師，很希望學生們在專業之外，可以多一些人文關懷、多一點文學素養，因此同事們開始推薦學生看一些醫生作家所寫的作品，例如：王溢嘉的《實習醫師手記》、侯文詠的《大醫院小醫師》，由此，反而挖掘出更多的醫生作家及著作，甚而是許多護士作家的作品。藉由這些作品，我們看到不同於刻板印象的醫院內所發生的點點滴滴，我們感受到了醫護人員在權威背後那一顆柔軟的悲憫心。於是，在簡光明老師的策劃下，「醫護文學研究小組」於民國八十六年成立，五位老師——簡光明、林秀蓉、簡銘宏、季明華以及方靜娟，就這樣一頭鑽進了「醫護文學」的研究之中。

一開始，我們也為「醫護文學」的定義傷透腦筋，時有古今、地有東西，我們擔心作家、作品及相關資料太過龐大，於是決定從這片孕育我們成長的土地開始，採取了狹義的醫護文學定義：「在臺灣這片土地上，作家本身是醫護領域的從業人員，作品內容反映的是醫護相關的題材。」定義或許過於偏狹，眼光或許不夠宏觀、全面，但卻也是「篳路藍縷」、「創業維艱」呀！從搜集相關作家及作品，進而閱讀、研究，這其間還得徵詢作家的同意進行訪問，花費了相當多的心血及時間。

略有收穫之後，我們也開設了「醫護文學選讀」之通識課程，想將醫

護文學的理念落實於教學之中。在教授的過程裡，「醫護文學研究小組」的成員們深深覺得要推廣醫護文學，勢必要有一套完整的教材，因此我們開始進行教材的編纂。從作家作品的選擇、格式的統一、內容的撰寫，經歷了許多波折；但在小組成員彼此互相督促之下，教材於是誕生，我們的心願也終於實現了！

　　希望透過這本書，可以看到在這座看似冰冷的白色巨塔內，所發生的一幕幕動人心弦的故事，更可以讓讀者感受到醫護人員匆忙身影下那一顆柔軟、慈悲的心。

方靜娟

目　次

編輯凡例 ⋯⋯⋯⋯⋯⋯⋯⋯⋯⋯⋯⋯⋯⋯⋯⋯⋯⋯⋯⋯⋯⋯⋯⋯⋯⋯⋯⋯ (2)

推薦序 / 前輔英科大校長　張一蕃 ⋯⋯⋯⋯⋯⋯⋯⋯⋯⋯⋯⋯⋯⋯⋯⋯ (3)

推薦序 / 中華民國通識教育學會第四、五屆理事、監事；成功大學、
　　　　崑山科技大學前通識教育中心主任　彭堅汶 ⋯⋯⋯⋯⋯ (4)

序 / 重新認識白色巨塔內的生老病死 ⋯⋯⋯⋯⋯⋯⋯⋯⋯⋯⋯⋯ (6)

導論──醫事與文學的交會 ⋯⋯⋯⋯⋯⋯⋯⋯⋯⋯⋯⋯⋯⋯⋯⋯⋯⋯⋯ 1

新詩類

醫生作家 ⋯⋯⋯⋯⋯⋯⋯⋯⋯⋯⋯⋯⋯⋯⋯⋯⋯⋯⋯⋯⋯⋯⋯⋯⋯⋯⋯⋯ 14

曾貴海

　某病人 ⋯⋯⋯⋯⋯⋯⋯⋯⋯⋯⋯⋯⋯⋯⋯⋯⋯⋯⋯⋯⋯⋯⋯⋯⋯⋯⋯ 14

　健忘症患者 ⋯⋯⋯⋯⋯⋯⋯⋯⋯⋯⋯⋯⋯⋯⋯⋯⋯⋯⋯⋯⋯⋯⋯⋯ 15

鄭烱明

　癬 ⋯⋯⋯⋯⋯⋯⋯⋯⋯⋯⋯⋯⋯⋯⋯⋯⋯⋯⋯⋯⋯⋯⋯⋯⋯⋯⋯⋯⋯ 19

　瘋狂 ⋯⋯⋯⋯⋯⋯⋯⋯⋯⋯⋯⋯⋯⋯⋯⋯⋯⋯⋯⋯⋯⋯⋯⋯⋯⋯⋯⋯ 20

江自得

　癌症病房 ⋯⋯⋯⋯⋯⋯⋯⋯⋯⋯⋯⋯⋯⋯⋯⋯⋯⋯⋯⋯⋯⋯⋯⋯⋯ 24

　時間筆記──第十三首 ⋯⋯⋯⋯⋯⋯⋯⋯⋯⋯⋯⋯⋯⋯⋯⋯⋯⋯ 25

陳克華

　臍帶──記北迴鐵路通車 ⋯⋯⋯⋯⋯⋯⋯⋯⋯⋯⋯⋯⋯⋯⋯⋯ 29

藥師作家 ⋯⋯⋯⋯⋯⋯⋯⋯⋯⋯⋯⋯⋯⋯⋯⋯⋯⋯⋯⋯⋯⋯⋯⋯⋯⋯⋯ 33

詹冰

　人類病了 ⋯⋯⋯⋯⋯⋯⋯⋯⋯⋯⋯⋯⋯⋯⋯⋯⋯⋯⋯⋯⋯⋯⋯⋯⋯ 33

五月 ……………………………………………………………………………… 34

曉天 ……………………………………………………………………………… 34

護士作家 ……………………………………………………………………… 38

白葦

癌症病房手記 ……………………………………………………………… 38

陽光走不到的地方——「重度智障教養院」觀後記 ……………… 41

散文類

醫生作家 ……………………………………………………………………… 48

蔣渭水

臨床講義 …………………………………………………………………… 48

王溢嘉

白衣‧誓言‧我的路 ……………………………………………………… 55

隨時準備翻臉的信賴 ……………………………………………………… 58

王浩威

救災游擊隊 ………………………………………………………………… 66

心靈真正的撫慰 …………………………………………………………… 67

莊裕安

信仰馬克思主義的盲腸 …………………………………………………… 70

護士作家 ……………………………………………………………………… 79

趙可式

護理的世界 ………………………………………………………………… 79

醫生作家 ……………………………………………………………………… 86

王尚義

解剖枱邊 …………………………………………………………………… 86

郭漢崇

　他不重，他是我兒子 ………………………………………… 90

護士作家 …………………………………………………… 102

詹潤芝

　晚禱之地 …………………………………………………… 102

小說類

醫生作家 …………………………………………………… 116

賴和

　蛇先生 ……………………………………………………… 116

王昶雄

　奔流 ………………………………………………………… 130

王湘琦

　沒卵頭家 …………………………………………………… 167

田雅各

　「小力」要活下來 ………………………………………… 197

附錄

江自得醫生訪談記——從聽診器的這端到聽診器的那端 ……… 220

江自得醫生訪談記——「愛與創造」的實踐者 ………………… 232

醫護詩人白萱訪談記——蒹葭蒼蒼惟見白衣 …………………… 236

王溢嘉訪談記——忠於選擇自我的身影 ………………………… 239

再訪田雅各——文學創作與現代醫學的交會 …………………… 245

導論
醫事與文學的交會

林秀蓉

一、文學是詮釋生命的最佳方式

透過文學可以描述人生、反映時代，從整理經驗中發現意義與開創價值。一般而言，「醫事人員」代表的形象是客觀的、理性的；而「文學作家」給人的感覺則較為主觀的、情感的；然而，對一位同時擁有這些特點的醫事作家，想當然爾必有其獨異於眾的特色。醫事人員受過科學、醫事的訓練，以專業眼光深刻地省思人間生死的問題，面對世事的態度與看法更多了一層人文的關懷、生命的熱度，對人事景物也有更深刻的描繪、更嚴肅的對待，在人性與生死之間，更有著入微、敏銳的觀察和思考。至於醫事作家他們自認為醫學訓練對其實際創作到底有何影響呢？

英國毛姆（William Somerset Maugham，1874～1965）的創作觀，認為每位作家都應該要有充分的生理學和心理學知識，才能了解文學的要素是如何和人類的心靈與肉體相關連。[1]俄國契訶夫（Anton P.Chekhov，1860～1904）則體悟到醫生工作使他擴展觀察領域，也認清事物的真正價值。[2]至於王溢嘉則說醫學帶給他與眾不同的生命觀與價值觀。[3]侯文詠曾提及面對臨床上的疾病與死亡，使他回到生命最深刻的部分。[4]陳克華認為醫院工

1　參見廖運範譯，〈醫學與文學〉，《當代醫學》第1卷2期，頁104，1973年12月。
2　參見廖運範譯，〈醫學與文學〉，《當代醫學》第1卷2期，頁103，1973年12月。
3　參見季明華，〈「走索者」的獨白──論王溢嘉「實習醫生手記」〉，輔英技術學院醫護文史學術研究成果發表會，2000年10月7日。
4　參見〈陳從耀訪問侯文詠〉，《侯文詠短篇小說集》，頁315，臺北：皇冠出版社，1996年。

作使他能夠跳脫自我的框架，以更開闊的視野探掘人類生理、心理上的問題。[5]

　　醫院彷彿是人生的縮影，無論尊卑貴賤，疾病與死亡在此裸露無遺。就創作原點而言，醫事人員擁有了比一般作家視野更清晰的人生觀察位置，他可以透視生到死的生命歷程，最能瞭解生命的外在現象和內在奧妙，更能激發他對生命本質的了解。所以詩人白萩曾表示羨慕江自得擁有這麼一個「醫生」位置：「更能觀察到不同背景的形形色色的眾生相」。而江自得在〈病理學家〉一詩，即有「從一個細胞看世界／從一塊組織切片看社會／從一具屍體看人間百態」[6]這樣的詩句，一個醫生終日所凝視和接觸的是人類肉體的脆弱，以及命運必然的現實；了然於這人生卑微的價值時，必也洞悉了生命存在的不幸與陰暗。由此觸發而反思生命存在的究極性相，先覺地觀察生存環境的隱憂與危機，文學就這樣成為醫事作家闡釋世界以及與生命對話的最佳方式。[7]由此可見，醫學的內涵擴展了文學的角度，文學的描述刺激了醫學的進步，醫事專業的訓練顯然有助於文學特質的鎔塑。

二、臺灣醫事作家與主題表現

　　當我們仔細探尋古往今來世界各地的文學史，不但歷歷可見醫事作家（含：醫師、牙醫師、藥劑師、護士等）的寫作成果，同時在文學史上的地位也具有相當影響力。如蘇格蘭的柯南・道爾（Arthur Conan Doyle, 1859～1930），畢業於愛丁堡醫科大學，行醫空閒寫下《福爾摩斯探案全集》，融入醫生角色，情節高潮起伏，使他成為英國偵探小說之父。英國的毛姆，畢業於托馬斯醫學院，他的第一部處女作小說〈蘭貝斯的麗莎〉，即是取材

5　參見楊明，〈以詩駕馭群星〉，《明道文藝》第143期，1988年。
6　引自江自得，《從聽診器的那端》，頁107，臺北：書林出版社，1996年2月。
7　參見江自得，《故鄉的太陽》：「詩，終於成為我闡釋世界以及與生命對話的最佳形式。」頁150，臺中縣立文化中心，1992年6月。

自醫科四年級至蘭貝斯貧民窟當助產士的實習經驗；後來的傑作《人性枷鎖》，以男主角的畸形足詮釋其自卑感；而〈療養院裡〉則描寫肺結核病友的故事，洞悉人性。俄國著名的小說家契訶夫，畢業於莫斯科大學醫學院，可是始終沒有成為一名職業醫生，文學對他而言有莫大的誘惑，他曾經說過：「醫學是妻子，文學是情婦。」[8]這句話後來成為許多醫事作家奉守的信念；契訶夫最擅長以幽默諷刺的筆調來鞭撻社會的各種畸形病狀，〈第六病房〉即以精神病醫院為背景，抨擊沙皇的專制暴政。

除此，日本森鷗外（1862～1922），自東京大學醫學部畢業，小說〈性生活〉，以醫生填寫病歷卡的方式，將主角的心理和感情的陰影，依年月順序，嚴肅地解剖；其文風典雅，與夏目漱石齊名，在日本近代文學史上占有極重要的地位。另一位《光和影》、《失樂園》的作者渡邊淳一（1933～），也是畢業自札幌醫科大學的醫學生，小說緊扣著生與死的主題，手法細緻，是現代日本文壇的暢銷作家。再看「中國現代新文學導師」魯迅（1881～1936），原本就讀日本仙台醫學專門學校，為了改造國民靈魂而棄醫從文，其小說向來以洞察人性深層的意蘊，挖掘中國舊社會的痼疾，揭露民族的禮教弊害著稱，如〈藥〉、〈狂人日記〉等。

這些作家根據醫學治病的邏輯，去探求更細微的人與人、自然、社會、國家的關係，對人性有更澄澈的思考、對生命有更微密的觀照。從他們的作品中可以發現醫學與文學之間息息相關，因為二者都關懷著人類的生命與憂患。

余光中1989年在《中華現代文學大系（臺灣1970～1989）》總序文中，已經注意到七、八〇年代以來臺灣作家的科系出身，有兩大特殊現象：第一、就人文科系而言，中文系作家有比外文系遞增的趨勢。第二、就非人文科系而言，理工、醫學科系作家日漸崛起。[9]從第二個現象可知，由於知

---

8 引自契訶夫著、鄭清文譯，《可愛的女人》，頁4，臺北：志文出版社，1976年4月。
9 參見余光中總編輯，《中華現代文學大系（臺灣1970～1989）》總序，頁8、9，臺北：九歌出版社，1989年5月。

識分子的興趣日漸多元，來自理工、醫學科系作家在文壇上的活躍，成為七、八○年代文學發展的特色之一。另外，值得注意的是，護理界亦從八○年代陸續有文學作品出版。

(一)日治時期

在臺灣醫界，由於日治時期實施精英教育的結果，臺灣醫生成為領導階層中舉足輕重的一群，不只在政經地位上，在文壇上亦然。彭瑞金說：「臺灣作家的不務正業，從賴和開始已經頗有傳統，賴和是醫生，也是小說家和詩人，更是反抗運動的先驅。」[10]事實上，在賴和之前，蔣渭水也曾有寫作的意圖，唯因大家往往把焦點放在他對政治、社會運動的貢獻，以致於忽略了他所留下的監獄隨筆，以及散文〈臨床講義〉，這篇文章發表於1921年《臺灣文化協會》第1期會報，以臨床診斷書的形式結構，為「臺灣」診病，並且提出根本治療法，隱含意旨，開創了醫事散文的寫作主題與形式。至於「臺灣新文學之父」賴和，他是臺灣新文學史上的小說家、散文家，新詩創作也成就卓著，內容大多譴責日本殖民體制的殘酷與不公。至於醫事寫作，則以批評民眾迷信秘方，宣揚科學新知為主旨，如〈蛇先生〉、〈未來的希望〉、〈一桿「稱仔」〉；又〈阿四〉、〈富戶人的歷史〉、〈彫古董〉、〈辱〉、〈盡堪回憶的癸的年〉等皆出現醫生的角色，自傳色彩濃厚。

接著是跨語一代的醫事作家：吳新榮、王昶雄、詹冰。

吳新榮是「鹽分地帶詩人群落的領袖與靈魂」[11]，既寫詩，也寫文學評論、隨筆；其醫事寫作以個人行醫記為主，如〈良醫良相〉、〈醫箴〉、〈模範醫師〉、〈點滴拾錄〉、〈三十年來〉、〈一個村醫的記錄〉、〈後來居上〉、〈紀念　國父百壽〉等篇隨筆，忠實地呈現戰前戰後的醫療環境，提供臺灣醫療發展史的寶貴資料；並且可見他特別強調人格高潔、注重醫學倫理、健全醫療設備等議題。

---

10 引自彭瑞金，〈冷的火—以詩跨越歷史深谷的鄭烱明〉，《文訊》革新第19期，1990年8月。
11 引自古繼堂，《台灣新詩發展史》，頁43，臺北：文史哲出版社，1989年。

　　王昶雄戰前以小說、新詩崛起文壇，一貫地以反映高壓統治者的泯滅人性與罔顧人道為中心主題；戰後以散文為主，較著重在直扣胸臆的抒情言志。皇民化時期發表〈奔流〉，一則致力於導正醫學萬能、療疾致富的社會價值觀；一則透過醫病關係，揭露臺灣知識分子在皇民政策之下，面臨大漢文化和大和文化的糾葛纏鬥，是日治時期備受矚目的小說。

　　詹冰是臺灣早期的圖像詩人，詩的意象跨越醫學領域，其中以「血」、「器官」出現最多，如注血入詩者，戰前有〈五月〉、〈音樂〉、〈詩作之前〉、〈曉天〉，戰後有〈透視法〉、〈寒夜〉等，新奇鮮活，具有開創與實驗的精神。

(二)五○年代

　　在臺灣文學史上，五○年代被定位為政治意涵濃厚的「反共文學」、「戰鬥文學」的年代，主題大都圍繞在：「對共匪的陰謀詭計，有深刻的剖析；對共匪的暴行苛政，有詳實的描寫；對共匪獸性的殘酷，有詳細的刻劃。」[12]作家的創作環境與創作取向，或受限於政治體制與意識型態，或面臨跨語的艱辛，文壇再現皇民化階段的黑暗期，就醫事作家而言，亦少有作品問世。

(三)六○年代

　　六○年代當西方現代文學思潮湧進臺灣之際，改變了臺灣文學被「反共八股」窒息的局面。1964年牙醫沙白（涂秀田），開始發表作品於《現代文學》，創作以詩和散文為主，內容具有強烈的時代感。而就讀臺大醫學系的王尚義則是位英才早逝的小說家，主題指出時代青年逃避心理與意志薄弱的共同病症，塑造了六○年代臺灣青年的苦難形象。在《野鴿子的黃昏》〈解剖檯邊〉一文，藉著解剖獻體，不只認知全人類的身體結構，同時觸發他看破生、死，了悟生命原是空的真相，生命哲思撼動人心。

---

12 引自張道藩，〈論文藝作戰與反攻〉，《文藝創作》第25期，頁8，1953年5月。

(四)七○年代

　　七○年代伴隨著現代文學思潮的老化乏力，臺灣民族意識的覺醒，使得臺灣文學走向民族、鄉土的回歸。在這樣的文學環境下，醫界出現了一位優秀的散文家——王溢嘉，1979年以《實習醫師手記》步上文壇，內容記錄就讀臺大醫學系的折磨與體悟。如〈白衣‧誓言‧我的路〉流露從醫的矛盾與掙扎，同時對生命的不幸和痛苦感到悲憫與憤懣。〈生死難以抉擇〉，敘述大四接觸臨床醫學的反思，病人的不幸和痛苦，均使作者沉思且哀痛，也更體認把握人生的重要。〈死前的希望〉，敘述他第一次面對病患去世的心境與體悟，「死而無憾」正是病患死亡帶給他的啟示。〈肉瘤上的玉蘭花〉，敘述他從長有肉瘤的女病人身上得到人生啟示，唯有正視人間至醜，然後才懂得去接納和珍惜那人間的至美。〈醫者的許諾〉，感嘆白色聖塔已經嚴重扭曲變形，作者以「宗教家的情操」自勵，期盼醫者能重新記取「病人的痛苦應為我的首要顧念」的許諾。

　　新詩方面，「笠」詩社的佼佼者鄭烱明，1964年開始發表作品，第一本詩集《歸途》於1971年出版，表現社會性與時代感，具有濃厚現實批判精神。如〈癬〉，以「癬」的生動意象，隱喻日本蠻橫霸道的侵略。〈瘋狂〉，透過「瘋狂」的精神疾病，探討社會框架對心靈的禁錮。〈健忘症患者〉，將「一位健忘症患者」諷諭為當權者，是製造黑暗的敵人。

　　七○年代出現臺灣護理界首位女詩人白葦（林鈴），曾出版詩集《白衣手記》（1989）、《海岸書房》（2006）。由於吸收了高醫護理系與成大中文系雙學位的養分，其詩雅潔深邃，富含生老病死的內蘊。1975年寫下第一首詩〈燭光〉，和1996年的〈行箋〉，皆是從事護理工作的自我期許，聖潔而莊嚴。八○年代是詩人創作旺盛期，其中〈癌症病房手記〉、〈天使心〉、〈死亡〉等詩，處處可見生命存在的終極關懷。

　　小說方面，曾在台南行醫二十餘年的紀剛，以《滾滾遼河》（1970）著名，這是一部出生入死抗戰救國的真實體驗紀錄；其寫作主題與風格，側

重歷史的記錄與文化思想的闡述。曾任職紐約醫院神經科的顧肇森，有《拆船》（1979）、《貓臉的歲月》（1986）、《冬日之旅》（1994）等小說集，內容特別關注不同階層、不同國籍、不同種族之間的文化差異和價值衝突，從中抒發人性的光輝。另一位自開診所的小赫（楊宏義），有《祈教授》（1978）、《趙榮班長》（1989）小說集，大都是以個人生活為背景，具有濃厚的人道色彩，以挽救人類沉淪為最高理想，也透露出對精神患者的關切。

(五)八〇年代

經過七〇年代中、後期「鄉土文學論戰」的洗禮，八〇年代的臺灣文壇，呈現多元化的發展局面，其中之一便是原住民作家的崛起。布農族的田雅各（拓拔斯・搭瑪匹瑪），是臺灣目前唯一的原住民醫事作家，服務於台東縣長濱鄉衛生所。1981年發表第一篇小說〈拓拔斯・搭瑪匹瑪〉，而真正融入醫學經驗的是〈「小力」要活下來〉，小說細緻地刻劃罹患複雜型食道閉鎖的嬰兒用力求生的痛苦、渴望撫愛的眼神，以及醫師的憐惜與不捨，感人肺腑。1998年出版散文集《蘭嶼行醫記》，是實際關懷蘭嶼達悟族醫療、文化、生態的代表作。

新詩方面，八〇年代出現兩位傑出的醫生詩人。一位是「南臺灣綠色教父」曾貴海，作品體現其詩觀：「真正的文學，是人間的文學」，充滿對自然與土地的愛戀與疼惜，以及對人間的悲憫與關切。如〈健忘症患者〉，反諷在和平的假象背後，進行的卻是侵略的事實；〈某病人〉，描述一個離開家鄉三十多年的遊子異客罹患肺癌，有家不能歸的浩歎；〈詩人的眼〉，透過個人診療室中觀察病患的臉孔，感嘆親情一代不如一代。

另一位是陳克華，在八〇年代新興詩人中出類拔萃，被歸納為臺灣後現代詩潮之一的詩人，他的詩貼近死亡的原委，表達哲思，寓意深遠。如《我撿到一顆頭顱》（1988）、《因為死亡而經營的繁複詩篇》（1998）中，對生的無奈與沉淪，死的無情與了解，藉著詭麗的詩篇揭示一種殘酷的輪迴

相貌。

　　小說方面，侯文詠是八〇年代知名度最高、讀者群最多的醫事作家，其小說在溫柔浪漫、詼諧幽默的基調中，隱藏有憂鬱嚴肅的風格。在散文《點滴城市》即極力主張建立人性化的醫療制度。《大醫院小醫師》，是侯文詠駐院實習的記錄，處處可見病患生死交關的病例，娓娓細述生命的脆弱與無常。至《侯文詠短篇小說集》，則透過醫生面對自己死亡所引發的衝擊，有一番細膩的觀察與反思。長篇小說《白色巨塔》，藉著揭露醫院爭權奪利的生態，恢復白色巨塔聖潔純淨的精神。

㈥九〇年代

　　九〇年代隨著社會風氣日漸開放，政治、都市、自然、海洋、旅遊、情色、網路等多元化文學齊放爭鳴，醫事人員寫作的風氣也蓬勃了起來，是日治時期以來最豐收的階段。

　　這個年代有兩位多產的醫生散文家，一位是現任心靈工作室負責人的王浩威，其寫作最明顯的特色，是能結合精神醫學的專業知識、心理分析的臨床經驗，進而以理性、感性兼具的筆觸，寫出對臺灣社會人文的關懷。1999年九二一集集大地震時，王浩威立即投入故鄉南投災區現場，實地協助災民進行心靈重建工作，寫下〈救災游擊隊〉、〈心靈真正的撫慰〉等文章，體現臺灣醫生關懷社會的精神。另外在《憂鬱的醫生，想飛……》（1998）中的〈無邊失落〉、〈預知死亡的旅程〉、〈離開自己的逃亡〉，則以精神科醫師的專業，分析人類面臨死亡的心情起伏，以及正視死亡的教育意義，對死亡議題有諸多探討。另一位內科執業醫生莊裕安，其散文最善於引用古典音樂作為譬喻對象，展現城市生活的現實感，這種穿梭於文學與音樂之間的作品，風格獨樹一幟。

　　除此，臺北榮民總醫院神經醫學中心醫師莊毓民，其散文大都描寫絕症病患與病魔搏鬥的故事。九〇年代的文壇，也出現了林峰丕、歐陽林、王智弘、林立銘等新生代醫事作家，他們以苦中作樂的瀟灑心境，運用詼諧的手

法，真實描繪醫院的人間悲、喜、鬧劇，勾勒出醫院的人生百態，在醫事人員的寫作風格中，另闢通俗消遣的路線。

新詩方面，江自得是九○年代重要的醫生詩人，現實社會與人類生命始終是其詩作最關注的對象。最擅長透過病理分析的方式，寫出各類疾病、症狀所投射出來的象徵意涵，例如：〈解剖〉、〈咳嗽〉挖掘臺灣病症，〈喘息〉、〈試管嬰兒〉、〈活著〉則探視科技文明的後遺症。另外〈點滴液的哲學〉，則表達醫生面對癌症患者的無力感；〈死、細菌、抗生素〉，則呈現病況垂危的肺癌患者的痛苦。〈骨折〉表達二二八事件有如是臺灣人心靈永恆的骨折，也是這一生劫數難逃的骨折；又透過〈總有某些記憶與血壓息息相關〉道出個人對此歷史事件的悲憤與憂傷。

小說方面，現任三峽靜養醫院院長的王湘琦，其作品融入想像與虛構的傳奇色彩，題材新穎荒誕，筆調滑稽幽默。如〈沒卵頭家〉描述五○年代臺灣民眾怪力亂神的醫療觀，並強調尊重病人隱私與尊嚴的重要性；〈玄天上帝〉、〈抗爭協奏曲〉與〈阿里布達的落日〉，則皆是對精神患者的關照，從中提出醫療見解。

另一位小說家陳豐偉，曾創辦「南方社區文化網路」，是九○年代網路文學作家；其代表作《不做愛的男人》，主要描寫改革者精神層面上的磨難，以此來詮釋臺灣學運、社運衰敗的原因。

臺灣的醫生作家有越來越多的趨勢，而護士作家則寥寥無幾。其實在醫院中，護士較諸醫生有更好的位置、更直接而廣泛的機會去接觸人生的百態。九○年代的醫事寫作，值得注意的是護理經驗成為文學的題材，出現了多位護士散文作家，如趙可式、洪彩鑾、林月鳳、胡月娟等，她們藉著筆耕反芻照護病患的心路歷程。這些作品為護理科系的學生提供最佳的入門讀本，藉以了解護理的多元性與豐富生活經驗。

臺灣安寧照護的推動者趙可式，是一位充滿「愛與信仰」的人道關懷者。《一個護士的碎記》內容從就讀臺大護理系實習至臨床工作的心路歷

程，從中可見作者走入白衣天使路的多重轉折與無怨無悔，可貴的是她一直為追尋護理的價值而努力不懈。在〈護理的世界〉提及一個真正的專業護士所必備的條件時，她說：「有豐富的醫學知識，能協助醫師治療病人，帶著一張溫柔仁慈的笑臉，一顆同情博愛的心，一個堅定的人生觀，能夠幫助受苦的病人恢復信心與希望，或尋找出痛苦與生命意義的護士。」又說到每個念護理系的學生都會經過一段痛苦、矛盾、徬徨的階段：「社會上對護理專業的輕視，課業的繁重，自我價值的追尋過程，還屬次要；主要的是如何去與形形色色的人建立關係，十分困難，如何在幫助病人面對病苦與死亡之前，自己先能面對它，如何在簡單骯髒的技術工作上找到護理的意義。」臨床第一年時寫下的〈同感心〉，強調視病如己的重要，以及不斷學習、自我參透的工夫：「我愛護理工作，還有什麼再比這種直接為病苦的人類服務更有意義的工作呢？可是我知道，如果要做一個好護士，還有太多應該學習，專業的醫學與護理知識、護理技術，同時更要自己能參透，能迎接任何心裡承擔，才能更積極的幫助病人。」作者將從事護理的心境剖析入微，對後學者啟迪深刻。

　　從事護理教師的林月鳳，在教學與輔導之餘，勤於筆耕，《她的職業是護士》（1993）內容主要以「護理」相關的生活觀察為主，試著以生花妙筆來詮釋人生百態，從服務中去透悟人生真諦。現任中台科技大學護理學院胡月娟教授，其專長在護理行政、長期照護、成年人護理等領域，從《護理生涯札記》（1997）一書，可見作者不僅傳授學理上的知識，她對護理界的莘莘學子也做身教典範。從事軍護二十多年的洪彩鑾，曾擔任空軍C-130運輸機的航空護士，並在金門戰地任職期間前往北碇、大膽等離島服務官兵，見證戰地備戰的緊張，《白衣天使從軍去》（2000）將她對國防醫學院的愛和感激盡書其中。

　　1999年，輔英科技大學人文教育中心舉辦「實習手記徵文」，堪稱是醫護大專院校的創舉。《天使心》（偉華書局，2000）即是這次徵文的得

獎作品集，書名取自護士詩人白萱《白衣手記》中的一首詩〈天使心〉：
「天使心，與死亡比鄰而居，看萎落猶如花時，在死與不死之間。」就護理
科系的學生而言，實習正是學理與實務結合的開始，難免生澀稚嫩；然而，
令人感動的是這些天使們秉持熱誠的關懷及犧牲奉獻的精神，陪伴病患度過
他們私密、艱難、脆弱的時刻，字裡行間處處可見她們對生老病死的衝擊與
感知。

　　從上可見臺灣醫事作家群的先後崛起，作品的質量齊觀。綜合觀之，在
主題表現上，日治時期醫事作家們繼承五四運動反庸俗、反封建的啟蒙職
責，透過醫事主題細診帝國主義下國族的隱疾，分別揭發臺灣島民的不良習
性與社會價值觀；甚至就醫界的問題與現象，提出準確又尖銳的批判。這些
作品有如「時代的晴雨計」，體現其多元關懷社會、積極改革社會的使命
感。

　　戰後醫事作家取材自醫學專業或臨床體驗的描述，更加顯著。除了與戰
前相同的主題：診斷臺灣病症、反映迷信醫療觀、塑造醫生形象、改善醫療
體系；王昶雄〈奔流〉所反映的醫學萬能、療疾致富的社會價值觀，戰後則
已少見。此乃由於戰後撤廢了日治時期的差別待遇，教育機會均等，醫學院
的逐漸增設，社會朝向專業化與多元化的發展，日治時期「醫生」獨佔鰲頭
的時代已經結束。戰後醫事主題書寫的重點，趨向醫病關係的描繪，以及疾
病與死亡的省思。

　　在藝術表現上的特色，如蔣渭水以臨床診斷書作為散文形式，又如詩人
詹冰、鄭烱明、曾貴海、江自得、陳克華等，擅長以疾病、病理或器官名稱
隱喻文學意涵。醫事作家受過精密的醫學專業訓練，在長年醫學的生理、藥
理、病理與解剖的經驗累積下，對身體疾病以及各個器官瞭若指掌；透過文
學的眼，轉化身體的疾病症狀或各個器官的具體實象，成為抽象聯想、象徵
的對象，進而延伸指涉意涵。

三、樹立「尊重生命」的價值取向

　　本書內容「醫事作家」的對象，含括：醫師、牙醫師、藥劑師、護理師、護士等醫療保健專業人員，他們都是接受正規西方醫學教育訓練。至於「醫事文學」主題選文的取材範圍，是以新詩、小說、散文隨筆等新文學為主。擬定的教學目標如下：

(一)認知方面：

　　1.認識醫事作家及其作品

　　2.分析醫事文學主題意涵

　　3.鑑賞醫事文學表現手法

(二)情意方面：

　　1.充實醫護人文素養

　　2.樹立醫護學習典範

　　3.堅定尊重生命、熱愛生命的信念

(三)技能方面：

　　1.增進醫病關係

　　2.記錄醫事經驗

　　3.養成終身閱讀習慣

　　人文教育是醫學教育的根本。醫學教育以培養具備悲天憫人的胸懷為目標，以濟世救人為天職；然而隨著臨床醫學的科學化，醫學教育偏重於科學知識傳授及專業技術訓練，人文教育的理想隨之式微。諸如商業介入醫療、醫療資源浪費、醫生的尊嚴及地位被貶低、醫病關係惡化、醫療糾紛等，種種問題層出不窮，使得醫療逐漸遠離人性化，整個醫療專業產生危機。希望本書除了能夠提醒臺灣文學界重視醫事作家寫作的成績，同時可以激盪醫界人士思索與醫學相關的人文問題，樹立「尊重生命」的價值取向。

新詩類

醫生作家
藥師作家
護士作家

醫生作家 / 曾貴海

某病人

剛被診斷出來
依約到達的那個肺癌病人
山東籍的教師
高瘦的身子不願表情的臉
倦態加上病容
黑板上寫了三十多年的白粉筆字
暗示他
家在那裡
太太怎麼沒來
朋友呢
他只是沈默的搖搖頭
漸漸地搖垂了頭
突然，一顆淚水噎的滴在
臺灣的地圖上
蔓延

——《鯨魚的祭典》

健忘症患者

深夜寂靜的廣場
不知何時又豎起了一座銅像
讓早起的子民們默認已成的事實

血腥被風吹淡之後
獨對高樓的孤燈
展讀歷史
才悚然一驚

通過危機重重的時光甬道
綿延而來的子代
又站出了一些昂揚的強者
一些健忘症患者

總有那種持槍的人
放飛白色的鴿子
迷惑眾人仰望的天空
然後，偷偷地舉槍
瞄準捕鴿網內的目標
把牠射殺
一九八二年夏天
以色列摧毀貝魯特市

總理比金曾獲諾貝爾和平獎[1]

——《鯨魚的祭典》

作者簡介

　　曾貴海（1946～），出生於屏東縣的客家庄，畢業於高雄醫學院，曾獲賴和醫療服務獎。《文學界》雜誌創辦人之一，「笠」詩社同仁，其作品曾獲笠詩獎、吳濁流文學獎詩佳作及正獎。後因動員多起南臺灣綠色革命運動，王家祥因此為他取了「南臺灣綠色教父」的名號。其出版詩集包括：《鯨魚的祭典》、《高雄詩抄》、《臺灣男人的心事》及客語詩集《原鄉．夜合》等。

　　他身兼醫生、詩人、社會運動者三種身分，他所關心的是這個他身處的人世間。他從事行醫濟世的職業，所以他尊重生命；他執筆為文，寫出他對社會現實的關心；他出生於鄉土，因此珍惜自己所站的這一片大地，積極投身於綠色革命運動。

　　他認為真正的文學是人間的文學，他曾說：「詩人如果不曾懷有關切人間、悲憫的胸懷，詩如果不能表達詩人的愛與心情，那是沒有任何意義的……。」（《鯨魚的祭典》序一）也因此，他的寫作風格一直具有反映社會的寫實精神。

選文評析

　　〈某病人〉描述一個離開家鄉三十多年的異客被宣判罹患肺癌的反應。流浪了三十多年的遊子，他倦了，又病了，但在當時，兩岸之間尚未開放交

1　阿拉伯國家與以色列因為宗教與領土的原因，長期以來一直存在衝突，甚而爆發多次中東戰爭。1978年，埃及總統沙達特（Anwar Al Sadat）與以色列總理比金（Menachem Begin）在美國總統卡特（Jimmy Carter）的斡旋下，為了解決西奈半島的領土問題而於大衛營會面，並於1979年3月雙方簽署和平協定，兩人也因此而獲得諾貝爾和平獎的殊榮。

流，他回不到那個朝思暮想的家鄉。

「黑板上寫了三十多年的白粉筆字」，孑然一身的他，三十多年的教書生活只有黑板與白粉筆字，是平淡無奇的黑白，也難怪他「高瘦的身子不願表情的臉／倦態加上病容」，呈現的是對世事的漠然。只是，當醫生問及家鄉及親人，他卻只能搖頭，無言的流淚。

「突然，一顆淚水唪的滴在／臺灣的地圖上／蔓延」，以淚水與地圖的意象，呈現遊子羈旅異鄉深深的鄉愁。

第二首的〈健忘症患者〉描述的是中東地區的衝突事件。為了解決長期以來的領土問題，埃及總統沙達特與以色列總理比金簽署了和平協定，也因此獲得了諾貝爾和平獎。只是當1981年沙達特被暗殺，1982年以色列入侵黎巴嫩首都貝魯特，這項和平協定的效力不禁令人質疑？

詩中以運用了許多的意象，「銅像」代表的是強權；「白色的鴿子」原本是和平的象徵，在此卻成了諷刺的意涵，在和平的假象背後，進行的卻是侵略的事實。而對這種做的、說的各是一套的行為，人民似乎只能默認、只好習慣了：「深夜寂靜的廣場／不知何時又豎起了一座銅像／讓早起的子民們默認已成的事實」，在歷史的甬道中，不僅許多的當權者得了健忘症，更多的百姓也只能無奈的讓自己也罹患了健忘症。

問題與討論

1. 請你試著敘述〈某病人〉的身世為何？另外，這首詩陳述了「一顆淚水唪的滴在／臺灣的地圖上／蔓延」，其涵意為何？

2. 曾貴海的〈健忘症患者〉描寫雖是健忘症患者的症狀，但其背後所要反映的主要意旨為何？

延伸閱讀

1. 曾貴海：〈鎖匙〉，《鯨魚的祭典》，高雄：春暉出版社，1983年5月。
2. 鄭烱明：〈健忘症患者〉，《最後的戀歌》，臺北：笠詩刊社，1986年2月。

醫生作家 / 鄭炯明

癬

開始的時侯只有米粒那麼大
沒有注意
不久變成紅紅的一塊
有點癢
也不曾認真治療
於是它像三十年代的日本軍閥
瘋狂的在我身上
擴張它的版圖

從臉到頸部
從頭部到軀幹
從軀幹到四肢……
有如火山爆發後的赤色的岩漿
覆蓋了整個的我
也灼傷了我的心

二十多年了
每當看到鏡中的他
痛苦的用手在抓
那個面目全非的形象時

除了咬牙
我還有什麼話可說？

——《蕃薯之歌》

瘋狂

不是我喜歡瘋狂，而是
瘋狂愛上了我

這樣說，也許你會感到驚訝
認為我是一個瘋子
十足失去理智的瘋子
不敢面對現實，而憐憫我

——其實，你的憐憫
只有使我原已脆弱的情感
更加脆弱而已

我不祈求你的諒解
然而我期待，於瘋狂之後
盤踞在我心中的那顆思想之樹
能永不枯萎……

——《蕃薯之歌》

作者簡介

　　鄭烱明（1948～），出生於高雄市（籍貫為臺南縣），私立中山醫專（今中山醫學院）醫科畢業。出版詩集：《歸途》、《悲劇的想像》、《蕃薯之歌》、《最後的戀歌》等。

　　他是一位反映時代精神的詩人，他的作品多從現實層面出發，以平淺的語言，道出他對時代的憂患意識、對現實的批判、對鄉土的關懷。他的寫作風格，就如他在《歸途》後記中提到的：「用時代隔閡的語言寫詩，那是逃避的文學，寫現實中沒有的東西，那是欺騙的文學。」因此他「嘗試用平易的語言，寫出內心真正的感受」（《蕃薯之歌》後記），他的詩：「挖掘現實生活裡那些外表平凡的，不受重視的，被遺忘的事物本身所含蘊的存在精神，使它們在詩中重新獲得估價，喚起注意，以增進人類對悲慘根源的瞭解。」（《歸途》後記）鄭烱明的詩作是根植於這一片他所愛的鄉土，寫出了他對這一片土地及土地上的人們的感情。

選文評析

　　對於「癬」這個名詞，大家都不陌生；而對於癬的症狀，只要不嚴重，大都也不太去注意它，詩人於是根據這樣的情形，嚴肅地寫出了這首詩——〈癬〉。

　　詩中沒有艱澀的字彙，只是以真實的筆觸描寫「癬」的蔓延情況：起初不顯眼的症狀，因為人們的姑息及不注意，最後擴及全身，而使人面目全非。詩中運用了兩個比喻來形容「癬」蔓延的情形：

一、三十年代的日本軍閥：

　　「於是它像三十年代的日本軍閥／瘋狂的在我身上／擴張它的版圖」

　　以軍閥蠻橫霸道的侵略來形容癬的肆無忌憚，以國家版圖來比喻人體，寫活了疾病的動態，也突顯了疾病的蠻橫無理。

二、火山爆發的赤色岩漿：

「有如火山爆發後的赤色的岩漿／覆蓋了整個的我／也灼傷了我的心」
赤色岩漿所覆蓋流經之處，生命將會消失，大地成為死寂。

最後以鏡子作意象的突顯。「鏡子」在文學中的作用，通常是真實與虛偽、內在與外在的分界，詩末如此描述：「二十多年了／每當看到鏡中的他／痛苦的用手在抓／那個面目全非的形象時／除了咬牙／我還有什麼話可說？」經過二十年的肆意擴張，〈癬〉以它如赤色岩漿的殺傷力，讓一個人面目全非，讓主角不願面對鏡中的自己。詩中以第三人稱來顯示對鏡中人物的陌生，筆觸顯得超然而客觀。

鄭烱明的詩作一向根植於鄉土，描述現實生活，寫出時代的心聲，因此「癬」，不僅反映了疾病，更可藉著此詩擴展至社會現實，甚而至政治及世界局勢。

第二首「瘋狂」是站在瘋狂者的角度，探索瘋狂者的心靈。人類為了維持社會的秩序及和諧，於是有了不成文的約定俗成；而當大多數人習慣於這些約定俗成之後，少數人為了滿足自己的權力慾望，便制定了更多的條文以約束人們，於是人民的行為被限制在一個接著一個的框框裡，久而久之，連思考模式也制約了，而不同於框框內思維的人，便被認定為「異常」，被定位為「瘋狂」了！

詩中所言「不是我喜歡瘋狂，而是／瘋狂愛上了我」，其實詩中的主人翁，或許只是一個不願受制於固定思考模式的人，他只是有一顆天馬行空的心，一種希望能自由揮灑的思想；而在社會的框框中，如此脫軌的想法及行為並不被接受，只能被歸於不同於正常人的一群。

問題與討論

1.乍看之下，「癬」這首詩是在描寫皮膚病，但仔細閱讀後，卻發現此

詩別有深意。請問，它的意涵是什麼？
2.你認為何謂「瘋狂」？鄭烱明站在「瘋狂」者的角度自我剖析，如此
　的思考模式與一般人對於瘋狂的認定有何差異？

延伸閱讀

1.鄭烱明：〈杜鵑窩的斷想〉、〈我是一隻思想的鳥〉、〈瘋子〉，
　《蕃薯之歌》，高雄：春暉出版社，1981年3月20日。
2.柯雅婷等著：〈囚籠的省思〉、〈等待月圓時〉，《天使心》，臺
　北：偉華書局，2000年1月。

醫生作家 / 江自得

癌症病房

1

白色的牆，白色的床單
背後是無限的空白

小小的茶几上
一個憂鬱的蘋果

2

夢中故鄉冬日的街道
海風吹拂起母親的臉

遙遠的歌聲在童年低唱
一滴滴哀愁從點滴液注入

3

房內四處紛飛著
白骨的意象

乾燥了的笑容
在靜寂的冬夜碎裂

4

黎明的微雨中浮現
一株野菊

——《從聽診器的那端》

時間筆記——第十三首

你指著X光片片上一顆腫瘤
你說，從一個癌細胞長大到一公分的癌
需要七到九年的時間

你說，其實人類最可怕的癌是——時間
你說，從出生那一刻起
時間便是生長在靈魂深處的
永恆的癌症啊！

面對滿臉惶惑的男子
你看到，診療室的晨光
陷入無端的憂鬱

——《給NK的十行詩》

作者簡介

　　江自得（1948～），出生臺灣臺中。高雄醫學院醫學系畢業，曾任臺中榮民總醫院胸腔內科主任，現任臺中榮民總醫院顧問。醫學系學生時期即

加入高雄醫學院「阿米巴詩社」，並在民國五十八年擔任社長、「笠詩社」同仁、「文學臺灣雜誌社」同仁，以及「臺灣筆會」會員。曾獲八十一年吳濁流文學獎新詩佳作獎、八十三年陳秀喜詩獎、八十六年吳濁流文學獎新詩正獎、九十三年賴和醫療人文獎。曾出版詩集《那天，我輕輕觸著了妳的傷口》、《故鄉的太陽》、《從聽診器的那端》、《那一支受傷的歌》。詩選集有《三稜鏡》，散文集有《漂泊》。編著有《殖民地經驗與臺灣文學》，《人文阿米巴》等。

江自得，是擁有多年臨床經驗的資深醫護人員，自然地，在醫院與人類的生、老、病、死有最真實的頻繁接觸。而病人的死亡，除了宣示現代醫學的不足和令人對大自然的力量產生敬畏外，對於這位詩人敏銳細膩的內心，也造成一定程度的衝擊，經過個人的沉澱、思索後，產生不同的見解與啟示。對於死亡，從迷惑、慌亂到勇敢面對與超越，在哲學中尋求生命意義的詮釋和心靈上的皈依。在高雄醫學院完成大學教育後，從事以「人」為中心的臨床醫護工作，自然地，其詩作取材範圍大部分來自職場生活觀察中的素材或個人的遭遇經驗。在藝術技巧的表現上，一貫用素樸簡潔的語言，建構深邃豐富的意象，令人沉思不已。

選文評析

在〈癌症病房〉這首詩中，第一段第一節「白色的牆，白色的床單／背後是無限的空白」，作者虛擬病人主體的視角，由內向外地，用大量的白色建構病房內客體環境的單調淒冷實況，營造癌症病房令人倍感的孤獨與沮喪，象徵病人目前生氣活力的停滯狀態。第二節「小小的茶几上／一個憂鬱的蘋果」，客體的視覺景象加深渲染主體對現況無可逃避的沉重無力感。第二段第一、二節「夢中故鄉冬日的街道／海風吹拂起母親的臉」、「遙遠的歌聲在童年低唱／一滴滴哀愁從點滴液注入」，第一句就跳離病房空間的實

景，進入主體過去記憶中的虛象，最後一句再拉回到接受點滴液治療的實在境況。就時間而言，面對死亡逐漸逼近的恐懼與病入膏肓，使得病人喪失時間的現實感，藉由回溯過往充滿親情與故鄉氣息的童年時光裡，企圖尋求生命與青春的起點。第三段第一、二節「房內四處紛飛著／白骨的意象」「乾燥了的笑容／在靜寂的冬夜碎裂」，詩人改由旁觀者的全知視角，從外而內地，以超現實的手法陳述病房內死亡已然進行的事實，也讓時間倏然劃下休止符。第四段「黎明的微雨中浮現／一株野菊」，全知的焦距從癌症病人與所在的病房拉離，跳接到戶外的景物，作近距離影像的呈現，從而蘊釀寧謐、堅韌的深層意象。

在〈時間筆記——第十三首〉這首詩中，作者特意探討時間與生命的互動關係，以及本質存在的形式表現。第一段「從一個癌細胞長大到一公分的癌／需要七到九年的時間」，詩人以醫護人員一貫的冷靜理性角度「你說……」，利用病理學上癌症的病程進展時間去丈量病人生命健康存廢的消長。看似不帶憐憫的感性情感，僅僅充斥著學術上的冰冷味道。但藉由第二段的「你說……」的第二人稱直指，上從君王下至凡人，世世代代想要藉由藥物或宗教儀式等等任何手段，追求生命的永恆不死，卻無力擺脫時間層層疊疊的枷鎖。深沉地剖析，不論東西方的文明，人類生命感性地依存在夢幻的永恆神話，卻無法解決在實踐神話的過程中，時間逐漸累積所帶來必然性的衰老。第三段中，說明凡人面臨突如其來的生命的倒數計時，必然有惶恐、疑惑的情緒。但是，再發達的醫學技術、如何鍥而不捨地追查抗衰老的生技科學，一切都在時間與永恆的這個基本矛盾衝突中，憂鬱地幻滅。

問題與討論

1. 作者是位看盡許多病人死亡的醫生，在這首詩中，卻嘗試以癌症病人的視野觀點來敘詩，與寫詩的本人是真實的癌症病人來敘詩，情感的

呈現有何不同之處？

2.在這首詩中，前面第一、二、三段詮釋著癌症病房內由生至死的歷程。但是，最末段「黎明的微雨中浮現／一株野菊」卻描繪房外的景色。對這首詩「癌症病房」的主題，是否有突兀感？試析作者有何用意？

3.生命的存在本質是否必須仰賴時間的計算？有沒有其他任何突破時間的形式表現？

延伸閱讀

1.江自得：《從聽診器的那端》，高雄：書林出版社，1996年。

2.方靜娟：〈從聽診器的這端到聽診器的那端──江自得醫生訪談記〉，人文教育中心編《醫護文史學術研究成果發表會專刊》，高雄：輔英技術學院，2000年10月。

3.黃永武：〈詩的時空設計〉，《中國詩學》設計篇，臺北：巨流圖書公司，1976年。

4.閔正宗：《凝視死亡之心》，臺北：東大圖書公司，1997年。

5.傅偉勳：《死亡的尊嚴與生命的尊嚴》，臺北：正中書局，1993年。

醫生作家／陳克華

臍帶──記北迴鐵路通車

你是最東方最年輕還在娘胎的兒子
連拓荒的足跡都還新得繼續成長
在山脈陡直入海處你悄悄成形
感染你無慮的脈動
母親的心臟是年輕的
雖然太平洋並非夠溫柔的羊水
不時盪來熱帶南方的震波
但你有個健碩的母親
賦予你多礦的胎盤和山阻的胎衣
使你明麗的臉蛋仍安睡一如往昔
當臍帶母親樣地圈攏向你
你被驚醒了
猶微微困惑著這道溫潤的血流
陌生竟豐沛強勁
竟灌注進你還要再長大的心臟
你仍童稚的心靈也懂得悸動麼
隱隱感到你揮起緊握的小拳頭蠢動著
是否一條伸展困難的臍帶讓你覺察
在黝黑子宮內鑿通了陽光
終而蜿蜒出母親的形象

必然你將是啼聲如雷的男嬰

雖不懂鼓掌更無法歌讚

或許只能睡在子宮的寂靜

用剛成形的小耳去聽

沿著臍帶纏繞的方向

母親脈搏正砰砰然同你一般急促起來

　　　　　　　　　　　　　　——《騎鯨少年》

作者簡介

　　陳克華（1961～），出生於花蓮市，臺北醫學院醫學系畢業，美國哈佛大學博士後研究員，現任臺北榮民總醫院的眼科主治醫師。曾參與臺北醫學院「北極星詩社」，加入《陽光小集》詩雜誌與「四度空間」詩社，並擔任過《現代詩》季刊主編。

　　他的文學創作跨越多種領域，包括新詩、散文、小說、劇本、報導文學、歌詞和電影評論等。就新詩風格而言經過多次轉變，早期詩作《騎鯨少年》、《我撿到一顆頭顱》、《我在生命轉彎的地方》，書寫少年情懷和內心記事，以浪漫、清純著稱。1986年出版《星球紀事》以科幻視野作為詩的題材，省思科技文明與人文價值之間的矛盾與衝突。1995年出版《欠砍頭詩》以大膽的情色詩揭露人性慾望，顛覆既有的道德框架。1997年出版《美麗深邃的亞細亞》，開始融入佛家的思想，對「色」與「空」有深刻的辯證。至2006年出版《善男子》，則赤裸地刻畫同志的愛與慾，冷靜的描繪肉身與性，藉此對照出臺灣政治的荒謬。除此，尚有散文集《愛人》、《無醫村手記》、《夢中稿》；小說集《陳克華極短篇》；歌詞與插畫書集《看不見自己的時候》等書，是醫界全才型作家。

選文評析

　　來自花蓮的陳克華在《騎鯨少年》卷五〈北迴線上〉系列，面對已被現代文明侵蝕得傷痕累累的故鄉，提出種種的批判。而在〈臍帶──記北迴鐵路通車〉，詩人同樣針對興建北迴鐵路，破壞花蓮原始地貌發出不平之鳴，隱約流露對昔日花蓮的緬懷。

　　〈臍帶──記北迴鐵路通車〉運用象徵手法經營意象內涵，詩以母親孕育胎兒生命的原始初貌，象徵昔日花蓮的自然美景渾然天成。將胎兒「你」指稱為昔日花蓮──「是最東方最年輕還在娘胎的兒子」；而「健碩的母親」意指臺灣母體，亦即生命的源頭。胎兒的孕育環境得天獨厚，在「太平洋」──「羊水」，與「多礦的胎盤和山阻的胎衣」的保護與滋養下，明麗的臉蛋安睡、脈動無慮，描繪出昔日花蓮的壯麗與祥和。

　　1979年12月，北迴鐵路全線通車，由蘇澳新站至花蓮站與花東線銜接，全線長88公里，詩中「臍帶」即意指北迴鐵路。「臍帶」原是胎兒和胎盤之間聯繫的結構，自母體子宮的胎盤處延伸而出，連結到胎兒的肚臍的血管。引申來說，胎兒從臍帶中獲取所需的養分與氧氣，是胎兒與母體子宮之間血液內物質交換的通路，就如北迴鐵路的興建，打通了花東地區與北臺灣的交通連繫，成為臺灣東部交通大動脈。

　　全詩藉著「北迴鐵路」──「一條伸展困難的臍帶」，詩人將記憶導向臺灣母體，追尋花蓮昔日的地樣風貌，也深刻反思著：這條鐵路臍帶，果真為花蓮胎兒帶來養分和氧氣嗎？事實上，胎兒卻因這條陌生又強勁的臍帶的圈攏，被驚醒、被困惑，破壞了原本安睡在子宮的寂靜。結尾說：「必然你將是啼聲如雷的男嬰／雖不懂鼓掌更無法歌讚……沿著臍帶纏繞的方向／母親脈搏正砰砰然同你一般急促起來」，由此隱喻現代文明的急促開發，已為花蓮帶來喧擾與不安。

　　邁入開發中國家的代價是剝蝕了花蓮的原始本色。陳克華〈北迴線上〉系列詩從〈太魯閣之死〉到〈往天祥路上〉的〈長春祠〉、〈燕子口〉、

〈慈母橋〉、〈夜宿天祥〉，都有文明入侵的痕跡，太魯閣再也不是臺灣本島最遠離都市文明的一處風景區。詩人又在《美麗深邃的亞細亞》〈風塵花蓮——記臺泥在花蓮並支援「反臺泥行動聯盟」〉一詩，批判臺泥踐躪花蓮的行動說：「企業家一般說：／『我要去打拼賺錢／挖個金山銀山，揚名立萬，』／帶著我真心贈予的梅毒與菜花／他們終於成為輝煌耀眼的政客與老闆們……。」文明的入侵，使得花蓮成為徹徹底底的「異化的他者」。這些詩與〈臍帶——記北迴鐵路通車〉一樣，表達作者對「花蓮吾愛」的原貌消失，身陷現代文明侵蝕的慨嘆。

問題與討論

1. 請回顧你自己的故鄉，今昔有何改變？又在這些改變中令你最眷戀與慨嘆的是什麼？
2. 當現代文明與自然環境衝突時，你認為應該採取什麼因應之道？試就個人觀察的社會現象為例說明之。

延伸閱讀

1. 陳克華：《無醫村手記》，臺北：圓神出版社，1993年。
2. 陳克華：《因為死亡而經營的繁複詩篇》，臺北：探索出版社，1998年。
3. 陳克華：〈遠離花蓮〉、〈張愛玲與花蓮〉、〈花蓮吾愛〉，收入《在城市中迷失的地圖》，臺北：元尊出版社，1998年。
4. 陳克華：〈風塵花蓮——記臺泥在花蓮並支援「反臺泥行動聯盟」〉，收入《美麗深邃的亞細亞》，臺北：書林出版社，1997年。
5. 陳克華：〈北迴線上〉系列，收入《騎鯨少年》卷五，臺北：蘭亭出版社，1986年。

藥師作家 / 詹冰

人類病了

地球的人類，病了
而且，病得好厲害
天上的佛陀、耶穌、孔子
也無奈地搖頭嘆息——

有時發燒、冒汗、眼花
有時發冷、顫抖、悸動
有時咳嗽、氣喘、耳鳴
有時緊張、失眠、痙攣
有時夢語、囈語、暈眩
有時發癢、出疹、發炎
有時浮腫、化膿、生瘤
有時出血、骨折、內外傷
有時便秘、瀉肚、四肢無力
有時中毒、麻痺、半身不遂
有時意識障礙、精神分裂
有時感染流行性疾病……
這樣的百病的痛苦集在一身
結果，人類就消瘦、衰弱、老化……
幾乎到無藥可救的地步——

找遍所有的醫書藥典
發現唯一的特效處方是：
「發揮愛心」！
萬一，這帖處方無效
那麼，就像恐龍一般
人類，從此由地球上消失！

——《詹冰詩選集》

五月

五月，
透明的血管中，
綠血球在游泳著——。
五月就是這樣的生物。

五月是以裸體走路。
在丘陵，以金毛呼吸。
在曠野，以銀光歌唱。
於是，五月不眠地走路。

——《綠血球》

曉天

黑色人種的

外科手術

哦！噴出了
光的血液

星星害怕地
閉起眼睛

雲的紗布
染紅了！

——《綠血球》

作者簡介

　　詹冰（1921～2004），本名詹益川，出生於苗栗縣卓蘭鎮。臺灣光復前一年，畢業於東京藥專，並取得藥劑師執照。從二十歲開始寫下第一首「和歌」，秉持「真善美愛」的詩觀，始終關懷臺灣文學的發展。戰前著力於「俳句」的試驗、「圖畫詩」的開創；戰後參加「銀鈴會」，創辦「笠」詩社，並跨越語言的障礙，嘗試散文、短篇小說、兒童文學、歌詞等創作。在臺灣新詩史上，其作品富於知性與前衛精神，尤其十字詩、圖像詩、兒童詩上的開創與實驗，具有不可磨滅的光彩和存在的價值。著有《綠血球》、《實驗室》、《詹冰詩選集》、《變》、《銀髮與童心》等。

選文評析

　　跨越時代的藥學詩人詹冰，在1989年11月發表於《臺灣春秋》的〈人

類病了〉這首詩，其意旨與〈臨床講義〉同為診治社會的疾病，不同的是〈人類病了〉乃針對八〇年代臺灣的社會現狀而論。首段以排比手法並列多種人類病症，呈現社會病入膏肓的藝術效果。隨著文明的發展與科技的進步，人類在生理上與精神上確實百病叢生，詩人於結尾費盡心思開示藥方，即「發揮愛心」，這一帖藥劑，不只是人類身心靈淨化的妙方，更是全球和平安詳的仙丹。全篇意旨和蔣渭水的〈臨床講義〉誠有同工異曲之妙，皆以筆桿為聽診器細診社會大眾的病症，具體提出切中腠理的根治之道，乃作家與醫學專業結合的藝術實踐。

　　詹冰以醫學專名為意象不斷地創新試驗，極力打破了語言的窠臼，走入不受文學語言拘牽的境地。詩中醫學語言的運用，以「血」、「器官」出現最多。第一本詩集《綠血球》後記曾說：「追求美的時候，我的血管裡彷彿在流著綠血球。追求愛的時候，我的血管裡就感覺正在流著紅血球。……詩作的活動上來說，我是比較愛好綠血球的表現。」在詩人眼中，綠血球、紅血球已不是醫學專名或身體構造，它已轉化成「美與愛」的象徵。詹冰注血入詩的作品，戰前有〈五月〉、〈音樂〉、〈詩作之前〉、〈曉天〉，戰後有〈透視法〉、〈寒夜〉等。

　　其中〈五月〉以綠血球象徵五月大自然的生命之美，最為清新動人。1943年在東京求學的校園裡，詩人臨窗遠眺那初萌綠芽的櫻樹，萬物的蓬勃生機深深觸動心弦，有感而發地將五月比喻成會游泳、走路、呼吸、歌唱的生命物體。全詩並沒有採取景物素描的方式陳述，只是透過幾個感官意象以及擬人化的筆法來描寫，例如：「透明的血管中，綠血球在游泳著——」（視覺）、「在丘陵，以金毛呼吸」（嗅覺）、「在曠野，以銀光歌唱」（聽覺）、不眠地以裸體走路（肌肉運動感覺），來呈現詩人的美感經驗。在短短八行詩句中，形象鮮活，引發讀者產生豐富的聯想，人間五月天彷彿化身為一位精神奕奕的美麗佳人。

　　〈曉天〉運用「外科手術」、「血液」、「眼睛」、「紗布」等醫學相

關名詞，生動的刻劃出黎明時天空的光彩。這首詩看似外科手術鮮血淋漓的實況，事實上不然，詩人巧妙地運用了黑人開刀、光的血液、紅紗布等意象，描繪一幅由黑夜、經曙光初現，至破曉時分的景象。詩中「血」已由「美與愛」的象徵，轉義成「紅色曙光」的譬喻對象，全詩充滿視覺通感與色彩刺激，詩人的機智由此顯露無遺。

　　詹冰的詩觀強調：「詩人該習得現代各部門的學識和教養，傾注其所有的知性來寫詩……」，其詩的意象跨越醫學領域，具有多樣性、獨創性而且新奇鮮活的特色。

問題與討論

1. 你認為專業訓練對作家創作有何影響？試舉作家及其作品說明之。
2. 請比較詹冰〈人類病了〉與蔣渭水〈臨床講義〉在主題內容與表現手法上有何異同？

延伸閱讀

1. 詹冰：〈音樂〉、〈詩作之前〉、〈理想的夫婦〉、〈液體的早晨〉、〈金屬性的雨〉，《綠血球》，臺北：笠詩刊社，1965年10月。
2. 詹冰：〈透視法〉、〈流入心臟的杯子的液體〉，《實驗室》，臺北：笠詩刊社，1986年2月。

護士作家 / 白葦

癌症病房手記

1

癌症
這不治的沉痾
只有眼淚
能解

2

每天
醫師們來巡視你
病情高漲的程度
每天
護士小姐們按時
來理理床鋪
來給藥打針
並且探視你
腮邊的淚痕

3

送來的藥已服下
針已打過

而後，妳
是唯一的全能的
神
親人友朋環侍身畔
環侍你
在未可知的病痛與毒惡裡翻雲覆雨

4
鬱結的思緒起伏
一口
潮汐漲落
你取來
記憶中的歡笑
敷裹
將如泡沫般
幻滅的哀傷

5
妳以悲悽的眼
需索
今天的生趣
明日的鼻息
──在永恆中續留
你蒲柳的腰身

6

癌細胞一似

決堤的洪

氾濫奔竄

直搗五臟六腑

而成疊的報告

浮貼在病程進展記錄背面

醫師們按圖索驥

探尋你

生命之牆最穩固的

據點

7

淵博的藥學理論

在鬆塌的砂礫中陷落

監視儀

遍尋不著你心律

飛揚的方向

8

時光靜止

游離的孤獨感

靜止

完滿的止息

渙寫在監視儀

黝黑的銀幕

之上

——《白衣手記》

陽光走不到的地方——「重度智障教養院」觀後記

陽光走不到的地方

如地心深邃，黑暗

用深墨的顏色豢養

天使們的軀殼

天使們的軀殼

不識飢溺

不辨五味

吞嚥與排泄，無所謂距離

裸裎的軀體，一樣包被著

溫熱的血

溫熱的血

幾經激越著流淌過魔魘的叢林

病菌緩緩緩緩腐蝕，讓意識

在軀殼之外

遊走

陽光走不到的地方

意識之與軀殼

夢幻之與真實

仳離之後

接駁的路又暗又長

如何

我們燃點心中的愛

晶瑩照耀，宛如

黑夜裡永恆的星光

一雙雙攙扶的手，攘臂

掬引星光，構築天使們

安息的天堂

————《海岸書房》

作者簡介

　　白葦，本名林鈴（1953～），臺灣屏東人。同獲有高醫護理學士及成大中文學士兩種學位，現任高雄醫學院附設醫院護理長。返回高雄醫學院從事臨床護理工作時，始加入「阿米巴詩社」。作品曾獲民國七十一年鹽分地帶文學獎現代詩組第三名、七十二年鹽分地帶文學獎現代詩組佳作並入選爾雅版七十二年度詩選等等。民國七十八年，詩集《白衣手記》出版，收錄自民國六十四年至七十七年的詩作。〈癌症病房手記〉這首詩即為七十二年鹽分地帶文學獎現代詩組佳作，並入選爾雅版七十二年度詩選，收輯於《白衣手記》。民國九十五年，第二本詩集《海岸書房》出版，收錄自民國七十八

年至九十四年的詩作。在詩的創作與學習過程中，受到「阿米巴詩社」經驗的影響，以及後來從事臨床的醫護工作，都面臨人類的生老病死，詩的取材有職場的背景。

選文評析

　　第一首詩〈癌症病房手記〉的詩名，「手記」二字，就已表明非從病人的視角來敘詩。主題是癌症病房，焦點在於刻劃病人徘徊於生與死的十字路口，內心深底對於過去的依戀、不捨，現況的徬徨、無助，以及未來的茫然、恐懼等各種交錯雜沓的感受，傳達詩人對生命情境的關懷與憐憫，從中再深入思索生命的本質。在形式與結構上，以寫實的手法，分段記錄病人的生命逐漸凋萎而至結束的過程。形式上有變化的設計來避免冗長單調，除了段落較多外，也利用截句式的語法結構，營造語調延長或刻意強調的效果，而將某些名詞、動詞獨立成行，例如「癌症」、「每天」、「神」、「據點」、「監視儀」、「敷裹」、「需索」、「靜止」等。在這首詩中，全知的焦距始終鎖定在癌症病房這唯一的空間裡，除了首段作篇旨的提示，及第四段跳離病房的實景，著重描述病患內心情感的虛象外，詩人根據多年臨床的護理經驗，逼真詳實地設計其他各段的時空場景，主要依循癌症的病情發展狀況，配合時間的順流，分別描繪醫護人員日常的巡房照顧，親友的探視，日益形銷骨立的身體情形，隨著病情的急速惡化，醫護人員急救的紛亂，最後病人宣告不治死亡為止。值得注意的是，詩人始終保持某種距離，縱觀記錄著病房內部的全面狀況，但在末段裡，焦距從病人這個主體上轉移，近距縮焦到監視儀的螢幕上，同時呈現空間上的立體層次與時間上悄然靜止的美感。

　　第二首詩〈陽光走不到的地方——「重度智障教養院」觀後記〉，在其副標題「重度智障教養院觀後記」即清楚明白地指出本詩的主題是社會一般

關懷溫暖較為忽略的重度智障教養院，焦點在於那一群彷彿是上天在惡作劇造成其生理、心理狀況與世隔絕的重度智障兒童。敘事觀點仍舊是旁觀者的角度清晰地描繪所見所知的情景，最終抒發自己的情感提出感性的呼籲，達到聚焦社會陽光般關懷於弱勢的團體身上。第一段開頭用「地心」來象徵重度智障教養院，只因遺棄在社會最底層最晦暗的角落，才會永不見天日。即使如此，重度智障兒童仍然擁有天使般聖潔無瑕的內在心靈。第二、三段指出，這群重度智障兒童和一般兒童最大不同處，在於他們的大腦缺乏感受，對外界包括自己生理上基本的需求和運作的認知訊息，更容易受傷生病。第四段用對比的方式說明，在這個缺乏社會資源奧援的地方，重度智障兒童的生理與心理的癒合之路是崎嶇且遙遙無期。第五段，作者提出感性的呼籲，集合個人宛如星輝的微薄力量，一樣可以讓這被遺忘的黑暗角落，受到人性的關心和慈愛的撫慰。末段，用獨句「安息的天堂」來強調，現今的醫學技術雖無法治癒重度智障，但只要人間有情有愛，就可以讓這個「陽光走不到的地方」，變成重度智障兒童安養餘生的天堂。

問題與討論

1. 詩的創作常常是感性的抒發，而觀察者卻是必須經常作理性的描述。這兩者之間，角色的扮演是否會混淆？有沒有和諧並存的可能性？
2. 在動物界裡經常有物競天擇、適者生存的現象，而重度智障者的照顧是否符合這個大自然的原理？人性和動物的天性有何異同之處？

延伸閱讀

1. 簡銘宏：〈醫心與詩靈的交會〉，《國立中央圖書館臺灣分館館刊》第9卷第1期，2002年3月。
2. 簡銘宏：〈蒹葭蒼蒼惟見白衣——醫護詩人白萱〉，《杏苑》春季第

67期，2000年。

3.黃永武：《中國詩學》設計篇，臺北：巨流圖書公司，1999年。

4.蕭蕭：《現代詩學》，臺北：東大圖書股份有限公司，1987年4月。

5.楊昌年：《現代詩的創作與欣賞》，臺北：文史哲出版社，1981年9月。

6.岩上：《詩的存在【現代詩評論集】》，高雄：派色文化出版社，1996年8月。

7.孟樊主編：《新詩批評》當代臺灣文學評論大系4，臺北：正中書局，1993年5月。

8.古繼堂：《臺灣新詩發展史》，臺北：文史哲出版社，1989年7月。

散文類

醫生作家
護士作家

醫生作家 / 蔣渭水

臨床講義

患者：臺灣

姓名：臺灣島

性別：男

年齡：移籍現住址已有二十七歲

原籍：中華民國福建省臺灣道

現住所：日本帝國臺灣總督府。

番地：東經120～122，北緯22～25。

職業：世界和平第一關門的守衛。

遺傳：明顯地具有黃帝、周公、孔子、孟子等血統。

素質：為上述聖賢後裔，素質強健，天資聰穎。

既往症：幼年時（即鄭成功時代），身體頗為強壯，頭腦明晰，意志堅強，品性高尚，身手矯健。自入清朝，因受政策毒害，身體逐漸衰弱，意志薄弱，品性卑劣，節操低下。轉居日本帝國後，接受不完全的治療，稍見恢復，唯因慢性中毒長達二百年之久，不易霍然而癒。

現症：道德頹廢，人心澆漓，物欲旺盛，精神生活貧瘠，風俗醜陋，迷信深固，頑迷不悟，罔顧衛生，智慮淺薄，不知永久大計，只圖眼前小利，墮落怠惰，腐敗，卑屈，怠慢，虛榮，寡廉鮮恥，四肢倦怠，惰氣滿滿，意氣消沉，了無生氣。

主訴：頭痛，眩暈，腹內飢餓感。

最初診察患者時，以其頭較身大，理應富於思考力，但以二、三常識問題試加詢問，其回答卻不得要領，可想像患者是個低能兒。頭骨雖大，內容空虛，腦髓並不充實；聞及稍微深入的哲學、數學、科學及世界大勢，便目暈頭痛。

此外，手足碩長發達，這是過度勞動所致。其次診視腹部，發現腹部纖細凹陷，一如已產婦人，腹壁發皺，留有白線。這大概是大正五年歐洲大戰以來，因一時僥倖，腹部頓形肥大，但自去夏吹起講和之風，腸部即染感冒，又在嚴重的下痢摧殘下，使原本極為擴張的腹壁急劇縮小所引起的。

診斷：世界文化的低能兒。

原因：智識的營養不良。

經過：慢性疾病，時日頗長。

預斷：因素質純良，若能施以適當療法，尚可迅速治療。反之，若療法錯誤，遷延時日，有病入膏肓死亡之虞。

療法：原因療法，即根本治療法。

處方：

正規學校教育	最大量
補習教育	最大量
幼稚園	最大量
圖書館	最大量
讀報社	最大量

若能調和上述各劑，迅速服用，可於二十年內根治。

尚有其他特效藥品，此處從略。

大正十年（民國十年）十一月三十日

主治醫師　蔣渭水
———《蔣渭水傳》——臺灣的先知先覺者

作者簡介

　　蔣渭水（1891～1931），宜蘭人，臺灣總督府醫學校畢業（即今臺大醫學院）。1916年（二十五歲）在臺北大稻埕開設大安醫院，他是仁心濟世的醫生，也是臺灣同胞非武裝抗日運動最具影響力的革命導師，承繼孫中山先生革命的精神與主張，成為「臺灣的孫中山」。自1921年（三十歲）起，積極參與反殖民體制運動，為臺灣同胞的命運鞠躬盡瘁，林衡哲稱他是「臺灣現代政治史上的唐吉訶德」。

　　蔣渭水平日喜誦古文，在1924年（三十四歲）因「治警事件」入獄時，留下一些仿古文的作品，例如：仿〈歸去來兮辭〉作〈快入來辭〉、〈前赤壁賦〉作〈入獄賦〉、〈陋室銘〉作〈牢舍銘〉等，可見深厚的古典文學素養。另有白話文，例如：〈入獄感想〉、〈入獄日記〉、〈獄中隨筆〉等，篇篇是監獄生活的忠實記錄，被稱許為「報告文學的驍將」。

選文評析

　　臺灣的醫事主題最早當可追溯自蔣渭水的〈臨床講義〉，這篇文章1921年11月30日發表於《臺灣文化協會》第一期會報，最大的特色是以「臺灣」為病人，書寫一份「智識營養不良症」的醫生診斷書，內容鋪敘條理井然，分四層次進行：首先，依序標列「臺灣」患者的基本資料，藉以回顧臺灣的歷史；其次，依據醫生的病情觀察，敘述臺灣當時人民與政府的心理狀況；接著以診斷內容說明臺灣病態形成的原因與治療的方法；最後開出根本治療的各種藥方。全文主旨是在揭露臺灣社會的陋習，並且提出根本治療法，開創了醫事散文的寫作主題與形式。

　　〈臨床講義〉開篇即道出診斷的對象是臺灣，特別標明「原籍：中華民國福建省臺灣道」，由此強烈表明無法承認臺灣已淪為日本殖民地的事實。又患者的「職業：世界和平第一關門的守衛」，從中彰顯臺灣重要的地位與神聖的使命。蔣渭水在《臺灣新民報》發行五周年特輯中曾說明：臺灣人負有作為中日親善媒介、促進亞洲民族聯盟、引導人類走向最大幸福與世界和平的使命；並一再強調臺灣的重要地位，是通向世界和平第一道關卡的鑰匙。

　　臺灣既居於重要的地位，又負有神聖的使命，卻因罹患「智識的營養不良」症，成為「世界文化的低能兒」，絲毫無力施展作為。內容繼續追溯病根的源起，分別從鄭成功、清朝時期的「既往症」，以及日治時期的「現症」詳細說明。一九二〇年代的民族自覺與新文化的提倡，一方面反抗日本殖民主義，一方面也企圖改造舊社會。當時的知識菁英，看到「道德頹廢，人心澆漓，物慾旺盛，精神生活貧瘠」的社會病症，多憂心忡忡，亟思有以改造。加上清代以來，「因受政策毒害，身體逐漸衰弱，意志薄弱，品性卑劣，節操低下」；在日本殖民統治下，民風每況愈下，因而改造舊社會，勸導民眾改正陋俗，遂成為新文化運動者的目標。在蔣渭水的眼中，日治時期的臺灣已病入膏肓，尤其針對「迷信深固」、「風俗醜陋」的民情陋習；有諸多的文字評論與實際改革，如在1925年1月21日民報的〈晨鐘暮鼓〉中，他明示臺灣社會有五項民情陋習，當迅速破除，即：一、祈安建醮；二、補運謝神；三、燒金紙；四、婚葬、聘金；五、吸鴉片。

　　〈臨床講義〉的另一主旨，便是針對「臺灣」這位「智識營養不良」的「世界文化低能兒」，開五味藥方作為診治處方，這五劑正是助長臺灣文化發達的良藥，即：正規學校教育、補習教育、幼稚園、圖書館、讀報社，都需最大量，則預估二十年內，智識營養不良症可以霍然痊癒。換言之，要掃除迷信深固、風俗醜陋的社會陋習，唯賴民眾的自覺革新，提升智識水準，才是民族自救圖強之道。

　　為了補給大量智識營養劑，1921年蔣渭水等人發起創立「臺灣文化協會」，至1927年，文化協會始終扮演文化啟蒙的角色，希望藉以改造臺灣同胞的思想，以根治社會的病症。這個組織廣納各個領域的知識分子，有計劃地辦理活動，值得一提的是開辦文化書局、發行《臺灣民報》、設置讀報社與舉辦各種講習會。希望藉此提升同胞的智識水準，拓展視野以了解世界思潮的趨向，進而追求臺灣人的獨立自主。換言之，「臺灣文化協會」的目標即在醫治臺灣同胞的「智識的營養不良症」。

　　蔣渭水這位時代的先知先覺者、知行合一的醫事作家，最值得懷念的行事之一，便是除致力於抗日運動外，還不餘遺力地改革社會陋習——包括祈求建醮、補運謝神、燒金紙、聘金婚葬之奢靡、吸鴉片、嫖妓豪賭等。這些努力雖然和他們與生俱來的鄉土感情或同胞愛有關，但更是出自於他們高貴的道德情操與精神勇氣。

　　〈臨床講義〉從題目看來，似乎是篇醫學報告的科學性語言，實則以醫學病症來隱喻臺灣社會的陋習，具有社會改革的意義。這張以臺灣為患者的醫學診斷書，形式特色有三：

一、規律整齊：為了配合醫學診斷書的形式，正文部分沒有分段，只有秩序的排列，使人有規律整齊之感。

二、含蓄有趣：文學語言跟科學語言不同，後者僅求表意清楚，前者則要求表意方式之巧妙。本文經過轉化的手法，迥異於原先的實用性的解讀，而有文學語言的間接含蓄的傳達方式，所蘊含的微言大義生動而有趣的昭示於眾。

三、藝術造型：鄭明娳在《現代散文構成論》論及散文的「練形」時說：「散文的形式自不必特意用奇巧怪異來求勝。但是，因作者用心佈置許多特殊形式，確實能練就出藝術造型。」對寫慣了政治文獻、入獄隨筆的蔣渭水而言，把文字巧妙安置而產生如此強烈諷刺意義的小文章，實屬罕見。

　　〈臨床講義〉能針對主題的需要，而重新賦予醫學診斷書另一個新意涵，使得內容與形式成為不可分割的有機體；其形式結構不只助長意義深刻化的效果，同時也創下臺灣散文史上的首例。林瑞明在〈感慨悲歌皆為鯤島——渭水與臺灣文學〉一文，稱許〈臨床講義〉為獨一無二、絕妙的文學作品，足以在臺灣新文學史上佔有一席地位。

問題與討論

1. 就你個人的觀察，現今臺灣社會是否還患有「世界文化的低能兒」病症？請你模擬蔣渭水〈臨床講義〉的寫作形式，診斷現今臺灣社會的病症。
2. 請就寫作背景、主題內容與表現手法，比較蔣渭水〈臨床講義〉與陳永興〈第二號臨床講義〉之異同？

延伸閱讀

1. 賴和：〈鬥鬧熱〉、〈赴會〉、〈善訟的人的故事〉、〈不如意的過年〉、〈棋盤邊〉，收入林瑞明編《賴和全集一・小說卷》，臺北：前衛出版社，2000年6月。
2. 賴和：〈喪禮婚禮改革的具體案〉，收入林瑞明編《賴和全集三・雜卷》，臺北：前衛出版社，2000年6月。
3. 賴和：〈阿芙蓉〉，收入林瑞明編《賴和全集五・漢詩卷》（下），臺北：前衛出版社，2000年6月。
4. 詹冰：〈人類病了〉，收入《綠血球》，臺北：笠詩刊社，1965年10月。
5. 侯文詠：《點滴城市》，臺北：圓神出版社，1991年7月。

6. 江自得：〈解剖〉、〈咳嗽〉、〈喘息〉、〈試管嬰兒〉、〈活著〉，收入《從聽診器的那端》，臺北：書林出版社，1996年2月。

7. 陳永興：〈第二號臨床講義〉、〈「美麗島」生病了〉、〈拯救臺灣人的心靈〉，收入《醫學的愛－陳永興醫師文選》（上‧下），高雄：望春風出版社，2002年3月。

醫生作家 / 王溢嘉

白衣・誓言・我的路

　　天還沒亮，老彭就站在書桌前，對著桌燈穿昨天剛領到的醫師制服，然後靜靜地在鏡前端詳。我躺在床上看著他，心裡有一股溫暖和如夢的感覺。老彭總是最早起床，即使在今天也不例外。從今天開始，我們都是實習醫生了。

　　七點五十五分，第七講堂明亮的燈光下，一片雪白。空氣中還盪漾著細碎的、被潛抑的喧騰。我撫玩著白衣口袋內的聽診器，看著四周共硯六年的伙伴，我們曾彼此相濡，也曾彼此疏離，而如今都籠罩在一片雪白中，掩去彼此的身世、歡樂和憂傷，懷著同樣的自許，聚集在「白色之塔」的聖壇下，為自己踰越了人生某種範疇，而付出許諾。

　　當我高舉右手，說出：「准許我進入醫業時，我鄭重地保證自己要奉獻一切為人類而服務……」的誓言時，以低啞男音為主的聲調，使我想起希臘神話中的普羅米修斯[1]，一個人的悲憫和誓言若是來自潛意識，而非來自超我[2]，則他今生今世註定要面臨種種的

1　普羅米修斯是希臘諸神之一，祂擅長以聰明才智反抗宙斯，首先用粘土創造了人類。宙斯不滿人類的怠惰，所以拒絕將火傳給人類使用。每到夜晚，人類只要想起野獸就只有在黑暗中戰慄的份兒；同時只能茹毛飲血，終日飽受疾病的侵襲。創造人類的普羅米修斯非常同情人類，所以祂就偷了天上之火賜給人類，又教人類建造房屋、造船航海等各種技術。宙斯對普羅米修斯的態度大為憤怒，於是將祂抓來綁在史基提亞（另一說是高加索）高山頂上的巨岩上，然後驅使一隻大鷲每天啄食祂的肝臟。然而白天被啄了的肝臟，到了夜晚又會重生復原，所以祂每天都必須遭受這無止盡的痛苦。普羅米修斯的名字象徵著先知先覺，筆者在此處是以普羅米修斯的無止盡痛苦來象徵從事醫業所要面臨的情境。可參看《西洋神話故事》，林崇漢編譯，志文出版社。

2　「超我」一詞是佛洛伊德所發展出來的一套精神分析醫學理論。在他的理論中，人類的心靈有兩種結構方式，從行動（包括思想、感情）方面來考慮時，它可分為潛意識（unconsciousness）、前

折磨和劫難。即將來臨的折磨和劫難如同一枚甘中帶澀的生果，隨著誓言在我唇上流轉，我伸在黃色燈光中的手，不禁圍攏來握成一個拳頭，試圖從虛空中握取一點支持的力量。

尼采說：「有些人要在死後才出生」[3]，醫學生的訓練即是一種從死到生的心路歷程。幾年前的一個冬夜，在金山街住宿處的後院裡，我將解剖屍體時所穿的實驗衣委於地上，縱火焚燒。沾滿屍腐味和福馬林異味的實驗衣，在熊熊烈火中急速踡縮，彷彿它是有生命的東西。我蹲下身來，逼近那堆短暫絢麗的光和熱。

我曾穿著它解剖過另一具生命，將它解剖得體無完膚。每天早上，我必須像澆花一樣在屍體的臉上身上澆水，像園丁觸摸花木一般觸摸它。然而在期末考時，來自全省各地最優秀的同學，像死刑犯般排成一列，蒼白的臉上張著無眠而充血的眼，被一個個推進充滿屍體的考場。在雜有白骨、血管、神經和肌肉的一道考題上，匆忙作答間，我倉皇辨認出，它竟是和我相伴數月不知名的屍體的手。

生命到底是什麼呢？醫學教育為我提出這道難題，而且讓我越陷越深。

然後是生理實驗，我們一組幾個人不住折磨著一條狗。一個緊

意識（preconsciousness）及意識（consciousness）三個層面；從人格方面來考慮時，它可分為原我（id）、自我（ego）及超我（superego）三個領域。「超我」它是「一切道德自制的代表，止於至善的擁護者，簡而言之，它相當於人類生活中所謂高尚的東西。」它像一位檢查官，依「道德原則」（the morality principle）來維護良知與自尊；而完全屬於「潛意識」範圍的則是「原我」，它是「原慾」（libido）的儲存所，它的功能在於滿足基本的生命原則，依「快樂原則」（the pleasure principle）來滿足本能的需要，是盲目且沒有理性力量的。作者引用此理論意在強調對醫業的許諾必須是理性且負責的（超我），如果只是一時的盲從與衝動（原我），將會帶來無止盡的劫難。可參看《精神分析與文學》，王溢嘉編著，野鵝出版社。

3　尼采（Friedrich Wilhelm Nietzsche, 1844～1900）德國哲學家。其思想本於叔本華之生活意志說，但叔氏以解脫為理想，尼采則以權力意志為人間至高原理。他認為一切價值之源，存諸自我，努力與世奮鬥以滿足其本能者，為人生之真目的。又以人由動物進化，更進則為超人，故創超人說。

接一個的實驗步驟，讓大家非常興奮，用功的同學紛紛在筆記上詳細記錄實驗的結果。我則一直注視著被綁在板上的狗，牠茫然無告的眼光，以及斷續抽搐痙攣的身體，似乎在向我表白什麼。三個小時後的實驗完畢，被剝腸割肚的狗兒已經奄奄一息，大家覺得不忍，有人提議不如讓牠早點解脫。但大家你看看我，我看看你，沒有人動手。

　　我用顫抖而興奮的聲音說：「我來。」然後拿起解剖刀，一刀刺入牠的心臟，鮮血噴上我握刀的手，我的眼眶和手都濕潤了。如果我必須做兇手，我願我是一名高尚而仁慈的兇手。

　　然後我們被帶進醫院去觀看一群群活生生而受苦的生命。先看死人，再看活人，這就是醫學教育所帶給我的錘鍊，它讓我在無心間盜取了生命的奧秘，給我開啟生命幸福之鑰，然後再將無數痛苦、哀號的生命展露在我眼前，這是多麼無情的折磨！！一個太過健全的人，是無法瞭解別人的痛苦和不幸的，他人的不幸和痛苦，屍體笨拙的姿勢、腐敗的氣味，均使我沉思且哀痛。每一隻祈求的手，痛苦的臉似乎都朝向我，我覺得我對他們有所虧欠，因為我與聞了他們生命中某種重大的秘密，單單這一點，我就覺得我虧欠了他們。

　　在醫生面前，病人順從的赤裸著。誰有權能如此坦然地檢視另一個同類的痛苦呢？我毋寧覺得我是缺乏這種權利的，但我卻被賦予這種權利，這就是我的劫難。「拒絕獨自進天堂」，這種伊凡式的解決方法[4]，並非什麼高超的道德原則，而是一種悲憫與憤懣，

4　伊凡，是杜斯妥也夫斯基的小說——《卡拉馬助夫兄弟們》中的一位重要角色。小說中的伊凡慣

對生命何以有這麼多不幸和痛苦感到悲憫與憤懣，這也是我所選擇的方向。

為何當醫生？這個遲來的問題在我醫師誓言宣讀完畢之後，已無由我再去細想，因為前面有太多苦難的人在等著我。

——《實習醫師手記》

隨時準備翻臉的信賴

到二東病房後不久，我接了一位罹患膽結石的中年婦女，她住院的目的是為了開刀。一個三十歲左右的女兒陪同她到病房來，我覺得她們母女相當可親，所以在做完住院例行的問診和常規檢查後，我多說了些家常話。和病家閒話家常，可以減少她們陌生的緊張和敵意，當了這麼久的實習醫師，對此我已是遊刃有餘。

隔天清晨六時，我為病人抽血時，伏在床側的女兒從夢中驚醒過來，拉出她母親被中的手讓我抽血。

當我屈著身，凝神注視鮮血從病人的靜脈流進我手中的針管時，病人的女兒在旁輕聲說：「王醫師，你們真辛苦。」

「當醫師本來就很辛苦。」也不知道有多少個早晨，我醒來第一件事，就是把冰冷的針尖刺入溫熱的皮膚，去擷取那溫熱的鮮血。

世嫉俗，他認為一切罪惡皆是可以容許的，所以他可以殺死自己的父親，或任憑別人殺他父親；但身為一個虛無主義者，他也缺乏行動的能力，只能縱容他的兄弟去弒父。杜氏筆下的人物時而犯罪，時而在懊悔中樹立高超的道德標準，他們謀殺並為此贖罪，最後將贖罪變成一種謀殺技巧，伊凡·卡拉馬助夫就是一個很好的例子（可參考《精神分析與文學》，王溢嘉編著，野鵝出版社）。作者以伊凡的想法為喻，強調醫生雖無權檢視同類的裸體與痛苦，但基於悲憫與憤懣，即使觸犯禁忌（解剖生命）、充滿罪惡（生理實驗所虐殺的狗），也是不得不然的作為，是可以容許的。

「現在辛苦，將來總是有代價的。」病人女兒的眼中流露出嘉許。在一大清早，就能聽到來自一個美麗女人的鼓勵，總是令人覺得愉快的。

開刀後，病人情況順利，但每隔六小時仍需注射兩針抗生素，這也是我的職責。有時候看病人的傷口太濕，我還順便為她換藥，重新貼上乾淨的紗布，她們母女也不住道謝，我們雖然素昧平生，萍水相逢時，她是有病之身，而我是醫師，所幸她得的並非十萬火急的病痛或什麼無望的絕症，所以每天巡視病房、打針、換藥時，總是有說有笑。

開刀後第三天傍晚，我照例為她打針，經過這麼多天的相處，我和病人及她女兒似已相當熟稔，病人見我進來，就笑著伸出手來，問：「還要注射幾次？」

「快了，快了。妳的情況很好。」我邊說邊找尋她手肘上理想的注射部位。她的皮膚已失去彈性，浮在上面的靜脈浮腫而蜷曲。摸起來似乎管壁很脆，且滑動厲害；我覺得她手臂彎處已注射太久，所以決定換個部位，改選手臂上一條凸起於表皮上的浮腫靜脈。

她女兒幫我扶助她母親的手，笑著說：「我媽媽說住在這裡服務真周到，好像住在旅館一樣。」

針尖在我的引導下刺入病人鬆散的皮膚，皮下蜷曲的靜脈卻歪到一邊去，輕輕一碰，糟糕！馬上鼓起一個大包，病人不住喊痛，我連忙抽起針尖，用棉球止住傷口。「對不起，妳的血管很脆弱，再一次就好。」

我心想好在我這幾天和她們母女有說有笑，而且這幾天為她注

射了十來次，都是一針見血，不然這次馬失前蹄，不被她們抱怨才怪。

我又在手臂上找一條血管，屏息注入，情況完全一樣，我又判斷錯誤。我自我解嘲地說：「今天怎麼搞的？實在對不起，越想讓妳不痛，結果痛了越多次。」

我試著想在病人另一隻手找理想的注射部位。病人的女兒忽將手伸在我和病人之間，冷冷地說：「算了！不必再打了。我看你再去學幾年吧！我媽媽不是實習品。」我抬起頭來，接觸到的是她極度不悅的眼光。病人也擺出一張冷然的臉，我低著頭看著手中留有病人血跡的針筒，但覺全身的血液彷彿一下子被抽光了，只剩下「你再去學幾年吧！我媽媽不是實習品」這句話在我空空的血管裡急速流動衝撞。

我不知如何走出病室。走道走廊上，隔室一個病人正在走廊上徘徊，他看到我時，親切地對我點頭微笑，但我卻生出一種夢樣的虛假感覺。如果明天我為他「服務」時，萬一有什麼無心的過失或令他不滿意的地方，他可能也會掩去他親切的笑容，說：「我看你再去學幾年吧！我不是實習品。」

病人對醫師的信賴，往往並非全心全意的，而是一種無奈的、暫時的、姑且試試的、隨時準備翻臉的信賴。但這種脆弱而又緊張的關係，似乎是無可避免的，因為任何素昧平生的兩人，要在匆促之間建立起利害關係，都有其潛在的危機。

以前常接到從別的醫院轉來的病人，在詢問病人的治療史時，病人常會把他們「一度」尊敬過的醫師形容為「庸醫」，然後開始讚美臺大醫院，甚至連我也順便誇獎幾句。所謂為學日深，為道日

損，涉世益深，人情益薄，今後再聽到類似的讚美時，我可能會產生悲涼的感覺，因為當有一天他覺得臺大醫院不滿意，轉到別處去時，我們也可能會被他形容為庸醫。後之視今，猶今之視昔，我們能不悲涼嗎？

——《實習醫師手記》

作者簡介

　　王溢嘉（1950～），臺中人，喜歡帶著蚯蚓做的釣餌和長布袋，獨自一人走向田野，在縱橫的阡陌和溝邊濮上釣青蛙。空曠青翠的田野、落日的餘暉，每每讓他悸動不已。爾後負笈北上，就讀人人稱羨的臺大醫學院，當同學們埋首苦讀、終日和人體結構奮鬥時，他卻選擇在新聞社介紹西洋思潮和從事政治社會事件的論戰。「文學」對他而言，是「即將許諾的玫瑰園」；而「醫學」，則是「折磨和劫難的開始」。1975年，作者自臺大醫學院畢業，隨即放棄醫業，並於隔年開始在中國時報人間副刊撰寫「楓林散記」專欄；在聯合報的萬象版撰寫「實習醫生手記」專欄，正式展開他所謂的「靠編雜誌、翻譯、賣文為生」的生活。對他而言，寫作已不是一種「職業」，而是一種「命運」。年輕的他曾怯於承認「寫作」是無法擺脫的命運；但中年的他卻熱切擁抱「寫作」的一切！

　　現在的他，仍筆耕不輟。自1989年出版《實習醫生手記》後，陸續出版《失去的暴龍與青蛙》、《精神分析與文學》、《古典今看——孔明到潘金蓮》等書，創作領域從心靈剖析到中國文化傳統結構的深層分析，涉獵既廣又具深度，兼具理性與感性，迥異於一般的文學作品。

選文評析

　　對大多數人來說，考上醫學院正是人生夢想的開始，然而對敏感而心思深沉的王溢嘉來說，他有著與他人迥然不同的複雜情緒。有些人從小立定志向要追求某種目標，而其背後一定具備某些使命感或是個人的動機；而作者卻不然，從高三分組到進入醫學院，他可以說都是以游移的感情、被動的任由環境來推動著他變換軌道。作者剛進醫學院之初，據他形容是「不知天高地厚，對醫學只有一個模糊的概念」，直到大三開始跨進醫學的門檻，才知面對的卻是一股「足以粉碎你的力量」！冰冷的顯微鏡和屍體、排山倒海的考試就是這些準醫師們生活的全部，他們必須戰戰兢兢的維持自身的平衡來面對任何的壓力和毀譽，但多數的人仍舊無怨無悔、努力的堅持到最後。因為他們知道「醫學」之路是光明順遂的，不是大學教授便是專業醫師。他們會被訓練成一支冷靜而專業的團隊，在「白色巨塔」內編織美好的未來。可是，作者卻對眼前的平坦大道有一份懷疑與抗拒。例如文章一開始，面對實習宣誓的重要日子，作者同學——老彭一大早即端坐鏡前整理衣裝（作者還特意強調老彭一向如此），和慎重其事的老朋友比較起來，作者卻是靜靜的躺在床上看著這一切而浮起「如夢」之感，如此強烈的反差，似乎註定其將以擺盪而疏離的心態來面對實習生涯。所以，當他的手在宣誓，他的心靈卻隱約呈現背叛和抗拒的情緒。

　　為何還要當醫生？作者在文章的最後拋出了這道問題。因為「屍體笨拙的姿勢」讓作者沉思，為了豐富自己的臨床經驗與人生經驗，他必需不斷的從病人身上盜取生命的奧秘，所以「虧欠」的情緒始終在他的體內翻攪，揮之不去，為了贖罪，這條路只能勇敢向前。他引用「拒絕獨自上天堂」的「伊凡」式思考，強調對眾生之苦的悲憫與憤懣，即是他面對即將展開的實習生涯背後的支持動力！作者雖對醫學懷有一份抗拒，但他仍然會給自己再一次的機會，因為這是他所選擇的方向，雖然不能保證是否會煞車、會轉

彎、甚至逆向而行，但至少他曾走過。人生總會面臨許多十字路口，如何作出選擇，始終都是艱難的習題，但不容否認的是，「個人終究要透過他所選擇的目標，來成就他的生命意義。」這篇文章將準醫師的心境做了具體而深入的刻畫，富於哲思的筆觸帶領讀者進入醫學教育的真實境況，值得所有準備進入醫學領域的年輕人一讀。

〈隨時準備翻臉的信賴〉一文則是作者對醫病關係的體認。「首先，醫師應該第一眼就給病人一個好印象，讓人覺得可以信賴。所以，他的外表要整潔，態度要可親。進一步的，醫師要使病人覺得他們與醫師之間的關係是對等的。」誠如這段文字所說的，良好的醫病關係須建立在彼此的尊重與信賴上，才能營造雙贏的局面。但對小小的實習醫師而言，「信賴」的建立，除了考驗自己的專業能力，也和病人及其家屬是否信任有關。和正式醫師的權威處境不同，「實習醫師」在宛如金字塔的人事結構中，是底層又是吃力不討好的一群。他們穿梭在各病房與開刀房之間，擦擦血、拉拉鉤、綁綁線、寫病歷、打點滴、打檢驗單，看似相當微不足道的事，卻是他們苦讀了十八年書才換來的機會！為了珍惜這份得來不易的機會，每位實習醫師無不以戰戰兢兢、披星戴月的態度和拼勁來從事醫學工作。在教授、主治醫師、總醫師、住院醫師面前，他們是卑微的；諷刺的是，在病人及家屬的面前，他們也是最為備受質疑的一群！在這篇故事中，作者只是因為一次打針不順遂而遭致病人家屬的責難，儘管先前醫病關係互動得十分順暢、愉快，但只要病人、家屬不滿意，一切的努力都會化為烏有！現實的處境讓作者質疑——醫師和病人之間的關係是一種脆弱又緊張的存在！具體一點說，病人因病纏身，需要神的救贖與專業的照顧；但醫師是人不是神，醫學知識的豐富也不代表治病經驗的豐富，所以，醫師與病人之間，根本就是不對等的關係。

一般的人際關係本身就已多面複雜，醫病關係又必須牽扯醫療行為、醫學倫理、社會文化、經濟等層面，更是複雜糾葛，無法由單一或幾種層面去

論述或解決改善，因此作者的無奈是情有可原的。其實，脫下白袍，醫生也是人，也是需要鼓勵與關懷的。因此病人們不應吝惜給予認真的醫師們掌聲打氣，也應多一分體諒與信任；而醫師們除了專業素養的訓鍊外，也應專心聆聽病人的心聲，關心病人的感受。只有醫病雙方都能拋棄彼此的成見與心防，同時付出相互的關心，醫病關係才可能成為愉快及有益的局面。否則像文中作者不愉快的經驗甚至有悲涼之感，仍舊會不停上演。

問題與討論

1. 作者認為「醫師和病人之間的關係是一種脆弱又緊張的存在！」你是否認同此觀點？若要弭平這種緊張關係，醫病雙方須具備何種認知與行為？請說說自己的看法。
2. 對一位準醫生或準護士而言，「宣誓」是一種儀式，也是一種許諾。但作者卻在許諾的過程中存有許多抗拒與不確定感。作者所抗拒的理由何在？

延伸閱讀

1. 王溢嘉：〈擺盪的生命圖像·王溢嘉的自我追尋〉，莊慧秋專訪，原載〈張老師月刊〉，1988年6月；亦收錄在王溢嘉著《失去的暴龍與青蛙》。
2. 王溢嘉：〈走不一樣的路〉，《失去的暴龍與青蛙》1989年6月。
3. 黃達夫：〈做個負責任的好醫師〉，《用心聆聽》，天下文化出版，1999年10月。
4. 潘震澤：〈醫生迷思〉，《醫學這一行》，天下文化出版，2004年10月。

5.李詩應：〈醫師的四張臉——談醫病關係〉，《醫學這一行》，天下
　文化出版，2004年10月。

6.謝向堯：〈當病人變成醫生〉，《醫學這一行》，天下文化出版，
　2004年10月。

醫生作家 / 王浩威

救災游擊隊

　　許多立即趕赴災區的醫護人員，在三、四天內，很快就撤退。從原來的六百多人，變成三百多人，然後更少。

　　一位隨著高雄市政府衛生局前去救災的婦產科醫師，打電話給我：「能去做什麼？所有的醫護人員都在醫療站裡，擠成一堆，送來的病人卻沒幾個，連高雄醫學院的某某教授，都只好去掃掃街，兩三小時就回來了。」

　　我沒到現場，不敢確定有多少醫護人員遺憾英雄無用武之地，但根據報導，恐怕是有相當的比例吧。

　　為什麼醫護人員不敢離開醫療站？

　　不要講離開醫療站，甚至連離開醫院，恐怕都是這些專業人員無能處理的。記得還是醫學生的時代，老教授經常強調觸診等生理檢查的重要，他說：萬一有一天沒有了超音波、電腦、X光等等，甚至連電也沒有了，你們怎麼行醫呢？雖然，任何醫學生都覺得他的話很有道理，可是隨著醫療科技日新月異，我們已經不知不覺地完全依賴而離不開大醫院了。

　　為什麼醫護人員不敢散開，各自走到更深入的災區？

　　除了潛在的危險教人恐懼外，恐怕是臺灣的醫院越來越超大型的結果，使得一切都是細細瑣瑣的分工，每一個人都要靠龐大的團隊，才能發揮功能。一旦打散了，獨立作業，忽然完全沒信心。

　　災難來了，大教授和大專家們都失靈了，像是放到第三世界某

處荒野的高科技器材，雖然昂貴而先進，也只能日曝雨淋，任其生鏽了。

　　反倒是那些小診所，小本經營的一人醫院，向來是衛生署健保局給付最苛刻的，也是大醫院的醫師所看不起的，這次倒是發揮了他們獨力作戰的能力，打了一場漂亮的游擊戰。

　　　　　　　　　　——《自由時報·自由副刊》，2000.10.04

心靈真正的撫慰

　　行天宮的廟埕排起幾列長龍，身著青衣的收驚婆們正為民眾逐一去除地震帶來的驚嚇。朋友問我說，身為精神科醫師，應該提醒民眾尋求更科學的治療方法吧。我笑一笑，說，這一切民間醫療其實才是人們心靈真正的撫慰呢。

　　當然，也許是我自己的偏見吧。

　　閉上眼睛，我就想起向來以擅長收驚聞名鄉里的外婆，童年的時代，回到竹山鄉下延平里的外婆家，經常可以看見庭院外有計程車停下，就知道又有隔鄉鎮的居民來找外婆收驚了。

　　外婆往生也近卅年了，印象最深刻的神采，正是她進行儀式的莊嚴模樣。大部分的收驚細節也許忘記了，總有幾個畫面，譬如舉高著包住米粒的衣服在嬰兒頭上環繞，同時口中唸唸有詞。最近看見報導，有同行的精神科醫師表示門診量增加了不少。其實，在過去的調查裡，心裡或壓力問題達到看診標準的臺灣民眾，真正尋求專業協助的約略是百分之四，也就是每二十五人才一人求助。剩下的廿四人哪裡去了呢？

　　一場大地震，朋友開玩笑說，身價因而高漲的是地震學家，其次是精神科醫師、心理學家、社工等助人專業。然而，即使是求助的人增加了好幾倍，每廿五人有三、五人求助了，更多數的人還是遺漏了。

　　身為一位專業人員，希望能提供更多和更好的助人服務，而不是去強制改變那些長龍排列的方向。民間所需要的，自然就會理直氣壯地存在下去。

——《自由時報·自由副刊》，2000.10.08

作者簡介

　　王浩威（1960～），南投竹山人，高雄醫學院畢業。前《醫望》雜誌、《島嶼邊緣》總編輯。在臺大醫院精神科接受訓練，後來到花蓮慈濟醫院當精神科主任、在臺大醫院精神部身心醫學科擔任主治醫師。現為心靈工作室醫師，專門從事個別心理治療、夫妻及家族治療，特別是青少年方面。

　　王浩威在醫師作家中以博學聞名，大學時代加入「阿米巴詩社」，著作涵蓋文化評論、性別觀察、詩集、散文、精神醫學等多種。專長心理治療、青少年心理學等。

　　著有《臺灣查甫人》、《一場論述的狂歡宴》、《憂鬱的醫生，想飛》、《獻給雨季的歌》等書。

選文評析

　　921地震是臺灣人共同經歷的浩劫，地震剛發生時，臺灣人展現愛心、捐錢、提供醫療，救援物資陸續到位，但是大家似乎只看到有形的傷害，忽略了精神上的協助。

　　做為精神科醫師，王浩威注意到民眾精神上的需求，當時就在自由時報發表一系列災後心靈重建的文字，期望大家能從精神層面，協助災民克服難關，至少不應該造成更多的傷害。

　　〈救災游擊隊〉一文即從救災過程中醫護人員無法發揮功能，反省醫學教育的問題。科技愈發達，人們仰賴科技的程度就愈深，一旦遇到天然災害或人為災害，醫療器材無法發揮功能，醫生就只能無功而返。〈心靈真正的撫慰〉則討論民間醫療的問題，當代醫療過度強調科學方法，形成科學崇拜，但是當醫療在面對世人的問題時，只要能提供醫療的功能，不應該將民間醫療視為不科學，而忽略其撫慰人心的功能。

　　當代社會享受科技的成果，難免有科學崇拜。兩篇文章對於醫療的反省，篇幅雖小，卻能切中要點。

問題與討論

1. 醫師教育過程中，在仰賴醫療器材與獨立作業之間，應如何取得平衡？
2. 「民間醫療」與「科學的醫療方法」之間，如何取得平衡？

延伸閱讀

1. 孫梓評：〈作家行止：閱讀靈魂的人——訪問王浩威〉，《文訊》第191期，2001年9月。
2. 翁舒玫：〈尋找王浩威〉，《人本教育札記》第143期，2001年5月。

醫生作家 / 莊裕安

信仰馬克思主義的盲腸

　　七年前的暮春，我因為想介紹普羅高菲夫（Prokofiev）的歌劇《戰爭與和平》，必須「重讀」托爾斯泰原著。我幾乎不記得多早以前曾經讀過。當初讀讀又停停到底看了多少，但它的名氣大到我不敢承認沒看過。起碼奧黛麗·赫本與亨利·方達領銜主演的電影，至少曾經看過兩回。

　　礙於時間緊迫，後來我取巧只跳讀普羅高菲夫寫入歌劇的十三個場景，約莫佔了全書一百四十萬字中譯的六、七分之一，便也自覺能夠交差，總算品嚐過這部史詩鉅構。托爾斯泰描寫拿破崙進攻莫斯科，原作時間橫亙十五年，知名具姓人物多達五百五十九人，挾山超海的百科權威，令歷史學究也不得不懾服。

　　歷史學家到底是否全盤服膺《戰爭與和平》的細節考據，不是我這外行可論斷，但我對托翁的另一本「病案小說」，便可略為發揮。《伊凡·伊里奇之死》約莫只有四萬字中譯，重讀起來輕鬆許多。《伊》書集中描寫一個不得人緣的中年男子，一直是偉大中篇小說的典範。

　　托翁在《安娜·卡列尼娜》開場寫下註腳名言，「幸福的婚姻只有一種，不幸的卻有千百種」；《伊凡·伊里奇之死》的第二章起頭，同樣也有畫龍點睛妙句，「伊凡·伊里奇過去的生活經歷單純平常，因故也最恐怖」。這部小說所以永恆，便在於主角的尋常無奇，死亡襯托出一個平凡人的非凡面貌，沒有人的臨終不驚心動

魄。

　　伊里奇是舊俄小說家果戈里、契訶夫很喜歡諷刺的官僚典型，他談不上作奸犯科，但一路靠著唯唯諾諾升職，嘴臉也夠令人討厭。小說開章說伊凡‧伊里奇一死，同事沒人感傷憐憫，只顧著臆測他遺留的空缺，誰會來依序遞補，自己的親友說不定趁機可擠進來混個小差事。

　　連伊里奇的家人都沒給他好臉色，妻女公然在他疼痛不堪的晚上，面不改色上戲院娛樂。他太太在弔唁者面前假扮迷糊，但一提到如何掙到更多撫卹金，可沒人比她精明。伊里奇還沒閉眼前，早就清楚每個人都在巴望兩腳一伸，沒有人不希望他趕快騰出那個空位，連他自己都渴求解脫。終於，臥躺病榻三個月後，連續三天不停劇痛嘶喊，他頓時感到一陣快樂，「再也沒有死了」，他斷氣前的最後一個念頭。

　　《伊》書一直被視為「死亡學」的經典描寫，尤其是西方醫學倫理課堂不能不討論的中篇小說。美國死亡學開路先鋒庫布勒‧羅斯醫師，六〇年代提出「末期病患的五個精神狀態階段」學說，所謂「否認與疏離」、「憤怒」、「討價還價」、「消沉抑鬱」、「接受」，一直還是當今奉守的圭臬。托爾斯泰早在羅斯八十年前，就詳實描繪比「羅斯學說」更寬闊而細膩的死亡場景。

　　伊里奇既不是善人也不是惡人，他只是過於拘謹，一心只想在官場步步高升。官場待久了，他漸漸失去憐憫體貼的美德，直到有一天他渴望有人賞賜這些情感。即使這樣行事淡漠的人，也有他的死亡尊嚴。托爾斯泰除了領先精神科大夫，精準描寫臨終心靈機轉，還提早發動了「存在主義」的曙光，開卡謬、沙特論述之先

鋒。

　　起碼有兩種人不能不讀《伊》書：第一種當然為每年都期待平等、加薪、升級的「今之伊凡・伊里奇」，第二種便是像我這樣開館設帳的內科醫生。托爾斯泰小說裡提到的一群內科醫生，沒一個是好傢伙，他們加起來還不及一個忠心僕人格拉西姆有用。伊里奇在世最後幾天，格拉西姆產生的「療效」還超過醫生開的鴉片與嗎啡。伊里奇雖然不是皇親國戚，好歹也是有屋有僕的資產階級，他有錢有勢有門路，不難挑個名醫。

　　第一個名醫推測他的左腹疼痛，不外乎是腎移位、慢性黏膜炎、盲腸炎，最後一項尤其可能。伊里奇一共看過五個醫生，名氣威望一個強過一個，做了一堆檢查，但是沒一個人的診斷超出第一位列舉範圍。連續遇上五個鄙俗庸醫，這個數目已足夠起人疑竇，難道十九世紀末葉，整個聖彼得堡沒有半個好醫生？這是托爾斯泰對當時整個俄羅斯醫界的評價？據說伊里奇的故事，有個真實樣版，這人是托爾斯泰太太娘家的遠親。

　　我很好奇，特地去翻閱一下圍繞在1880年代，相當清朝光緒早期，歐洲醫學進步的程度。那時外科醫生畢爾羅斯開了史上第一臺食道切除手術、檢驗室已分得清葡萄球菌與鏈球菌的差別、倫敦成立第一所女子醫專學校、德國生理學家發現胰臟分泌的胰島素可以治療糖尿病，我怎能相信俄國首善都會的名醫，會認為盲腸長在肚子的左邊！我有個間接證據，說明聖彼得堡絕對不是落後之邦。

　　伊凡・伊里奇罹病那一年，有個叫伊凡・帕甫洛夫的年輕人，剛好在聖彼得堡讀大學。帕甫洛夫後來發表那個「狗與唾液腺」的制約反射理論，名氣威震全球，可視為聖彼得堡之光榮。於是，我

們只好回過頭來，逮到托爾斯泰的小辮子，認定這個診斷是小說家而不是內科醫生下的。托爾斯泰能通曉十三國語言，據說他自習希臘文三個月，便能不靠翻譯及字典讀希臘原典，從「左邊的盲腸」看來，托爾斯泰真否那麼天才，還真值得商榷。

到底伊里奇得了什麼怪病？托爾斯泰滿聰明，他沒在情節裡明白論斷，誤診都推給缺愛心沒耐心的糊塗醫生。為一探事實真相，我特地登上網際網路搜尋，從知名方家得到不錯的答案，現代醫生為伊里奇下了「胰臟癌」的診斷。伊里奇發病不到半年便喪命，開始只有左腹模糊隱隱作痛，呼吸間散發出一股怪味道。

伊里奇沒有發燒、嘔吐、腹瀉、黃疸之類急性發炎表象，最後的主要症狀是難忍的疼痛，整個過程還頗符合胰臟癌的臨床表現。胰臟毛病本來就是眾多內臟器官最難診斷的，托爾斯泰如果故意設計，真是高明妙招，只怕托翁不敢說個究竟，因為醫學知識不夠飽足。不過單憑他對伊里奇臨終精神狀態的仔細刻畫，這部小說已足夠永垂不朽，只有像我這樣受過解剖訓練的人，才會挑剔這個不掩美瑜的小瑕。

倘若當年托爾斯泰不知道盲腸在右腹，也沒多麼了不起，一百年後的臺灣，我的門診病患還有人相信，盲腸也像手相算命，有分「男左女右」。我有時興起測驗病人的知識程度，要人說出胰臟與脾臟所在位置，能夠說清楚的委實希罕，一般人恐怕不覺得托爾斯泰的錯誤有多嚴重。

不過大體解剖是醫界極早開發的學問，中國醫藥史上第一部經典《黃帝內經》，便十分詳實描述人體器官。〈靈樞〉甚至記載「咽門重十兩，廣吋一半，至胃腸一尺六吋，……胃腸所入至所

出，長六丈四吋四分，回曲環反，三十二曲也。」除了尺寸丈量必須換算現代單位外，其餘消化到觀察均仔細正確，很難相信中國第一本醫書就能如此進步。

從當今原住民文化研究，可追溯遠古時代的戰爭，割取敵人首級邀戰功乃常見儀式，當然多少造就解剖學問。古埃及人製作木乃伊必須開膛剖腹，處理腑臟防腐也有助增進器官構造知識。魏晉之後，中國封建制度鞏固，屍體解剖成為倫理與宗教雙重禁忌，全屍下葬乃孝順與輪迴的重要表徵。在此之前，比干被紂王剖心，王莽使喚太醫刀解叛黨度量五臟，都是有名的解剖例子，意謂這些舉動，並未太過違背善良社會風氣。扁鵲如果不精通人體解剖，豈能有神仙般外科功力。

然而一直到北宋，宜洲推官吳簡鎮壓廣西起義暴動，五十六條好漢橫遭刀刐，為首的歐希範還被凌遲解剖，才留下圖譜文獻。官方邀來工筆畫匠，畫成世界上第一部人體解剖圖譜——《歐希範五臟圖》，每個器官都有寫實工筆細描，這套圖譜精確可信，當時獨步寰宇。可惜文藝復興大師達文西並不出現在中國，研究臟腑細部不被社會認可。清朝有個對人體解剖感興趣到癡迷的王清任，據說只能到荒郊野外，觀察被野狗咬破腸肚的貧家小孩屍體，寫成遠遠落後西方解剖學的《醫林改錯》，他發現了視神經這麼細緻的組織。

誰要是讀到〈素問〉裡的「肝生於左，肺臟於右」說法，絕對會懷疑這部中國古老醫書的參考價值，外國人一定更加不客氣批判中國人無知，絕不像我們對托爾斯泰的包容。當今略通人體生理的小學生都知道，肺臟在橫膈之上，肝臟在橫膈右下，〈素問〉怎會

如此青紅皂白？剛剛我們還提到《黃帝內經》的權威精妙，同一部書差異豈能如此之大。看官且慢發飆，原來「肝左肺右」之說，牽涉中醫的陰陽五行理論，所謂「肝者為木在春，故氣生左；肺者為金在秋，故氣藏右」。

〈素問〉說的是相對的生理位置，不是絕對的解剖位置，「肝氏為臟，其治在左，其臟在右肋右腎之前，並胃著脊之第九椎」，很清楚說明肝的生理與方位。中醫認為肝主疏泄與臟血，有如春天草木生發萌動，是為少陽之氣。肺主治理與調節，有如秋天萬物清肅斂降，是為少陰之氣。

「左右者，陰陽之道路也」，生發之氣由東而生，春之候也；斂降之氣自西而降，秋之候也。肝氣左生，肺氣右降，這種將人體視為小宇宙，與天地大宇宙的四季循環投契，漸漸被西方「新世紀思潮」接納信奉，影響養生哲學新觀念。如果戲說托爾斯泰的盲腸也信奉馬克思主義，因此棄甲左傾了，這當然是玩笑話。但是倘若有人一臉正經提起「肝左肺右」，千萬別急著訕笑，他說的可是世紀古老又摩登的應景時髦學問呢！

——《水仙的咳嗽》

作者簡介

莊裕安，1959年生於臺北縣蘆洲。家裡人口食指浩繁，排行第七。中國醫藥學院醫學系畢業。曾任長庚醫院內科住院醫師。現任莊裕安內科診所負責人。

早在1978年即將升大二的暑假，參加了文藝營，展開文藝創作的接觸之旅。1987年，他的詩作投稿於著名的文學刊物《聯合文學》，並且以小

說入圍第一屆聯合文學新人獎，開始在文壇上嶄露頭角。曾在自由時報、中時晚報、自立早報等報刊的專欄，以幽默平易的寫作風格撰述古典音樂，很受讀者的歡迎。1994年，獲得吳魯芹散文獎。之後，其文章作品經常以不同的風貌，穿梭於新詩、散文及電影、音樂評論等範疇。他的散文風格極具個人的特殊風采，除了奠基於職業背景下的豐富醫學史知識外，個人對音樂及電影欣賞的愛好與鑽研，以及渾厚的人文素養，更常是其作品裡的題材建構或闡述、鋪陳、印證與對照的展現。焦桐曾評他的散文：「很具時代感，尤其是與城市脈動的鮮活結合，目前尚無人能如此成功。」被列為臺灣戰後出生二十位散文名家。1990年以後，開始出版《音樂狂歡節》、《跟春天接吻的一些方法》等。重要的散文作品有《巴哈溫泉》、《會唱歌的螺旋槳》、《一隻叫浮士德的魚》、《我和我倒立的村子》、《愛電影不愛普拿疼》、《喬伊斯偷走我的除夕》等十五冊散文集。

選文評析

　　本篇作品可說是代表莊裕安散文書寫風格的典範之一，除了依舊展現其豐富的醫學專業知識外，並洋溢其縱橫中外文學與歷史裡的人文素養。全篇以介紹普羅高菲夫的歌劇《戰爭與和平》為楔子，開啟了作者必須閱讀托爾斯泰《戰爭與和平》原著的動機。然而《戰爭與和平》的文學鉅著和音樂歌劇，都不是作者評論的重點，只是藉此導引出托爾斯泰另一本中篇小說：《伊凡‧伊里奇之死》，這才開始展開篇旨的闡述之旅。這樣的鋪陳結構，如同即將宴饗一客豪華精緻的牛排大餐前，啜飲一口份量微薄卻令人味蕾大開的餐前酒，讓讀者對於下文的閱讀有著一份細膩咀嚼文字的愜意等待。

　　在托爾斯泰書寫下《伊凡‧伊里奇之死》的主角是馬克思主義奉行前的帝俄時代舊官僚，卻在親友的虛偽和漠視下，死於庸醫誤診，也結束了疾病折磨的痛苦難耐而成全主角想一死解脫的願望。莊裕安一方面除了讚許托

爾斯泰對臨終死亡的書寫，其細膩逼真的心生機轉過程描繪早於美國死亡學先鋒大師庫布勒‧羅斯醫師外。另一方面，卻藉由該書裡主角的病狀之一的「左腹疼痛」，醫生推測為盲腸炎的情節書寫，質疑托爾斯泰當時期的醫學常識，開啟查證舊帝俄時代醫學知識水準的動機。這種先質疑的預設，在不斷反復釐清的過程裡，藉以「盲腸」名詞的隱喻「無用與瑕疵」，卻無損作品本身永垂不朽的文學價值。在現代西方醫學盛行的當道，傳統醫學理論在缺乏縝密的實證科學支持，而幾乎淪落為當代知識主流中的「盲腸」之際，莊裕安卻又顛覆「盲腸」的隱喻，為中國傳統醫學名著《黃帝內經》，在大體解剖知識上的前瞻性，與「肝左右肺」陰陽五行理論的謬誤認知，進行邏輯思維上的辯證與翻案。這種「盲腸」隱喻的顛覆，在莊裕安輕鬆詼諧的語調下，竟然隱藏在西方「新世紀思潮」養生哲學的時髦流行中，不免讓人有「昨非今是」的詫異。

問題與討論

1. 現代醫學知識完整系統的基礎建構，分別是病理學及解剖學。但是，作者認為「魏晉之後，中國封建制度鞏固，屍體解剖成為倫理與宗教雙重禁忌，全屍下葬乃孝順與輪迴的重要表徵」。請問作者這種觀點與看法，如何在中國古典文學作品中找到印證或反駁？近年來，醫界與宗教界聯手推行「大體捐贈」和「器官捐贈」，請問如何與「身體髮膚受之父母，不敢毀傷，孝之始也」的觀念並行不悖？

延伸閱讀

1. 王美玲：〈「瀕死與死亡」──托爾斯泰的《伊凡‧伊列區之死》〉，《外國語文研究》第3期，臺北：政治大學外語學院，2006

年1月。

2. 胡向玲，〈淺析莊裕安音樂散文的后現代特質〉，《現代語文》第10期，安徽：安徽財經大學文學與藝術傳媒學院，2008年。

3. 托爾斯泰著，許海燕譯：《伊凡‧伊里奇之死》，臺北：志文出版社，1997年。

護士作家 / 趙可式

護理的世界

一

　　這學期搬到醫院宿舍來住，二樓房間的窗口斜對著醫院的急診室，正對著精神科大樓。有時念書至子夜，會隱約飄傳過來哭喊聲。常常我會怔怔地望著它們出神。人們受著各種各樣的痛苦，肉體、精神、心靈；而且痛苦無論大小，都會充滿了一個人的精神及心志。短短的病房實習經驗，使我碰上了一個最棘手卻最重要的問題：生命是什麼？畢竟痛苦的意義是什麼？每個人面對痛苦時所採取的態度不同，而個人的態度就是由自己去承擔它。

　　從考上護理系後，不知遇見多少人說過：「做個護士幹嘛要大學畢業？」是的，如果護士只是打針、發藥、灌腸、導尿……——這些全部護理技術不出一週就可學會——的話，根本不必受過教育就可以訓練成護士。可是，一個真正的專業護士：有豐富的醫學知識，能協助醫師治療病人。帶著一張溫柔仁慈的笑臉，一顆同情博愛的心，一個堅定的人生觀，能夠幫助受苦的病人恢復信心與希望，或尋找出痛苦與生命意義的護士，您說，大學四年教育夠嗎？

二

　　在婦科實習，感受最深。一位患子宮頸癌末期的婦人已躺了將近半年，神智昏迷不清，傷口及褥瘡整日流著一些臭得不能再臭的分泌物，她的丈夫，丟下工作及十個孩子，日夜在病床旁侍候。換

洗尿布、餵牛奶、擦澡等等，粗氣的外表卻有輕柔的動作。妻子雖已不會講話，卻仍然時常溫言慰問。他們沒讀過什麼書，他們經濟情況拮据艱困，他們即將生離死別，可是多令人羨慕！真正的愛情！她，可以含笑而終了，有了愛的生命，還有什麼遺憾呢？他也無所遺恨了，帶著愛的回憶的餘生！

三

　　那個只有廿歲的女孩子患子宮外孕來醫院開刀。我問她：

　　「你這是頭胎子嗎？」

　　「不，第三胎了。」

　　「啊？那你幾歲結婚的？」

　　「我沒有結婚！」

　　「哦！」我都臉紅了，她卻回答得那麼直爽！

　　「那……那是怎麼回事呢？」

　　「我是風塵女郎，你懂嗎？」

　　隨後她講述她的生活，五百元新臺幣就可出賣自己一次。我困惑了，我們同樣生存在這天地間，我們差不多年紀，為什麼價值觀竟有天壤之別？「人縱然賺得了全世界，卻喪失了自己，或賠上自己，為他有什麼益處呢？」可是這個女孩，五百元就出賣了自己的身體，不可思議！

　　「你快樂嗎？」我忍不住問。

　　「當然，我非常快活。『下了班』就看看電影，吃吃館子，做件新衣服，我從來沒有不快樂過。」

　　這樣的生活也會快樂，但是，這是有價值有意義的「存在」

嗎？我真的很迷惑！

四

　　在泌尿科，許多病人有「尿瀦留」的症狀，普通人曾經為能正常地解大小便而感謝過否？若不親身體驗，你無法想像解不出小便的痛苦。我們護士會用各種方法幫助他們：聽流水聲，冷熱交換會陰沖洗，克瑞氏腹壓法（Crede's method），導尿等。當病人能自己解出一點小便時，大家都高興得不得了。有位病人因長期使用導尿管，不勝痛苦與麻煩，他說：「我只要能自己解小便就一切都滿足了。」多可憐的願望！這個時候。汲汲營營地爭名奪利，為權勢勾心鬥角，為金錢操心等等，都失去意義了，唯有最大的心願──自己能解小便，哈！這就是人。

五

　　骨科有位車禍病人，四肢切去了三肢，他還只有三十九歲哪！

　　負責護理他的同學說：「我以前以為什麼東西都不屬於我的，但自己的身體總屬於自己吧！可是現在才發現，連自己的肢體也不一定能永久屬於我。」

　　什麼東西是屬於「我」呢？我想只有內在的自由意志，自由抉擇，那是沒有任何外裡可以奪走，可以勉強的。

六

　　花了好幾天時間，把宿舍房間佈置起來。牆上貼了「寧靜致

遠」四字，常常給我警惕。長久以來，又忙又亂，思想與感情都麻木了，意志與理智也會減弱，不知不覺心理疲乏就升起了，工業社會精神病患多，這也是原因之一吧！靜下來才能看得深遠、念書的悟性也才大。那一段忙得焦頭爛額的時日，對一切都感到厭煩，甚至幾次想把長髮剪掉，卻因沒空去理髮店而未果。現在卻感覺到一把把梳著長髮的時候，也是生命的一種美好享受呢！

七

　　每個念護理系的學生都會經過一段痛苦、矛盾、傍徨的階段。社會上對護理專業的輕視，課業的繁重，自我價值的追尋過程，還屬次要；主要的是如何去與形形色色的人建立關係，十分困難，如何在幫助病人面對病苦與死亡之前，自己先能面對它，如何在簡單骯髒的技術工作上找到護理的意義。成熟成長的過程本來就是辛苦的，何況必須提早。但是我從不後悔我選擇了這一條路！

八

　　去參觀石牌的「振興復健醫學中心」，我們班上每個人都驚歎不已，孩子們個個活潑紅潤，認真而快樂地做著復健治療及上課。看到他們絕不會產生「可憐」的感覺，只覺他們像一群幸福的小天使。雖殘而不廢，雖缺而不自卑。一切最現代化的設備，受訓極為嚴格的工作人員，處處看得見一片潔淨，一派祥和，四百二十多個孩子在此地獲得重生，復建院是蔣宋美齡夫人倡導興建的，使一批批孩子自殘廢境遇中走到美好的世界。蔣夫人的慈懷，可欽可佩；而那些孜孜矻矻，不厭不倦，為病童服務的工作人員也一樣令人起

敬。一座建築需要有樑柱，但也缺不了小小的一磚一瓦呀！每個人都有價值的，如果願意參與提升人類的大工程。

九

自石牌歸臺北，經過再春游泳池，許多人在戲水及溜冰。一個孩子的犧牲換來無數兒童的歡笑與福利，值得了，不是嗎？重於泰山之死！

十

巴士從圓山駛入中山北路，一一銜接的酒吧閃著誘人的霓虹燈。我總是想不通，為什麼有人會願意把生命、健康及金錢大把大把拋擲在這地方，換來短暫的麻醉，及歡樂過後深沉的落寞。而有人卻只能終日躺在病床上，連一個微小的願望——曬一曬太陽，都不可得啊。

——《一個護士的碎記》

作者簡介

趙可式，筆名可可，美國凱斯西儲大學（Case Western Reserve University）腫瘤護理碩士及臨終護理博士。曾執教臺大、陽明大學，任職臺大醫院、榮總等，照顧過六百名以上的臨終病人，對臨終護理的理念與作法，推行不遺餘力。現為天主教康泰醫療教育基金會主任、國立成功大學護理學系教授。

其實，與其說趙女士是一位作家，倒不如說她是一位充滿「愛與信仰」的人道關懷者！「創作」，只是她闡述理念、為成長過程留下印記的一種工具。雖然她也曾擁抱過文學之夢，但生活中的現實卻慢慢讓她認清——「文

學」可以讓她悠然自得；但「護理」更可以讓她體悟深廣而豐盈的生命與愛！

　　趙女士充滿愛、熱誠與關懷，除了為落實安寧療護的理念而奔走之外，也孜孜不倦地在課堂上及發表文章過程中，啟迪後進。她將自己從護理系學生到畢業在醫院工作的成長經歷發表在《一個護士的碎記》一書中，希望能對剛踏入護理界的新鮮人們有所啟發；另外譯有《活出意義來》及《幽谷伴行》等書。

選文評析

　　〈護理的世界〉一文是作者透過課堂的學習、與病人的互動中所省思的小品文。文章一開頭從她在醫學院宿舍窗口斜望醫院急診室寫起，到她坐巴士置身在繁華的中山北路閃爍的霓虹燈中結束。看似不同的空間，卻因作者的思索而有了聯結：有人終日躺在病床上，想曬曬太陽都不可得；有人卻大肆的揮霍青春和健康拋擲在燈紅酒綠的酒吧間！不是每個人都能如此深刻的剖析人生，但是學護理的作者，在生、老、病、死的病房中穿梭，她的體會自然較一般人來得深刻。

　　在諸多醫護文學的作品中，醫生的作品總是佔大多數，和病人接觸、互動最多的護士作品卻有如鳳毛麟角。本篇作者的作品，適時的提供了另一種角度，來呈現醫院的生態關係和人性的探索。〈護理的世界〉一文，讓讀者得以一窺護理世界的堂奧，是非常具有意義的。全篇文章分成十個段落，表面看起來，段落和段落間沒有很強烈的連貫性，和其書名「碎記」符合。但是仔細探索，十個段落所呈現的反思，即是作者對「護理」意義的追尋。如：「一個真正的專業護士──有豐富的醫學知識，能協助醫師治療病人。帶著一張溫柔仁慈的笑臉……，能夠幫助受苦病人恢復信心與希望，或尋找出痛苦與生命意義的護士，您說，大學四年教育夠嗎？」「如何在幫助病人面對病苦與死亡之前，自己先能面對它，如何在簡單骯髒的技術工作中找到

護理的意義。」作者認為，護理工作看似瑣碎，甚至骯髒，但她以為，只要是內在自由意志所決定的東西，即是有價值的。如作者在段落八所說的：「一座建築需要有樑柱，但也缺不了小小的一磚一瓦呀！每個人都有價值的，如果願意參與提升人類的大工程。」對作者而言，護理工作的價值即在於創造及肯定生命的意義，她不斷的在文章中呈現出這樣的觀點，想必能讓讀者對她的熱誠及使命感印象深刻。

　　社會上對護理專業的輕視，課業的繁重，自我價值的追尋過程，都會讓護理科系的學生卻步，如果不是出於自己的執擇、如果沒有堅定的意志力、如果沒有強烈的使命感，「護理的世界」想必是痛苦而窒息的空間！作者理解這樣的世界特質，她選擇的方式不是逃避，也不是得過且過的麻痺，而是超越──「一個孩子的犧牲換來無數兒童的歡笑與福利，值得了，不是嗎？重於泰山之死」我想，只要是人，都有軟弱與自私的時刻，如果我們不懂得珍惜與承擔，痛苦的指數就會愈高，面對護理工作更是如此！所以唯有「超越」，我們就能看見護理的意義與價值！作者的領悟值得給讀者莫大的省思。

問題與討論

1. 在這篇文章中，作者認為護理工作最大的意義與價值是什麼？
2. 以臺灣目前的醫護環境來說，從事護理工作是否普遍被認為是有尊嚴與價值的？請說說自己的看法。

延伸閱讀

1. 趙可式、沈錦惠合譯：《活出意義來》，臺北：光啓出版社，2004年。
2. 林月鳳：《她的職業是護士》，臺北：華杏出版社，1993年。

醫生作家／王尚義

解剖枱邊

　　念著，念著，今天開始解剖了。

　　踏進解剖室，一股濃的重福爾馬林氣味向我襲來。我正想退出來時，被後來的同學擁了進去。我即時戴上口罩，在室側的窗邊站住了。

　　兩排解剖枱，排了五具屍體，被綠色的原膠布蓋著。雖然看不見內面，但屍體的輪廓和高矮是辨得出來的。同學們三五成堆聚在一邊，指手劃腳地張望著；奇怪，每個人的臉色都有些異樣，乍看像是緊張，卻又帶些恐懼。女孩子掛起一幅蒼白的臉，愛說話的嘴全鎖住了。我呢？我說不出自己有什麼感覺，我像是盼望著一樁奇怪的事，在未發生前那麼沈默地期待著。

　　「擦」的一聲，內室的門開了，二位教授五位助教走了出來。看他們的神情就像要宣佈一嚴重的事。科主任上了講臺，講了些技術方面的要點，末後特別強調大家對屍體要保護和尊重，就這樣，正式工作便開始了。

　　我走到自己一組的枱邊，由助教指揮著，兩位同學，將遮布漸漸拉開。剎那間，幾十隻眼瞪著，像看奇蹟，又像看魔術一般；本來死人是見過不少了，可是為什麼此刻都那般好奇，我說不出來。我們看見的那個人，眼睛閉著，嘴巴微開，張著手臂，挺著胸脯；他姿態自然如活人，只皮膚黝黑略顯青紫，特別是面部肌肉緊張，還帶些痛苦的表情。這便是我們刀下的對象——科學神聖下的祭物……。

　　我如觀察一件珍奇的東西，那樣細心地從頭至腳看了好幾遍。這樣看著的時候，我漸漸迷惑了——看他不到卅歲，身體健壯，他怎會死去，又怎會供解剖呢？

　　助教先生解決了我的迷惑，他拉起屍體手腕的一塊木牌，上面寫著「四十六年五月」，便告訴我們是自殺的，在旅社服毒自殺死的。這時我才想起他的手伸張著，像要抓什麼東西，他的嘴張開著，是在說什麼抱怨的話吧！至於為何自殺，助教沒有講，我也不好問下去。

　　開始動手時，漸漸話頭起了。小王第一個猜測說：「大概是失戀吧！」聽了這話，我心裡忽然升起一股悲哀。那悲哀是從未感覺過的，像是混雜著死亡與生命間所有的悲哀。

　　我不禁嘆息說：「既求解脫，反不得解脫；既求安息，復不得安息。這樣的死，死後還遭劫難，可憐的人啊！」

　　小王一邊動著刀子，一邊接上了我的話：「我將來死了，要獻身解剖。」

　　我幽默地回答：「何必給後人找麻煩呢？」這時小王正經起來了，眼睛瞪著我，不服氣地說：「人生本來就是個麻煩事嘛！」這話使我一怔，竟無法回答了。我想想小王，想想躺著的屍體，又想想所有的人，想著想著我有了結論：

　　小王是個好學生，有著偉大的理想，平時很用功，心地也好，將來準是好醫生。他賺些錢，成了家，養了孩子，救了些人，以為有了理想。漸漸他老了，發現一切都是空的；怎麼滿足自己，怎麼交代勞苦的一生呢？於是，他又有了理想，死後獻給人類吧！這樣，他真的死去了。不要多久，便躺在解剖枱上，被後一代的學生，研究著，觀察著，談著一些有趣的話，話裡夾雜著讚歎和崇敬，──正像我們現在這樣。

　　這樣想著，我痛苦起來，我害怕起來。但小王是否會想到那一天，又那一天是否會想到現在，我想不會吧！他認定人生是一件麻煩事，便不辭辛勞地創造些理想，工作些有意義的事。他認定結局是好的，就算好的吧！

　　至於我呢？我看破了生，如今又看破了死；以前我想自殺，現

在我想出家。但無論怎樣，總脫不了麻煩，也許還有更大的麻煩，
這樣一想，小王是對的了。

　　「你們看，眼上神經找到了！」小王高興地叫起來。大家擠攏
去看，我也擠過去。我看著小王的臉，他精神煥發，眼神明亮，兩
頰微紅，嘴角掛著得意的微笑。

　　和那屍體，那屍體的神情，有些不同，有些不同……。

──《野鴿子的黃昏》

作者簡介

　　王尚義（1936—1963）是一位才華洋溢卻早夭的文藝青年，剛參加完
台大醫學院的畢業典禮，就成了臺大醫院的病人，死於肝癌時才二十六歲。

　　醫生在當時的社會中，是一份既有豐厚收入，又有崇高社會地位的職
業，醫學系的學生則成為天之驕子，然而就讀臺大醫學系的王尚義的志業卻
是文學，康芸薇在〈流星〉中提到王尚義內心的掙扎：「『我唸醫是為了我
父親。這幾年我實在唸不下去，但看見我父親日漸老態龍鍾，又實在不忍
心不為他唸畢業。』他（王尚義）無可奈何的哈哈大笑。『畢業後我會專心
研究文學，將來希望有錢開家貧民免費醫院。』」（收錄於《野鴿子的黃
昏》）醫學與文學在他的心目中有不同的地位，文學是他終生的志業，醫學
則是他救助貧民的憑藉。

選文評析

　　〈解剖枱邊〉是一篇散文，收錄於《野鴿子的黃昏》中。內容是寫醫學
生在解剖課的所見所思：解剖刀下的屍體看起來不到三十歲，身體強壯，
怎麼會死去？怎麼會供解剖？這是王尚義感到興趣的問題。助教說明死者是
在旅社服毒自殺的，同學猜測是因失戀而自殺，並說希望將來死了要獻身解
剖，引發作者升起一種混雜著死亡與生命間所有的悲哀的感覺，進而歎息：
「既求解脫，反不得解脫；既求安息，復不得安息。這樣的死，死後還要遭

劫難，可憐的人啊！」存在主義是當時最為流行的思潮，在王尚義的文章中也多有關於存在的省思。於是在解剖枱邊，他發揮想像力，為小王「將來死了，要獻身解剖」的話，編織一個充滿生命意義的故事。由解剖課面對屍體引發了關於存在的意義：「發現一切都是空的；怎麼滿足自己，怎麼交代勞苦的一生呢？」便是對生命存在的一種肯定的態度。王尚義透過解剖臺想到人生的存在及其意義，終於看破了生，有看破了死，想要出家。

　　因醫學而了解人的身體結構並探索生命的意義，來不及出家的王尚義卻在二十六歲就結束了生命。然而透過〈解剖枱邊〉，卻也讓我們了解他年青的生命在醫學與文學中的思考。

問題與討論

1. 王尚義說：「我看破了生，如今又看破了死。」他所謂「看破生死」是什麼意思？你（妳）認為他真的看破生死了嗎？
2. 小王臉上的微笑，「和那屍體，那屍體的神情，有些不同，有些不同……」究竟有何不同？

延伸閱讀

1. 王尚義：《野鴿子的黃昏》，台北：水牛出版社，1983.10。
2. 江自得：〈解剖〉、〈實習醫師手記〉，《從聽診器的那端》，台北：書林出版社，1996。
3. 王溢嘉：〈白衣・誓言・我的路〉、〈實習醫生手記〉，《實習醫師手記》，台北：野鵝出版社，1989.6。

醫生作家／郭漢崇

他不重，他是我兒子

　　阿魁受傷的時候才二十七歲，他是一個警察，在一次追緝走私的任務當中，車子不幸撞到山壁。在急速的撞擊之下，使得阿魁的頸椎斷裂，因為他受傷的頸髓位於三、四、五節，而且傷得非常嚴重，使得幾乎所有脊髓神經都完全斷裂。

　　頸髓受傷是非常危險的，死亡率極高，如果沒有立刻接上呼吸器，可能會影響到呼吸肌肉，而造成急性呼吸衰竭。阿魁被送到醫院的時候，已經呈現昏迷。幸好他年輕力壯，心臟夠強，在緊急手術之後，保住了性命，但從此他變成四肢全癱[1]。

　　神經外科緊急手術之後，他在外科加護病房住了兩個月，才拔掉呼吸器，轉到普通病房。由於受傷位置太高，他的手完全無法動彈，也沒有任何感覺。下半身更不用說，全身有感覺的部分只在領口以上。

逼尿肌尿道外括約肌共濟失調

　　我第一次去看阿魁，已經是他受傷後半年。那時候他插著導尿管，由於沒有任何感覺，神經外科醫師無法進行排尿訓練，因此請我幫他進行檢查。在神經學方面，阿魁下肢的肌肉已經開始出現反射性收縮。照理說，膀胱排尿功能也應該逐漸復才是。可是拔掉尿

1　脊髓損傷是身體的脊椎骨斷裂，使得脊椎骨中間脊椎管內的脊髓產生受傷。受傷可能是完全性的橫切，也有可能是不完全性的碎裂。通常脊髓受傷會在幾個較脆弱的部位，例如頸部、腰部、胸部。頸髓受傷使得肩膀以下的感覺以及運動神經完全阻斷，因此也會影響到患者的呼吸。大部分的患者在高位頸髓受傷後，都會立即死亡，但少部份的患者可能也有部分的神經未完全破壞，因此仍有機會活下來，但需要長期的復健，以及呼吸治療。頸髓受傷會導致雙手腳沒有感覺，以及運動的能力，稱之為四肢全癱。

管，他仍然無法排尿。我為阿魁進行了尿路機能檢查，發現他是屬
於典型的「逼尿肌尿道外括約肌共濟失調[2]」的一種神經性膀胱排
尿障礙。

　　由於阿魁受傷的部位位於頸髓，因此在脹尿的時候，也同時會
激發位於胸髓的交感神經核，產生交感神經反射異常增強的現象。
這種反射異常增強會造成患者血壓上升、臉部潮紅、盜汗，以及呼
吸、心跳增快。有時候血壓升得太高，患者會有嚴重的頭痛。在文
獻記載，也曾有患者因此而產生腦中風的案例。

　　在脊髓損傷的排尿障礙當中，這種病例的治療是相當困難的。
由於阿魁四肢全癱，脊髓受傷屬於完全性，神經復原的機會非常渺
茫。因此，考慮到照顧上的方便以及減少併發症發生的可能性，
我跟阿魁的媽媽商量：「可以考慮從膀胱上插一條導尿管，也就
是所謂的『膀胱造瘻』；或者從尿道裡面進行『尿道括約肌切開手
術』，使得尿道括約肌斷裂，因此在膀胱反射收縮時，便能讓尿液
自行流出。」

　　膀胱造瘻的好處是方便照顧，但是需要多加一個傷口。造瘻管
必須每月更換，但有時傷口會發炎，且也容易造成導尿管堵塞的問
題。而尿道外括約肌切開術，可利用手術的方式，使尿道活約肌鬆
開，手術後患者可以自行排尿。因為阿魁是個男生，只要在他的陰
莖上套個塑膠套，外接一個尿管，就可以讓他自行排尿。平常照顧
的人，只要常常為他敲尿，以及更換已經滿了的尿袋即可。阿魁的
媽媽選擇了後者，因為她覺得在身體上留下一個洞口，照顧上可能
比較容易出問題。

　　我幫阿魁從尿道進行了括約肌切開手術。這種手術其實很簡
單，它是用一種內視鏡在直視下看到尿道括約肌，然後以一個裝有
電極的針頭做一個直向的劃開。經由針頭的尖端，可以將尿道肌肉

2　逼尿肌尿道外括約肌共濟失調是一種排尿障礙，常見於頸髓受傷的患者，由於大腦排尿中樞對於
　脊髓排尿反射中樞的控制力被切斷，因此膀胱在尿液脹到一個程度產生反射性收縮時，尿道外括
　約肌也同時發生收縮，使得膀胱出口阻塞，而膀胱卻仍然持續地收縮，因此會產生膀胱壓力偏
　高，但卻無法排尿的情形。

逐漸切開，一直切到露出血管組織、括約肌完全切斷為止。手術後唯一可能的併發症是出血，但這種出血還算好控制。

　　手術進行得十分順利，但在手術當中，我們注意到，因為脹尿的關係，阿魁的血壓非常高，必須要以血管擴張劑來降低血壓。也因為這種藥物的作用，在手術之後，阿魁的尿道出血相當嚴重。回到病房之後，我注意到阿魁尿管裡都是鮮血，很顯然，尿道切開部位的血液流回膀胱，再由導尿管流出來。因此我將導尿管的水球增加到三十毫升，並且向外牽引，這種作用主要是阻止尿道裡面的血液流向膀胱，但是尿道的出血卻會從尿道口流出來。

　　經過牽引之後，阿魁的尿道口紗布一直滲血，紅得很快。我一方面幫他更換紗布，一方面請阿魁的媽媽用手捏住阿魁的尿道，試圖利用水球的壓迫膀胱頸，以及尿道口手部的壓迫，使得尿道內部壓力增加來止血。如此過了三十分鐘，血才停止。當我到病床觀察阿魁的手術後狀況時，注意到他媽媽臉色蒼白，左手依然緊握住阿魁的尿道口。我告訴她說：「時間已過了三十分鐘，應該可以了。」可是阿魁的媽媽因為長時間握住阿魁的尿道，手指竟然無法鬆開，需要我協助將指頭一根根地拉開。阿魁的媽媽鬆了手後告訴我說：「剛剛實在很緊張，我看到血一直冒出來，手就愈握愈緊，深怕只要自己一鬆手，阿魁就要多流一點血。這個孩子，受傷已經夠不幸了，我不希望他再發生什麼意外。」幫忙阿魁的尿道口換完紗布之後，我坐下來聽他媽媽講述阿魁受傷後的種種情形。

生活上所有事，皆須媽媽幫忙

　　阿魁是家中最小的孩子，上面還有姊姊和哥哥。他平日乖巧，很懂得照顧家庭，工作也十分認真，對於該做的事絲毫不懈怠。像這一次受傷，就是因為奮勇向前，明明知道追不上了，還踩足了油門，沒想到一個轉彎不留神，就撞上了山壁。阿魁的媽媽說：「受傷之後，我流的眼淚已經夠多了，現在看到他這樣，以後的日子恐怕都得由我來幫他了。」

　　阿魁的爸媽在醫院裡輪流照顧著阿魁，護士囑咐他們要定時翻身，以免發生褥瘡。兩老便輪流照料阿魁，連晚上睡覺的時候，也不敢懈怠，其實阿魁的爸爸已老了，又患有巴金森氏症[3]，根本無法替他翻身。白天我去巡房時，常常看見阿魁的媽媽在打瞌睡，顯然晚上照顧他太累了，利用白天不需要照顧的時間，打打盹、養足精神。她告訴我說：「照顧阿魁是長長久久的事，我不能倒下去，所以我也需要補充睡眠和營養。能睡的時候，就多睡一點，才有體力來照顧他。」慈母親情充分地流露在阿魁媽媽堅毅的臉上。

　　手術後三天，我將導尿管拔出，阿魁開始可以在反射的時候排出尿液。然而尿道括約肌共濟失調的神經作用，並不會因為括約肌被切開就不存在。括約肌對於膀胱反射性收縮的抑制作用仍然存在，只不過在括約肌收縮的時候，無法完全緊閉，才使得膀胱在反射性收縮時，可以將部分尿液排出。也就是說，阿魁雖然可以經由反射而排尿，但無法排空他的尿液。因此我們也教導阿魁的媽媽要常常敲尿，利用多次的敲尿，使得膀胱常常產生反射而排尿，才不會使得尿液囤積在膀胱裡而產生尿路感染。

　　護理人員也教導阿魁的媽媽如何使用尿套。尿套不能綁得太緊，如果太緊，會阻礙包皮的血液循環，有時候會使得包皮腫脹，反而容易造成感染。敲尿的時候不能太用力，否則反而會使得下半身的反射增強，更不容易將尿敲出。平常應注意水分的攝取，兩、三個小時要敲尿一次。如果尿不出來，還要學習清潔導尿，將尿液導出，以免尿道外括約肌在切開後，又因為強烈的收縮產生阻塞而無法順利排尿。

　　阿魁的媽媽很認真地學習，有時候還拿出紙筆來，將我講的話一一記下來。她說：「年紀大了，記性不好，記下來我多看幾次，才會記得怎麼做。」

3　巴金森氏症是一種中老年人的神經疾病，主要是因為腦部的基底核神經傳遞物質發生問題，因此使得患者各種的運動神經無法正常的運作。巴金森氏症的患者，常常會有手腳發抖的現象，肌肉協調性不好，因此走路會跌倒，或是無法按照其意識所要做的方法所進行。嚴重的巴金森氏症可能也會造成意識及表達方面能力缺損。巴金森氏症可以使用藥物加以治療，嚴重的患者也可以使用腦內細胞移植，或是植入電極來促進神經的功能，解決患者運動神經不協調的問題。

　　脊髓損傷受傷之後，不只是排尿的問題困擾著人，排便也是一個大問題。因為受傷之後，腸道蠕動變慢，而且肛門括約肌也會變緊，因此糞便積存在直腸裡面的時間延長，水分吸收掉了，剩下又乾又硬的糞便。阿魁沒有辦法自行排便，因此必須常常用手指頭進去挖，利用帶著手套的手指，放進肛門裡面，從直腸裡一顆一顆地將乾燥的糞便挖出。每天光是料理阿魁的排尿、排便，就要花上相當多的時間。

　　手術後第七天，情況一切穩定。該教的，阿魁的媽媽都已經學會了，也到了出院的時間，但是阿魁的媽媽拜託我讓他多留幾天。她說：「家裡還有很多事情需要做，因為要接阿魁回家不是一件容易的事情。」她思考到為了日後方便在家裡照顧阿魁，房子的隔間必須更改，浴室的門檻要拆掉，浴缸要移走，以方便幫阿魁清洗身體。原本阿魁住在二樓，現在也必須把他搬到一樓來。所有家裡生活的動線以及擺設，都必須要重新丈量、改造，以免回到家之後，無法方便移動阿魁，那時候來改造，會更加困難。

椎心刺骨的假痛

　　由於阿魁的母親誠懇地拜託，我也就勉為其難地讓他再多住一個星期。沒想到在這星期裡，阿魁又發生了一個難以治療的問題。在受傷之後，他的手無法動彈，但在尿道括約肌手術之後，他的左手以及肩膀卻開始疼痛了起來。這種痛真的是刺骨之痛。每次痛起來，阿魁就汗流滿面。那種痛苦的表情，讓看的人也真的覺得很痛。可是脊髓損傷的人，明明手都不能動了，為什麼還會痛呢？

　　其實那種痛是一種假痛，也就是說，痛是由於在脊髓裡面的神經受傷之後，重新長出新芽，在大腦皮質裡面得到一些假的訊息，才會讓他覺得是左手以及肩膀疼痛。其實，當我們用針去刺他的左手以及肩膀的時候，他根本就沒有感覺。就像有些人明明被截肢了，在手術之後，他還會覺得自己已經被截掉部分的腳趾頭痛一樣。可是這種神經的疼痛，來得迅速而劇烈。每次痛起來，總要靠

強烈的嗎啡才能止痛。神經科醫師檢查之後，並沒有發現真正的神經根受到壓迫的證據。對於這種痛，也只能儘量用藥物來止痛。

　　阿魁的媽媽每次看到兒子叫痛，她便用手一直揉一直揉，從肩膀揉到手指頭。我告訴她：「這種按摩並不能給他任何幫助。」阿魁的媽媽卻說：「可是我有什麼辦法呢？身為母親的看到兒子在叫痛，止痛針也打了，還是不能止痛，我只能盡量用自己能做的方法，讓他知道我陪在他旁邊，跟著他一起痛。」

　　有幾次阿魁痛得實在無法忍受，一直請求骨科主任將他的左手鋸掉。我告訴他：「千萬不要做這種打算，因為就算是手鋸掉了還是會痛。只要等神經的新芽長出來，這種痛就慢慢減輕。現在只能最強的止痛藥，減少你對疼痛的感覺。你就把它當作是神經再生，說不定那一根神經長對了地方，你的手以後就可以動了，如果現在把手鋸斷，將來縱使神經長出來，你就沒有手可以用，這不是很可惜嗎？」

　　阿魁聽了我的安慰，似懂非懂地接受了這種理論。以後每次疼痛發生的時候，只看見阿魁咬緊著牙根，而阿魁的媽媽則緊握著他的肩膀，用力的搓揉。母子兩人，就這樣在病床邊為他的疼痛而奮戰。我常常看到疼痛過後的阿魁呼呼入睡，而他的媽媽也是累得趴在他手臂膀上休息，兩隻手還緊緊握住阿魁那隻完全不能動彈的左手。

避免快速移動及冷空氣的刺激

　　阿魁左手的疼痛足足痛了一個禮拜才逐漸穩定。也許他已經能夠適應這種疼痛，也許是神經的新芽真的已經長出來，或是止痛藥已經逐漸地發揮效果。總之，阿魁已經不再叫痛了。然而，疼痛之後，阿魁的四肢反射卻變得更強。脊髓損傷的患者有一個特色，就是在受傷部位以下的神經肌肉，有著特別強烈的反射作用。這反射常常在急速移動、或是碰觸到冰冷的環境時，便會強烈地收縮。有些沒有經驗的護士為了要更換他的尿套，太快速移動他的大腿，就會好像觸動到神經的末稍一般，大腿產生反射強烈收縮，護士往往會被患者突然移動的腿打到。

　　因此，我們在搬動這些患者時，必須以很緩慢的速度，一步一步地將所要移開的肢體慢慢移動，才能避免強烈刺激到肌肉而產生不自主的肌肉強烈反射收縮。因此，移動脊髓損傷的患者相當地費時，若一不小心觸動了神經反射，也得趕緊將肢體壓下。我常常笑著跟阿魁說：「你就把這些強烈的反射當作是你被動的運動好了。」因為脊髓損傷患者無法主動運動，而利用這些反射所造成強烈肌肉的收縮，雖會使照護上難度增加，但卻可以使肌肉不至於萎縮。

　　在家人細心的照料之下，阿魁終於回家了。回家之後，我囑咐阿魁的媽媽一定要定時帶他返診。其實，每次返診都相當不容易，因為他很壯，體重至少有七十公斤，又是四肢全癱，完全無法坐在輪椅上，再加上時常有反射亢進，只要一出門，就必須把他牢牢地綑綁在輪椅上。上半身必須要用帶子勒住腹部，而兩隻腳放在輪椅的靠腳部份，也必須要以帶子綁緊，才能避免不小心碰觸而產生的強烈反射收縮。

　　而為了要避免醫院裡面的冷空氣接觸到皮膚，阿魁的媽媽都會把阿魁包得密不透氣。除了脖子的部分用毛巾包好，頭上還帶著一頂帽子。照顧一個脊髓損傷的患者要相當費心，穿衣服、穿褲子都必須要慢慢來，移動身體更加困難。

　　有時候要幫阿魁進行尿路機能檢查，必須把他從輪椅上轉到檢查檯上。因為阿魁體重很重，當我們把他身上綁住的帶子解開，他的媽媽必須抱住他的腰部及上身，請我們一起幫忙將阿魁從輪椅上拉直。然後阿魁全身的重量壓在媽媽的身上，好像相撲選手壓住對方的樣子。媽媽的手抱住兒子肥胖的軀幹，身體承受著兒子的重量，再慢慢地利用腳的移動轉身，讓兒子的屁股靠在檢查檯上，然後再將自己和兒子的身體，緩緩地移向檢查檯。當阿魁的上半身倒向檢查檯時，媽媽才能鬆手。我們再順勢將阿魁的身體往上拖，並且將他的雙腳移到檯上。這個時候，阿魁往往會發生下肢的反射亢進，兩腳挺直，抖個不停。媽媽便會用兩隻手抱住大腿，避免腳亂踢而受傷。這些動作看似簡單，其實相當困難。因為阿魁的媽媽體重不足五十公斤，身高也只有一百五十多公分，要承受兒子那麼重的身軀，我想她的腰部一定受不了。

精心設計居家照顧的好點子

在照顧阿魁五年之後，每次我幫阿魁做檢查，都注意到他媽媽的腰部束著一個固定腰帶。她笑著說：「五年前，我的身體還不錯，但近五年來，已經覺得腰部漸漸承受不住。平常自己活動還可以，但只要搬動阿魁，就必須要束上腰帶，才能避免自己的脊椎受傷。」我看她將阿魁照顧得那麼好，從受傷到現在，身上沒有一個地方有褥瘡。阿魁的兩隻腳，也在厚厚的襪子保護之下，從來沒有瘀青或是受傷，可見媽媽小心照顧的程度。

有一次，我利用家訪的機會到阿魁的家裡，看看他們家人是如何照顧他的。那一次的家訪真是讓我大開眼界。原來，阿魁體重太重，從床上要搬到輪椅幾乎是不可能。於是，阿魁的媽媽想了一個好辦法。她去訂製了一張牛皮，牛皮的四個角各縫上一個耳朵，這張牛皮就是用來讓阿魁能夠從床上移到輪椅的秘密武器。

阿魁的媽媽跟我解釋她如何設計這一套家裡的搬運系統。平時阿魁是睡在榻榻米上，以方便照顧和搬動。如果必須將阿魁移到輪椅上時，媽媽先將那張牛皮放到旁邊，然後再將阿魁用翻滾的方式滾到牛皮上面，讓他的背部、腰部和臀部，剛好落在牛皮的中間。她請人在家裡的天花板上，釘了一條鉸鏈，這個鉸鏈可以讓她利用一個吊勾將牛皮四個角的耳朵勾住，然後利用齒輪槓桿的原理將阿魁從床上慢慢地吊起來，移動身體到床邊的輪椅上，再輕輕地將阿魁放下。這些動作都經過仔細的丈量，輪椅的位置恰好放在阿魁由鉸鏈上緩緩下降的地方。經過多次的練習，終於可以讓阿魁的媽媽可以單獨處理阿魁搬運的問題。

這個裝置真是令我嘆為觀止！我不禁為阿魁的媽媽認真思考、照護兒子的苦心而感動。天下父母心，再沒有比這樣辛勤地照顧兒子更偉大了。阿魁的媽媽告訴我：「我必須要保留一些體力，否則我的骨頭恐怕再過幾年就負荷不了。而阿魁在細心的照料之下，愈吃愈重，我也愈來愈沒有辦法搬動他了。以前阿魁到醫院的時候，哥哥、姊姊有時候可以來幫忙，但時間久了，他們各有自己的事業要顧，我不能老是叫他們過來。」

「尤其是看病，時間是一定的，沒有辦法，只好自己窮則變，變則通，想出這些方法！」其實這些居家照護的點子，都是非常好的巧思。很多脊髓損傷的家人就是缺乏這種觀念和處事態度，反而讓患者無法適當地移動。非但走不出家門，更常常因為許多併發症，而造成嚴重的後果。阿魁的媽媽利用自己的巧思，不但讓阿魁可以準時到醫院進行檢查和治療，也可以常常帶著阿魁出外曬太陽，甚至參加脊髓損傷協會舉辦的各種活動和義診。

為照顧兒子，髮白背駝

其實阿魁在第一次尿道括約肌切開手術之後，又因為括約肌的強度增強而再度阻塞。在後續的五年內，動了三次的手術。也因為體力逐漸變差，尿路感染住院超過十次。在他受傷後的十五年，反反覆覆地住院，因此變成我相當親密的患者。而阿魁的媽媽，也成了我很好的朋友。每當我看到她仔細地照顧阿魁，就會被這份人母對人子的慈祥而感動。

阿魁也漸漸懂得體恤媽媽的苦心，很多時候他都會將疼痛忍下來。例如泌尿道感染時，他也會因為反射增強，而有相當不舒服的交感神經亢進的感覺。阿魁不再像剛受傷時一有小痛就叫媽媽解決，甚至呼天搶地地讓媽媽不知所措。眼看著母親白了頭髮，駝了身子，阿魁也逐漸知道如何減少母親的憂愁。只要能夠忍耐，他就會告訴母親：「沒有關係，忍一下就過去了。」

這些年來，阿魁的尿路感染變得比較不容易控制。經過檢查，他的膀胱收縮力已經比以前減弱許多。雖然尿道仍然保持暢通，但藉由反射要將尿排出的能力已經相對降低。因此我教導阿魁的媽媽一定按時用拳頭將他膀胱內的尿液壓出。剛開始，阿魁的媽媽手的力量不夠，因此常常壓得不好。我教她正確的壓擠方法，她卻學會了用全身的力量，將自己的肚子放在拳頭上面，然後傾全身的力量向阿魁的膀胱擠壓。這種方法真是不錯，可以讓膀胱的尿液在一次的強烈壓迫之下壓出來，可是壓擠時相當辛苦。我建議阿魁的媽媽，

如果不好壓的時候，不妨間歇性導尿將尿導出，這樣子可以避免膀胱裡面的殘尿過多，而發生尿路感染的問題。

　　每一個月，我總要跟阿魁的媽媽見一次面。她會將最近的驗尿報告拿來給我看。如果有感染的話，我會另外安排尿液培養，看看是那一種細菌，並且給她適當的抗生素。此外，她還要拿軟便、鬆筋、減少反射以及抗菌的種種藥物。每次看到阿魁的媽媽，我就會問她：「阿魁最近好嗎？」她點點頭：「愈來愈胖了。」

　　我也注意到，阿魁的媽媽頭髮愈來愈白，臉上皺紋也愈來愈多。十五年前，她還是一個相當強壯的婦女，現在已經變成一個垂垂老矣的女人。長期照護阿魁，為他翻身、洗澡、壓尿、挖便，甚至從輪椅抱上抱下的，她的背已經駝了起來。有一次她告訴我：「我最近眼睛花得很厲害，體力也很不好，抱他一次便會酸得抖起來。照顧阿魁的時候，也常常無緣無故就睡著了。我真擔心如果有一天我撐不住了，不曉得誰還能照顧阿魁？他的爸爸身體比我更糟，根本沒有辦法照顧他。真希望在我們離開人間之前，能夠有新的手術或是新的藥發明出來，能夠讓脊髓損傷的人早點站起來，可以不用這麼辛苦地照顧。」

　　說這話時，阿魁的媽媽已經是有氣無力。我了解一個脊髓損傷者家人照顧的苦心和辛勞，但我們為人醫者，能夠做的事情卻是那麼地少！醫學的進步絕非十年、二十年就可達到。阿魁的媽媽已經辛苦地照顧他十五年，而也許還有另外一個十五年、更辛苦的路等著她去走呢！

《涓涓人生》

作者簡介

　　郭漢崇醫師，（1954～），台灣嘉義人，省立嘉義中學畢業、國立台灣大學醫學系畢業。主要專長：泌尿生理學、尿路動力學、婦女泌尿學、臨床醫學。

　　原為台大醫生的他，因為一顆慈悲心，走進了慈濟。從《涓涓人生》的十八篇文章中，讀者看到了一位真正「視病猶親」的醫者，一位將「患者永

遠放在第一位」的外科醫生，二十多年的行醫經歷，更加深了他對病患的關懷，在郭醫生身上，讀者看不到醫病關係的對立，也沒有「隨時準備翻臉的信賴」（王溢嘉《實習醫師手記》），有的只是醫病關係的互信及溫暖。如他所言：「經由各種疾病的診斷與治療，淬鍊了個人在醫學知識與手術技巧上的成熟度，更讓我體會了許多人性的光明面。」（《涓涓人生》〈自序〉）

　　相關著作：《焦慮的膀胱》、《尿裡的世界》、《臨床尿路動力學》、《尿尿小事學問大》、《婦女泌尿事》、《排尿障礙》、《排尿障礙病例分析》、《涓涓人生》……等。

選文評析

　　《涓涓人生》包含了十八則關於泌尿患者的醫病紀實，在這本書中，讀者感受到醫者對於病患的關心及耐心，也看到病患對醫生的全然信任，每一篇都令人動容。

　　「他不重，他是我兒子！」是一篇記錄一位因脊髓損傷導致神經性膀胱排尿障礙患者的醫病紀實，因此作者文中詳細的記錄了個案治療及癒後的過程，以及各種病狀與給予的各種治療方式；這也是一篇感人至深的文章，阿魁母親無怨無悔的付出，不僅感動了醫生，也感動了讀者。故事主要圍繞在三個角色身上：母親、病患與醫生。

一、母親的慈愛與堅韌

　　一位因為車禍造成脊髓損傷的壯碩病患——阿魁，專業的醫療團隊在照護時尚且困難重重，而一位身高只有一百五十多公分，體重不足五十公斤的母親卻得天天撐起這「沈重」的負擔：「媽媽手抱住兒子肥胖的軀幹，身體承受著兒子的重量，再慢慢地利用腳的移動轉身，讓兒子的屁股靠在檢查檯上，然後再將自己和兒子的身體，緩緩地移向檢查檯。當阿魁的上身倒向檢查檯的時候，媽媽才能鬆手。」

　　五年下來，母親得穿上固定腰帶保護腰部，在母親細心的照顧下，全癱的阿魁身上沒有褥瘡及瘀青；十五年過去了，母親頭髮白了，皺紋多了，背也駝了，她不擔心自己的身體，唯一擔心的仍是阿魁的未來。

　　在一個垂垂老矣的媽媽身上，讀者看到的是一幅「勇者的畫像」。

二、病患與痛苦與無奈

　　一位盡忠職守的二十七歲警員，在緝凶的過程中導致全身癱瘓，承受一

次又一次的手術及住院；一位年華正盛的年輕人，原有著大好前途，如今卻只能躺在床上，眼睜睜的看著母親吃力的照顧著自己，卻無能為力。

十五年過去了，母親逐漸老邁，而他仍舊躺在床上，準備迎接另一個十五年。

三、醫生的專業與無力

一位專業的泌尿科醫生，他試圖減緩病患的痛苦，他能同理病患的無奈及心疼家屬的辛苦，他盡力了，卻仍敵不過持續而來的感染，「我了解一個脊髓損傷者家人照顧的苦心和辛勞，但我們為人醫者，能夠做的事情卻是那麼地少！」擁有專業能力的醫生，卻無法解除病患的病痛，這是身為醫生最大的無力感。

醫病關係不該是對立的，因為大家都有著共同的目標---消除病痛或減緩病症，只要醫護人員能如文中的醫生般，多一分同理及關懷，除了關心病症，也能坐下來聆聽病患---「幫忙阿魁的尿道口換完紗布之後，我坐下來聽他媽媽講述阿魁受傷後的種種情形」；而病患及家屬能多一分信任及體諒，就可以「撥開病痛看見愛」（李明亮《涓涓人生》〈推薦序〉），建立和諧的醫病關係。

問題與討論

1. 在這篇故事中，讀者看到了和諧的醫病關係；但從王溢嘉〈醫師亦是「人子」〉、〈隨時準備臉的信賴〉中，讀者卻感受到醫病之間的緊張，你認為是何原因會造成醫病關係的緊張？如何可以使得醫病關和諧？
2. 在這篇文章中，作者刻畫了一幅「勇者的畫像」——即阿魁的母親，請問，從文中的哪些地方可以看到她對阿魁的付出及用心？又，請你談談你對這位母親的看法？

延伸閱讀

1. 王溢嘉〈醫師亦是「人子」〉、〈隨時準備臉的信賴〉《實習醫師手記》，台北，野鵝出版社，1989.6
2. 侯文詠〈人子〉《大醫院小醫師》，台北：皇冠，1992.6。

護士作家 / 詹潤芝

晚禱之地

應劭離開了生活將近三十年的台北，來到了眼前這個從沒造訪過的城市，帶著一包簡單的行李，還有一身的疲累。臉上滑下鼻樑的鏡框、皺摺的藍色襯衫，足以做為疲累的證物。

怎麼會答應來到這裡？現在的他有些不了解當時的自己。人生有很多事情是這樣的，一旦選擇了，就連後悔的機會都沒有。

雲林比他想像中來得熱鬧。放眼望去，沒見到在雜誌上的四合院，也沒有他原先想像的鄉野風情。他原本還以為，必需涉足在田間小路，一路詢問田間播種的農婦，然後踩過無數的小細石，也許，還會有雨後的泥濘黏附在舊鞋上，風塵僕僕的走到醫院提供的宿舍去。

當幾個口嚼檳榔的大漢將手中煙蒂熄滅，朝應劭走過來時，他握緊手中的筆記型電腦，並在腦海裡做好了攻防策略。走過來的幾個大男人，客氣的詢問是否需要搭車，他才鬆了一口氣，暗自笑了自己的多慮。司機一路上問了些無關緊要的問題，想必是為了避免沉默，而應劭也是有問必答。或許，是為了彌補方才誤會對方為地痞的罪惡感吧！他極少見的主動與人閒談起來。

到了醫院提供的宿舍，進到自己的房間內，除了一片白之外，沒有別的了。躺在硬冷的床板上，應劭心想，在這個空間裡，自己是唯一的生物。這樣的想法令他倍感孤單，疲累的身軀已成身外物，唯獨噬骨的孤單，像鬼影似的緊緊吸吮他。而四周白色的牆，成了回憶女神蒼白的嘴，硬生生的把他活吞。

來到雲林的第一夜，月光雖然皎潔，但卻照不進應劭的心裡。

翌日，來到了新任職的醫院，人事部報到的手續完成後，便有人領他到院長室。舊式的建築裡，昏暗的色系並不使人感到焦慮，四面慘白的牆，反倒還添了幾許熟悉感。

「院長在聽院務報告，馬上就會回來了。」秘書手邊整理著辦公桌上堆積的公文。不久，一位面帶威嚴的中年男子步入，並用手扶了一下鏡框，以審視的態度看著應劭。

「院長好。」應劭有些緊張的站起，雙手抓皺了筆直的西裝褲。映入他眼裡的院長，戴著銀框的方形眼鏡，連臉上皺紋的線條都顯得有規有矩。

「周醫師吧？請坐，」院長做了個手勢，示意要秘書退下，「我看過你的資料，相當優秀，歡迎加入我們的團隊。」

「謝謝院長。」應劭用手扶了一下鏡框，以掩飾自己的不安。

「年輕人來這裡歷練很不錯，」，他喝了一口咖啡，然後雙手懷抱在胸前，「本院注重的是工作表現，好好努力工作！」

應劭沉默了幾秒，為了躲避那雙銳利的眼神，他趕緊回答道：「是，謝謝院長。那麼我先出去了。」就連關上門後，他都覺得隨時有一對眼睛注視著自己。那種犀利的眼神彷彿可以將人看透，看透你生命中所有的往事。

醫院先安排應邵支援急診，跟主管打過招呼後，開始了他第一天的工作。急診室的玻璃門一開一關，彷彿是淘氣的命運之神要人猜謎，下一個出現的患者是怎麼樣的？

這個地區病患的流量極大，和原本應劭估計的不同。他原以為，應該有時間整理下一篇要投稿發表的論文，想不到，卻連讓他泡一杯咖啡的時間都沒有。剛處理完宣告急救無效的患者，不久，警衛和護士又推了一床年輕的患者，身後還伴有幾位警官和家屬。

病患為三十歲男性，前額一處撕裂傷，並伴隨有咖啡色嘔吐物的腸胃道出血症狀送入。應劭在與外科醫師一起合作，很快的將他額上的傷口縫合。

「魯先生，」應劭拉下口罩，病患的酒味沖得他頭暈，「你的電腦斷層初步看來沒有顱內出血的狀況，去做完胃鏡後，可能會需要住院。」應劭翻著手中的舊病歷，發現這是位長期酗酒、習慣性腸胃道出血的病人。

　　病人滿臉醉意，抓著應劭胸前的識別症，「周—應—劭—喔！」隨後猛然從病床上坐起，撐了一下滑落鼻樑的黑粗框眼鏡，「你新來的，我教你啦！我這種病情要直接住院，瞎米咧可能需要住院？你是不是菜鳥啊！」

　　「請問你是他的父親嗎？」應劭轉頭注視陪伴在旁的家屬，「這個狀況還是要先做胃鏡止血。」

　　「我不是他的家屬。不過，要做什麼檢查我都會幫忙到底的。」這位中年男子無辜的回應著。

　　「你不負責的話，」魯先生大聲叫嚷著：「我就去法院告你。」

　　一旁的警官抓住魯先生的手，將他鬆開：「魯先生，客氣一點。你自己酒後騎腳踏車，去撞人家停在路邊的車輛…」另一位警官雙手插腰，接著說道：「要不是林先生報警然後送你過來，你現在還倒在路邊當路障呢！」

　　傳送人員帶離魯先生一群人後，應劭搖搖頭，開始處理等候看診的病患們。中午用餐的時間，應劭和新同事們一起用餐，新同事們相當健談，他雖然有問必答，但也不主動談起什麼。

　　時間經過了幾週，應劭對於這裡的環境適應了許多。結束一床病患的急救後，他拖著疲憊的身軀等電梯。電梯內，與一位護理同仁和他閒談，才得知已經是晚上十一點了。正要和護士道別，推著工作車的清潔人員突然倒地，嚇得護士小姐當場尖叫。經過一翻診查，診斷為出血性腦中風，和腦神經外科醫師聯絡，並確認病患推入手術房後，應劭才又再度離開了急診。

　　年輕的護士眼眶含著淚說道：「早上看到伯伯時，他還把病人留下的花束拿到護理站送我們，怎麼一下子就在我面前中風了？」

　　應劭無奈，不知道能說什麼來安慰她，生命的無常無法用言語概括，而對於人生，他自己也是不確定的。

　　趕回普通病房處理病患的不適症狀後，應劭終於回到值班室。洗完澡後，凌晨兩點又有緊急電話請他出來做心導管。導管成功執行後，技術人員輪流抱怨著深夜執勤，與他一同值班的賴醫師，試著緩和周圍不愉快的氣氛：「學弟，還好嗎？」他輕拍了應劭的肩

膀，「第一次和你合作，我們還蠻有默契的！」

「謝謝學長。我很累，先走了。」應劭面無表情卸下鉛衣，逕自走出了導管室。其實他並不是冷漠，只是沒有力氣說些什麼，似乎所有的事件，全部都集中到這個小天地，醫院彷彿成了獨立運轉的宇宙，而自己成了個孤獨的守夜人。

今晚的事件以及與護士的對話，倒是令他想起，曾經也有顆禁不起死別折磨的心，只是看多了病與死之後，心好像也已經不在了。當年壓住父親血流不止的傷口，以及宣布死亡時間的那刻場景，像幻燈片似的在他腦裡播放，接著又是未婚妻盈嬅的喪禮。應劭心底悵悵的，說不上心痛或是其他感覺。對於這些往事，他從沒有落下一滴淚，或是紅了眼眶，反倒是相當漠然。

過度疲勞的身體，不允許應劭獨自處在回憶中太久，沉重的眼皮與頭痛，帶領他拜訪到另一個國度。

一個月過去後，應劭發現，這裡的鄉親和北部的民眾不太一樣，性格鮮明的各種人都有，甚至還很有自己的主見。比方說，幾天前來了一位因肺炎發燒，需要住院打抗生素的老伯。當他解釋病情，並建議至少住院三天觀察時，老伯從病床上迅速的坐起，用台語大聲說著：

「三天喔？不行啦！我的豬仔會死光光啦！」

「阿伯，你的白血球高到一萬八，這樣很危險。住院三天，已經是最少的天數了。」應劭拍拍這位老伯伯的肩膀。

「醫生，你為我好我栽影（知道）啦！」老伯拉起身上白色背心擦著額頭斗大的汗珠：「我哪係住院是豬仔比較危險，養了這麼久不能讓牠們死啦！」

「阿伯，豬叫別人幫你餵就好了。你的身體比較要緊。」應劭用著極度不標準的台語回應著。

「你唔災（不知道）啦！我養的豬會認人，豬仔比人卡ㄎㄧㄠˋ（聰明）咧！」老伯講話的神情，像是放不下自己孩子似的不捨。

應劭和伯伯討論了許久，但他還是堅持要回家工作。當傳送人

員要送伯伯到病房住院時，才發現伯伯不見了。就在大家急於尋找伯伯時，才發現老伯伯鬼鬼祟祟地在門口，已經要搭上計程車了。

「阿伯，你在做什麼啊？」陪同應劭跑出來的護士，氣急敗壞地問著。

「你們不放我走，我只好偷走，健保卡我不要了啦！」老伯拉著計程車的門把不肯放。最後，應劭只好聯絡家屬並告知其危險性，和家屬達成協議，轉診就醫。

到雲林服務了三個月，類似的經歷讓應劭啼笑皆非，也讓他對這個城市有了新的看法。當地的生活，在忙碌中還讓人保有清醒思考的機會，從前在北部，只能順著擁擠的人潮往前進，沒有喘息的機會。就連生命的腳步也一樣，等到你想清楚，已經上了末班車了。

下班後，接到好友的來電，對方以疲累的聲線畫出近日台北的輪廓。聽在應劭耳裡，有種與過去剝離的疏離感。

「聽你這麼說，鄉下還蠻有趣的，」博仁在話筒的另一頭，打趣卻仍疲憊的說著：「下次去看你，你會不會已經變成農夫了？哈哈！」

「當農夫也沒什麼不好。在這裡幾個月，我發現都市人和這裡有很大的不同。」應劭坐在書桌前，望著桌上已泡好的茶。

「你的說是人口老化的問題？還是，鄉下人比較難溝通？」

「都不是。」杯子裡飄出的氤氳伴著綠茶香，讓他感到放鬆：「他們很認真的工作，不是為了名利，而是一種生活態度。」

「諷刺！你是說都市人比較膚淺？」博仁語氣有些反抗，但隨後靜默了幾秒，嘆了一口氣：「從某個角度上來說也許是。庸庸碌碌，過著不知何時止盡的生活，但你不能說這樣的生活就不具有美感。」

「扭曲的美感，像是孟克的畫。」應劭的腦子裡浮現了『吶喊』的圖像，他喜歡孟克的諸多作品，唯獨這幅例外。

「你說的是『吶喊』吧！」博仁學著畫中人低喊，隨後憤怒的說道：「一切！一切就像畫的那般扭曲，沒有任何意義，而我們卻得遵循遊戲規則不斷的努力下去，我厭煩了！」

「當了這麼久的兄弟，我一直沒問你…」應劭有些遲疑，但話到了嘴邊卻無法嚥下不談：「你會不會怪我，先佔了主治醫師的位

置？我…」

　　等不及應劭說完，博仁倒是先開了口：「也許大家都認為我該這麼想，但我偏不。」他冷笑了一聲，「別管他們那些人，當初出事的時候，他們是什麼樣子！我希望你快走出盈嬅的陰霾，早點回到從前的開朗。」沉默了半?，又突然笑了起來：「唉，別提不開心的事，說說你那邊的生活吧！」

　　說起盈嬅，應劭心底總是悵然。他很快又打起精神來，回想這幾個月生活的點點滴滴，佯裝無事的平淡語氣說道：「我覺得這裡像是米勒的『晚禱』那幅畫，有著純樸而踏實的感覺。話說回來，你若是不喜歡現在的工作環境，為何不選擇離開？」

　　「我會的。但是在成為頂尖之前，我沒有資格說放棄。總有一天，我要爬到最高的位子，然後親手將它摧毀！」博仁冷靜下來，呼了一口氣：「你該慶幸離開了這個大染缸。」

　　「不是染缸，是豬籠草。在那一瞬間，我掙脫了它滑液的吞噬，生存下來，卻不知道該飛去哪裡。」應劭望著窗外的農田，「你該找個時間暫時跳出來。人生不應該只有一堆研究跟不斷的勾心鬥角，或是整天被人用分數評比。」

　　掛上電話後，應劭又想起盈嬅的死。不知道為什麼，他開始允許自己去思考這段往事。也許，潛意識中的防衛心態已經瓦解，或者，已經有足夠的能力承受回憶伴隨的疼痛？他心底沒有答案。

　　和博仁閒談的這個夜晚，應劭察覺自己與過去有些不同，但究竟是什麼不同，他也說不上來，也許正式得到博仁的諒解令他釋懷。潛意識中的直覺告訴他，自己將會有所改變，而這樣的轉變是好的。

　　連續假期前，恰巧碰上接連幾天的大雨，要返鄉過年的同事都找上了應劭換班，他沒有拒絕，倒是很乾脆答應了。節日沒有阻擋前來就診的人潮，反而比平常更加忙碌。過年的日子，有時想起遠方的母親，心底總是倍感孤單。

　　急診同仁推進了一位臥床，年約四十的中年男性，主訴腹部悶

痛多日，稍有發燒。應劭幫他做了一些檢查後，很快地診斷出是闌尾炎。

「王先生，我是周醫師。你的狀況是闌尾炎，也就是我們一般俗稱的盲腸炎，可能會需要開刀。是不是可以聯絡你的家人來？」

「但是我的肚子不會痛得很厲害，我不想開刀，」躺在病床上的病患，雙眼直視天花板，漠然的說著：「醫生，你給我開點止痛、退燒的藥就好了，我不開刀。」

「先生，你必須要知道這個疾病有可能會造成腹膜炎，嚴重的話甚至會死亡。」應劭雙手交抱在胸前：「這樣好了，先幫你辦住院，等你家人來了再跟外科醫師討論。」

「我不住院，」病患有些吃力地從病床上坐起，「麻煩你給我藥，我要出院了。」

「王先生，」應劭的語氣開始不悅，「我預估你的狀況是必須要開刀的。你的狀況會愈來越嚴重，這樣下去是會致命的。」

「沒有那麼嚴重，」王先生掀開被子下床，緩慢下床走了幾步路：「你看！我都還能走，我要出院。」就這樣，應劭堅持自己的立場，多次詳盡的跟他解釋病情，以及住院開刀的必要性，最後病患還是堅持自動出院。

過年上班的心情不是很好，急診的病患又源源不絕的湧入，再遇上這樣的情況，應劭的心情開始有些煩躁。連續幾天，應劭值班的時間內，陸續都有嚴重急需轉院的病患，或者是大量傷患，忙到連上洗手間的空檔都沒有。下午三點，他終於可以坐下準備吃午餐，但馬上又有電話通知他去看新來的患者。

病患由推床送入，高燒、腹痛且有盜汗的情形。應劭看到病患的舊病歷，是前幾天闌尾炎的王先生。病歷記錄顯示，在當天他堅持自動出院後，又陸續到急診就醫，幾次都是打完止痛藥物後，便辦理自動出院。

不久，外科的柯醫師也來協助，應劭和他討論病情後，一同來到病床前：「王先生你好，我是外科的柯醫師。這次的狀況不能不住院，你必須要馬上開刀。」柯醫師解釋的同時，應劭注意到王先

生臉上有些像似油彩的殘留物，五顏六色的顏料和著他的汗水，而他身上的白色背心，也沾染了少許色彩。病患身旁還有一位表情十分焦急的女人。

「醫生，」王先生從微弱的雙唇硬生生擠出幾個字：「幫我打止痛…讓我退燒就好了，我…不開刀。」

「王太太嗎？」應劭對著王先生身旁的婦人說：「根據你先生的就診紀錄和各項檢查，他的病程有快速惡化的跡象，從闌尾炎拖到現在變成腹膜炎，再拖下去會連命都保不住。」

婦人不發一語，眼眶泛紅地看著自己的丈夫。王先生倒是先開了口：「醫生，你不用跟她說。我要辦自動出院。」

「你以為醫院是什麼地方！」應劭突然大聲起來，語氣越來越激動，「你知不知道你這樣進出急診，每一次都是在跟自己的命開玩笑！」應劭緊握手中的病歷，表情相當嚴肅，然後對著王太太冷冷的說道：「如果連病人都不願意對自己的生命負責，我們也沒有責任幫他什麼。」

「兩位醫生，對不起，真對不起，」王太太九十度向應劭鞠躬道歉，哽咽地說著：「不是我們不配合，真的不是。」抹著臉上泉湧的淚行，「我們沒有錢開刀，也沒錢住院，真的很對不起。家裡已經好久都繳不出健保費，包括我先生先前來急診的費用也都是跟鄰居借錢。實在是已經沒辦法再借到錢，才會…」

應劭對自己方才無法克制的憤怒感到後悔，語氣也變得緩和許多：「王太太，如果只是錢的問題，告訴我們就好，何必一再拖延呢？」

「對不起，周醫師，」王先生在太太的攙扶下坐起，虛弱且微若的說著：「我們戲班能賺的，也就只有這幾個節慶…現在…看戲已經不流行了，經濟又不景氣，邀班的人越來越少…」他緩慢說著，也漸漸紅了眼眶，緊閉的唇像是不許所有委屈脫出口似的，硬生生被吞到肚子裡去。暫時撫平情緒後，才又緩緩的說：「今年好不容易可以演幾檔戲，如果不撐著上戲台，恐怕家中老小，都會跟著我一起餓死。」一提到孩子，王先生的淚再也忍不住，夫妻兩人掩面低聲的哭著，深怕吵了其他人安寧，卻又壓不住滿腹的無奈：

「希望您原諒，實在是不得已啊！」

　　應劭突然有種當頭棒喝的感覺，心底泛起許多複雜的情緒。柯醫師的聲音劃破了沉默：「王太太，你們先安心住院，我們會聯絡社工協助，就算不符合補助資格，醫院也可以和你們協商的。總之，身體要緊，其他的事情再慢慢解決吧！」王先生順利送入開刀房後，夜裡的急診異常的寧靜。

　　應劭總算鬆了一口氣，整個人躺在值班室內，彷彿身上千斤重似的，連手指都動不了。腦子不斷播放下午發生的事件，太陽穴的抽痛打著節拍，然後他撥了電話給博仁，訴說整個事件。

　　「我了解你的感覺，」博仁靜默幾秒，「不過說真的，到現在我還覺得不可思議，怎麼可能一個家庭連健保費都繳不起。在都市只看得到盛氣凌人的嘴臉，怎麼會…我們是活在同一個世界吧？」

　　「說實在的，我覺得很愧疚。我原以為他是那種高度不配合，卻又要指揮我該做什麼的人。」

　　「投射的關係吧！你看我們幹這一行幾年，遇到多少是那種死要拖，自己搞到很嚴重，才又叫立委來壓你一定要醫到好的人！常常遇到這樣的人，『不爽』都已經成了反射動作了。」

　　「我以為這種事情只會在健保開辦前才有。不知道該怎麼說，總之現在我心情還是很複雜。」應劭輕揉著自己額頭緊皺的雙眉。

　　「磨到後來，誰還能保有當初的熱誠呢？」博仁沉默了許久，突然一下子精神了起來：「我們可以讓病人因疾患而死，但卻不能讓病人死於貧窮！周應劭，我們一定得做些什麼！」

　　「我知道該怎麼做了。」應劭心底有了盤算，振奮地掛上電話，有種如釋重負的感覺。

　　翌日，清晨六點，應劭到了外科病房，來探視昨日開刀的王先生。來到病床前，王先生睡得很熟，沾到優碘的手術服還沒換下，陪客床上則有兩個孩子睡著，而王太太則坐在鐵椅上倚著床欄睡，看來是有些寒的。應劭返回護理站拿了一床棉被，為王太太披上。

　　王太太被應劭的舉動喚醒，沒有受到驚嚇。半?，才聲音沙啞的說道：「周醫師，你沒穿醫師袍，我看半天才認出來。」她趕緊

起身來，又看看時鐘：「你這麼早喔？來來，這給你坐。」

「不用了，我來看你們一下就得走了，」應劭說著。此時王先生也醒來，表情有些吃驚。應劭微笑著：「我聽這裡的長輩說，要收下這個轉運，病才會好得快。」他將一只紅包塞進王先生手裡。王先生還來不及反應，王太太將紅包遞還給周醫師：「醫師啊，這樣是做什麼啦？」

「收下吧！」應劭將紅包又再塞回王先生手裡，緊握住他的手：「就算社工審查你們符合補助的條件，錢也要好一陣子才會下來。」

「真的不好，你們已經這麼幫忙了，」王太太又紅了眼眶：「社工有講，住院的錢可以分期還給醫院。」

「孩子還是得吃飯，你身上也得要留點錢。就當我是你們的朋友，來看看你們。」

「謝謝…謝謝，真的很謝謝你…」王先生紅了眼眶。

「這幾天我會再找時間來探望你，加油！」應劭拍拍王先生的肩，然後帶著前所未有的輕鬆，大步地走出病房。這一步，帶著的是心在醫療界沉寂多年後，又燃起了一絲的火光。

凡事「事出必有因」，王先生的故事給應劭上了一課。他相信很多事件的背後，其實有著說不出口的苦衷。大多數的人常常「身不由己」，有時並非刻意要傷害其他人，這個道理人人明白，但卻常遺忘。有很多故事的真相，是花一輩子也釐不清的。

大年初四，應劭依然不得閒，必須支援過年門診，雖然鄉愁依在，但心底卻很踏實。一位身穿白色汗衫、身著短褲，頭上戴著斗笠的老伯與一位年輕家屬步入。

「楊阿伯，你叨位（哪裡）不舒服？」應劭依舊用著生疏的台語問著。

「少年仔，」楊伯伯輕輕拍了他的肩膀：「係襪（是我）啦！」

楊伯伯身旁的家屬見到應劭疑惑的表情，主動解釋道：「周醫師，我阿公就是半年前想從急診逃走，回家養豬的那一位。」他見到應劭憶起後，便又繼續說著：「阿公是特地送自己滷的豬腳來給

你，希望你過年可以加菜，而且豬是我們自己養的，不用擔心是病死豬。他說，還好當初遇到你，把他轉介回我們那邊的醫院繼續治療。」隨後他們寒暄了一會兒，楊伯伯為了不打擾他看診，便和孫子離開了。

　　在年節團圓的氣氛下，原本無法與家人同聚的落寞，突然遇上了楊伯伯這樣溫馨的舉動，讓他著實感動。一位老人家帶著自己的孫子，從麥寮跑這麼一趟，不求什麼，只單純為了讓他接收到這一份心意。下班後，他回到宿舍自己一個人，吃著楊伯伯送來的豬腳。窗外的月光特別皎潔明亮，輕柔的透進心底，還帶著暖和人心的溫柔。

　　幾年後，博仁和應劭在雲林地區開了一家診所，並在本地成家定居。這裡的鄉民著實可愛，人情味特別豐富。與其說他們來雲林診治了許多病人，倒不如說他們交了許多朋友。

　　某個秋天的下午，因為孩子飼養的獨角仙死了，便散步到公園，好為牠舉行葬禮。「請上帝把獨角仙帶回去天堂養，因父、及子、及聖神之名，阿們！」小男孩像個小大人似的，自己起了個小墳，並以樹枝做為十字架，還模仿神父為獨角仙舉行了殯葬彌撒。應劭默默看著自己的孩子，回想孩子十年來的成長。

　　回程的路上，孩子天真的問著：「對了爸爸，為什麼人一定得死？」

　　應劭蹲下來牽著孩子的手，輕吻了他的額頭：「是為了讓活著的人，活得更有意義。」

作者簡介

　　雖然才卅歲，但在台大雲林分院當內科護士八年的詹潤芝，卻已看盡人間生死，於是回家埋頭寫作，把無言的傷痛盡付文字中，唯一的讀者是自己。寫作治療了自己，也找到人生方向，回憶這些年醫院點滴，化成短篇小

說《晚禱之地》，拿下雲林文化藝術獎小說類首獎，也找到讀者。

詹潤芝不是當了護士才動筆，國中時期叛逆，常在課堂寫小說被抓，被痛罵的記憶猶新。就讀中華醫專（現改制為中華醫事科技大學）時，三度獲得校內文學獎。

八年前，詹潤芝進入署立雲林醫院（現改制為台大雲林分院）當內科護士，感受五味雜陳，筆下卻只剩零碎字句，「悲傷時的體悟，常令我後來看了驚訝！」

詹潤芝說，很多年老的慢性病患反覆住院，卻總是在她當班時死掉，逼迫她面對「萬一我死了…」的人生嚴肅課題。在同事眼中滿搞笑的她，寫了八年沒人看的小說，後來閃電辭掉醫院工作，現就讀台灣藝術大學戲劇系碩士班。

作品導讀

這篇作品的創作動機以文字來描繪醫者的悲憫之情和鄉村人民的樸直百態，對作者而言，「雲林」這塊地方的人情，和畫家米勒筆下的「晚禱」有著相似的背景！

故事中兩位醫生－應劭和博仁，雖是同班同學，卻分別在不同的區域服務：應劭因為女友自殺，而被迫接受同學的建議而來到一片陌生的雲林；博仁雖有理想卻因為不服輸而選擇留在都市打拚，一條行醫的路就此向兩頭展開。漸漸的，應劭的生活愈來愈融入米勒畫作「晚禱」筆下的踏實情境；博仁的生活卻因為不斷的評比與勾心鬥角而變得像孟克筆下的「吶喊」一圖，既扭曲又不快樂！故事最後，這條行醫的路有了折衷的交會點，兩位醫生都離開了大醫院的體系，而在雲林合開了一間診所，既能滿足行醫的初衷，又能與這塊土地上的人民們一同呼吸，一同體驗生命的圓缺！落地生根的主角從樸實粗獷的市井小民身上找到了溫暖與力量，也體驗到女友的背叛與自殺

和許多看似不合作的病人一樣，都有身不由己的苦衷，與其花一輩子來苦苦追尋事實的真相，不如認真的活在當下！作者透過主角的領悟，清楚的告訴讀者，對醫護人員而言，能從終日與生老病死為伍的工作當中幫助病人、藉以成長、焠煉「將心比心」的智慧，才是生命中最有「意義」的事！

　　誠如評審們對這篇作品的評語是：「平常故事，…彼以個人心理創傷，因救老人方知人間之苦，又與地方連接，取得救贖。」看似尋常不過的小說故事，卻是作者用八年的護理生涯的體會編織而成，故事或許是虛構的，但其所傳遞的理念與信仰絕對是真實無偽的！

問題與討論

1. 請同學仔細閱讀小說故事內容，並藉此推論主角應劭會選擇留在雲林落地生根的理由。
2. 身為準醫護人員的你（妳），未來最想到哪裡從事醫療服務，為什麼？請具體說明原因。

延伸閱讀

1. 侯文詠：《白色巨塔》，臺北：皇冠出版社，1999年
2. 山崎豐子：《白色巨塔》，臺北：商周出版社，2004年
3. 田雅各：《蘭嶼行醫記》，臺北：晨星出版社，1998年
4. 黃崑巖、黃達夫、賴其萬等著：《醫學這一行》，臺北：天下文化出版社，2004年

小說類

醫生作家

醫生作家 / 賴和

蛇先生

蛇先生在這幾百里路內外是真有名聲的人。他的職業是拿水雞，這雖是一種不用本錢的頭路，卻也不是隨便什麼人都做得來的事，有時也有生命上的危險。

在黑暗的夜裡，獨自一個人站在曠漠野澤中，雖現時受過新教育的人，尚且忘不掉對於鬼的恐懼，何況在迷信保育下長大的人。但在蛇先生，他是有所靠而不懼，他所以大膽就是仗著火斗，他說火神的權威，在黑暗中是非常偉大，在袖光明所照到的地方，能使一切魔鬼潛形，所以他若有火斗在手，任何黑暗的世界，也可獨行無懼。可是這黑暗中無形的恐懼，雖借光明之威可以排除，還有生命上的大敵，實在的危險，不容許你不時刻關心，這就是對於蛇的戒備。

講起水雞，便不能把蛇忘掉，「蜈蚣、蛤仔（青蛙）、蛇」稱為世間三不服。蛇的大敵就是蜈蚣，蜈蚣又怕水雞，水雞又是蛇的點心。所以蛇要戒備蜈蚣的侵襲，常使在牠支配下的水雞去做緩衝地帶，守護蛇洞的穴口。因為有這樣關係，拿水雞的人，對蛇自然有著戒備和研究，捕蛇的技倆，蛇傷的醫治，多有一種秘傳，蛇先生就是因此出名。

蛇先生的拿水雞，總愛在暗黑的別人不敢出門的夜裡，獨自提著火斗，攜著水雞插，帶著竹筌，往那人不敢去的野僻的所在。憑著幾尺火斗火射出來的光明，覓取他日常生活計。

　　黑雲低壓，野風蕭颼，曠漠的野澤中，三更半夜，只有怪樹的黑影，恍似鬼的現形；一聲兩聲的暗鷺，真像幽靈的嘆息。在這時候常看到一點明滅不定的星火，青冷冷地閃爍著，每令人疑是鬼火，這就是蛇先生的火斗。他每蹲在火斗傍邊，靜聽那閣閣的水雞聲，由這聲音，他能辨別出水雞的公母，他便模仿著水雞公勇敢的高鳴，時又效著水雞母求愛吟聲，引著附近的水雞，爭跳入他的竹筌中去，他有時又能敏感到被蛇所厄水雞的哀鳴，他被惻隱之心所驅使，便走去把水雞救出，水雞就安穩地閃到蛇先生的竹筌中，雖然結果也免不了廚人一刀，可是目前確實由蛇的毒牙下，救出生命來。蛇先生雖不自詡，自然有收入慈善家列傳的資格，且在水雞自己，犧牲一身去做蛇的糧食，和犧牲給蛇先生去換錢，其間不是也有價值上的爭差嗎？

　　蛇先生因為有他特別的技倆，每日的生活，就不用憂愁了。雖是他一夜的所獲，僅足豪奢的人一兩餐之用，換來的錢，供他一家人的衣食，卻綽有餘裕了，所以他的形相便不像普通拿水雞那樣野陋，這是他能夠被稱為先生的一件要素。

　　蛇先生所以被尊為先生，而且能夠出名，還有一段故事，這要講是他的好運？也是他的歹運？實在不易判斷，但是他確實是由這一件事出名。

　　在他隔壁庄，曾有一個蛇傷的農民，受過西醫的醫治，不見有藥到病除那樣應驗，便由鄰人好意的指示，找蛇先生去，經他的手，傷處也就漸漸地紅褪腫消了。

　　在蛇先生的所想，這種事情一定不會被人非難。被蛇咬著的人，雖無的確會死，疼痛總是不能免，使他疼痛減輕些，確屬可

能，縱算不上行善，也一定不是作惡，那知卻犯著了神聖的法律。

　　法律！啊！這是一句真可珍重的話，不知在什麼時候，是誰個人創造出來？實在是很有益的發明，所以直到現在還保有專賣的特權。世間總算有了它，人們才不敢非為，有錢人始免被盜的危險，貧窮的人也才能安分地忍著餓待死。因為法律是不可侵犯，凡它所規定的條例，它權威的所及，一切人類皆要遵守奉行，不然就是犯法，應受相當的刑罰，輕者監禁，重則死刑，這是保持法的尊嚴所必須的手段，恐法律一旦失去權威，它的特權所有者──就是靠它吃飯的人，準會餓死，所以從不曾放鬆過。像這樣法律對於它的特權所有者，是很有利益，若讓一般人民於法律之外有自由，或者對法律本身有疑問，於他們的利益上便覺有不十分完全，所以把人類的一切行為，甚至不可見的思想，也用神聖的法律來干涉取締，人類的日常生活、飲食起居，也須在法律容許中，纔保無事。

　　疾病也是人生旅路一段行程，所以也有法律的取締，醫生從別一方面看起來，他是毀人的生命來賺錢，罪惡比強盜差不多，所以也有特別法律的干涉。

　　那個醫治蛇傷的西醫，受法律所命令，就報告到法律的專賣所去。憑著這報告，他們就發見蛇先生的犯罪來，因為他不是法律認定的醫生。

　　他們平日吃飽了豐美的飯食，若是無事可做，於衛生上有些不宜，生活上也有些乏味，所以不是把有用的生產能力，消耗於遊戲運動裡，便是去找尋──可以說去製造一般人類的犯罪事實，這樣便可以消遣無聊的歲月，並且可以做盡忠於職務的證據。

　　蛇先生的善行，在他們的認識裡，已成為罪惡。沒有醫生的資

格而妄為人治病，這是有關人命的事，非同小可，他們不敢怠慢，即時行使職權，蛇先生便被請到留置間仔去。

他們也曾聽見民間有許多治蛇傷的秘藥，總不肯傳授別人，有這次的證明，愈使他們相信，但法律卻不能因為救了一人生命便對他失其效力。蛇先生的犯罪已經是事實。所以受醫治的人也不忍坐視，和先生家裡的人，多方替為奔走，幸得錢神有靈，在袖之前□□（疑為法律二字）也就保持不住其尊嚴了，但是一旦認為犯法被捕的人，未受過應得的刑罰，便放出去，恐被造謠的人所毀謗，有影響於法的運用，他們想教蛇先生講出秘方，就不妨把法冤枉一下，即使有人攻擊，也有所辯護。誰知蛇先生竟咒死賭活，堅說沒有秘方。蛇先生過於老實，使他們為難而至生氣了，他們本想借此口實開脫蛇先生的罪名，為錢神留下一點情面，蛇先生碰著這網仔隙，不會鑽出去，也是合該受苦。

他們終未有信過任何人類所講的話。

「在他們面前，」他們說，「未有人講著實在話。」所謂實在話，就是他們用科學方法所推理出來的結果應該如此，他們所追究的人的回答，也應該如此，即是實在。蛇先生之所回答不能照他們所推理的結果，便是白賊亂講了，這樣不誠實的人，總著懲戒，懲戒！除去拷打別有什麼方法呢？拷打在這二十世紀是比任何一種科學方法更有效的手段，是現代文明所不能夢想到的發明。蛇先生雖是吃虧，誰教他不誠實，他們行使法所賦與的職權，誰敢說不是？但是蛇先生的名聲，從此便傳遍這幾百里內外了。

蛇先生既出了名，求他醫治的人，每日常有幾個，但是他因吃過一回苦，尚有些驚心，起初總是推推辭辭不敢答應，無奈人們總

為著自己的生命要緊，哪管到別人的為難，且因為蛇先生的推辭，屢信他秘方靈驗，屢是交纏不休，蛇先生沒法，在先只得偷偷地秘密與那些人敷衍，合該是他時氣透了，真所謂著手成春，求醫的人便就不絕，使他無暇可去賣水雞，雖然他的生活比以前更覺豐裕快活，聽説他卻又沒有受人謝禮。

蛇先生愈是時行，他愈覺不安，因為他的醫生事業是偷做的，前回已經嘗過法律的滋味，所以時常提心吊膽，可是事實上竟被默認了，不曉得是他的秘方靈驗有以致之，也是還有別的因由，那是無從推測。但有一事共須注意，法律的營業者們，所以忠實於職務者，也因為法律於他們有實益，蛇先生的偷做醫生，在他們的實益上是絲毫無損，無定著還有餘潤可沾，本可付之不問，設使有被他秘方所誤，死的也是別人的生命。

在一個下午，雨濛濛下著，方是吃過午飯的時候，蛇先生在庄口的店仔頭坐著。

這間店仔面著大路，路的那一邊有一口魚池，池岸上雜生著菅草林投，大路這一邊有一株大黃楝，樹葉有些扶疏，樹枝直伸到對岸去，樹下搭著一排瓜架，垂熟的菜瓜長得將浸到水面，池的那邊盡是漠漠水田。店仔左側靠著竹圍，右邊是曝粟的大庭，近店仔這邊有幾株榕樹，樹蔭下幾塊石頭，是當椅坐著，面上磨得很光滑，農人們閒著的時候，總來圍坐在這店仔口，談天説地消耗他們的閒光陰，這店仔也可説是庄中唯一的俱樂部。

雨濛濛下著，蛇先生對著這陣雨在出神，似有些陶醉於自然的美，他看見青蒼的稻葉，金黃的粟穗，掩映在細雨中，覺得這冬的收成已是不壞，不由得臉上獨自浮出了微笑，把手中煙管往地上一

撲，撲去不知何時熄去的煙灰，重新裝上煙擦著火柴，大大地吸了一口，徐徐把煙吐出。這煙在他眼前繞了一大圈，緩緩地由門斗穿上簷端，蛇先生似追隨著煙縷神遊到天上去，他的眼睛已瞇了一大半，只露著一線下邊的白仁，身軀靠著櫃臺，左手抱著交叉的膝頭，右手把住煙管，口微開著，一縷口涎由口角垂下，將絕不斷地掛著，煙管已溜出在唇外。一隻閹雞想是起得太早，縮上了一隻腳，頭轉向背上，把嘴尖插入翼下，翻著白眼，瞇睡在蛇先生足傍。榕樹下臥著一匹耕牛，似醒似睡地在翻著肚，下巴不住磨著，有時又伸長舌尖去舐牠鼻孔，且厭倦似地動著尾巴，去撲集在身上的蒼蠅。馴養似的白鷺絲，立在牛的領上，伸長了頸在啄著黏在牛口上的餘沫。池裡的魚因這一陣新鮮的雨，似添了不少活力，潑刺一聲，時向水面躍出。兒童們尚被關在學校，不聽到一聲吵鬧。農人們尚各有工作，店仔口來得沒有多少人，讓蛇先生獨自一個坐著「督龜」，是一個很閒靜的午後，雨濛濛下著。

冷冷冷，忽地一陣鈴聲，響破了沉濕空氣，在這閒靜的空間攪起一團騷動，趕走了蛇先生的愛睏神，他打一個呵欠，睜開眼睛，看見一乘人力車走進庄來，登時面上添了不少精神，在他心裡想是主顧到了，及至車到了店仔口停下，車上的人下來，蛇先生的臉上又登時現出三分不高興，因為不是被蛇咬著的人。雖然蛇先生也格外殷勤，忙站起來，險些踏著那隻閹雞，對著那個人撅頭行禮，招呼請坐。這個人是在這地方少有名聲的西醫。

「店仔內誰患著病？」蛇先生問。

「不是要來看病，」西醫坐到椅上去說，「我是專工來拜訪你，湊巧在此相遇。」

「豈敢豈敢，」蛇先生很意外地有些慌張說，「有什麼貴事？」

「不是什麼要緊事，聽講你有秘方的蛇藥，可以傳授給我嗎？對這事你可有什麼要求？」

「哈哈！」蛇先生笑了，「秘方！我千嘴萬舌，世人總不相信，有什麼秘方？」

「在此有些不便商量，到你府上去怎樣？」西醫說。

「無要緊，這也不是什麼大事件。你是高明的人，我也老了，講話你的確相信。」蛇先生說。

「是！蛇先生本不是和『王樂仔（走江湖的）』一樣，是實在人。」蹲在一邊的車夫插嘴說。

這時候雨也晴了，西斜的日露出溫和的面孔，池面上因為尚有一點兩點的餘雨，時時漾起一圈兩圈的波紋。庄裡的人看見西醫和蛇先生在一起講，以為一定有什麼意外事情，不少人圍來在店仔口，要想探聽。有人便順了車夫嘴尾說：

「前次也有人來請先生把秘方傳給他，明講先生禮兩百四，又且在先生活著的時，不敢和他相爭賺食。」

「二百四！還有添到六百銀的，先生也是不肯。」另外一個人又接著講。

「你們不可亂講，」蛇先生制止傍人的發言，又說：「世間人總以不知道的事為奇異，不曉得的物為珍貴，習見的便不稀罕，易得的就是下賤。講來有些失禮，對人不大計較，便有講你是薄利多賣主義的人，對人輕快些，便講你設拜壇在等待病人。」

「哈哈！」那西醫不覺笑起來，說：「講只管讓他們去講，做

人那能使每個人都説好話。」

「所以對這班人，著須弄一點江湖手法，」蛇先生得意似的説，「明明是極平常的事，偏要使它稀奇一點，不教他們明白，明明是極普通的物，偏要使它高貴一些，不給他們認識，到這時候他們便只有驚嘆讚美，以外沒有可説了。」

「哈哈！你這些話我也只有讚嘆感服而已，可是事實終是事實，你的秘方靈驗，是誰都不敢否認。」西醫説。

「蛇不是逐尾有毒，雖然卻是逐尾都會咬人，我所遇到的一百人中真被毒蛇所傷也不過十分之一外，試問你！醫治一百個病人，設使被他死去了十幾人，總無人敢嫌你咸慢，所以我的秘方便真有靈驗了。」蛇先生很誠懇地説。

「這也有情理，」西醫點頭説：「不過……」

「哪有這樣隨便！」不待西醫説完傍邊又有人插嘴了。「那一年他被官廳拿去那樣刑罰，險險仔無生命，他尚不肯傳出來，只講幾句話他就肯傳？好笑！」

「哈哈！」西醫笑了。

「哈哈！」蛇先生似覺傍人講了有些不好意思，也笑著攔住他們説：「大家不去做各人的工，在此圍著做甚？」便又向著西醫説，「來去厝裡飲一杯茶！」

「那好去攪擾你，」西醫也覺在此講話不便，就站起來。

「茶泡好了，請飲一杯！」開店仔也表示著好意。

「不成所在，座也無一位可坐，」蛇先生拭著椅條，客氣地請坐。

「建築得真清爽，這間大廳也真向陽，」西醫隨著也有一番客

套。

　　飲過了茶，兩方都覺得無有客氣的話可再講，各自緘默了些時，那西醫有些吞吐地說：

　　「蛇先生！勿論如何，你的秘方總不想傳授人嗎？」

　　「咳！你也是內行的人，我也是已經要死的了，斷不敢說謊，希望你信我，實在無什麼秘方。」蛇先生說。

　　「是啦！同是內行的人，可以不須客氣，現時不像從前的時代，你把秘方傳出來，的確不用煩惱利益被人奪去，法律對發明者是有保護的規定，可以申請特許權，像六〇六的發明者，他是費了不少心血和金錢，雖然把製造法傳出世間，因為它有專賣權，就無人敢仿照，便可以酬報發明研究的苦心了，你的秘方也可以申請專賣，你打算怎樣？」西醫說。

　　「我已經講過了，我到這樣年紀，再活有幾年，我講的話不是白賊。這地方的毒蛇有幾種你也明白，被這種毒蛇咬著，能有幾點鐘生命，也是你所曉得，毒強的蛇多是陰，咬傷的所在是無多大疼痛，毒是全灌入腹內去，有的過不多久，併齒痕也認不出來，這樣的毒是真厲害，待到發作起來，已是無有多久的生命，但因為咬著時，無甚痛苦，大多看做無要緊，待毒發作起來，始要找醫生，已是來不及，有了這個緣故，到我手裡多是被那毒不大厲害的蛇所咬傷，這是所謂陽的蛇，毒只限在咬傷的所在，這是隨咬隨發作，也不過是皮肉紅腫腐爛疼痛，要醫治這何須有什麼秘方？」蛇先生很懇切地說。

　　「是！我明白了，」西醫有所感悟似地應著；「不過你的醫治真有仙方一樣的靈驗，莫怪世人這樣傳說。」

「世間人本來只會『罕叱』（隨意亂講，起鬨），明白事理的是真少，」蛇先生說。

「也是你的秘方，太神秘的緣故，」西醫的話已帶有說笑的成分。

「不是這樣，人總不信它有此奇效，太隨便了，會使人失去信仰，」蛇先生也開始講笑了。

在這時候有人來找蛇先生講話，西醫便要辭去，話講得久了，蛇先生也不再攀留，便去由石臼裡取出不少搗碎了的青草，用芋葉包好送與西醫，說：「難得你專工來啦，這一包可帶回去化驗看，我可有騙你沒有？」

那西醫得了蛇先生的秘製藥草，想利用近代科學，化驗它的構成，實驗它的性狀，以檢定秘藥的效驗，估定治療上的價值，恰有一位朋友正從事於藥物的研究，苦於無有材料，便寄給他去。

歲月對於忙迫於事業的人們，乃特別地短促，所預計的事務做不到半份，豫定的歲月已經過去盡了。

秘藥的研究尚未明白，蛇先生已不復是此世間的人，曉得他的，不僅僅是這壹里路內外，多在嘆氣可惜，嘆息那不傳的靈藥，被蛇先生帶到別一世界去，有些年紀的人，且感慨無量似的說：「古來有些秘方，多被秘死失傳，世間所以日壞！像騰雲駕霧那不是古早就有的嗎？比到今日的飛行機、飛行船多少利便，可惜被秘死失傳去！而今蛇先生也死了！此後被蛇咬的人不知要多死幾個？」

「聽講這樣秘方秘法，一經道破便不應驗，是真嗎？」傍邊較年輕的人，發出了疑問，有年紀的人，也只是搖頭嘆氣。

　　恰在這時候，是世人在痛惜追念蛇先生的時候，那西醫的朋友，化驗那秘藥的藥物學者，寄到了一封信給那西醫，信中有這一段：

　　「……該藥研究的成績，另附論文一冊乞即詳覽，此後要選擇材料，希望你慎重一些，此次的研究，費去了物質上的損失可以不計，虛耗了一年十個月的光陰，是不可再得啊！此次的結果，只有既知巴豆，以外一些也沒有別的有效力的成分……！」

——《賴和全集》

作者簡介

　　賴和（1894～1943），本名賴河，筆名懶雲，彰化人。於臺北醫學校（臺大醫學院前身）畢業後，陸續在嘉義醫院、廈門博愛醫院服務，1916年返臺於彰化開設賴和醫院。行醫三十年，活人無數並濟助病人，人稱「和仔仙」、「彰化的媽祖」。陳虛谷有〈哭懶雲兄〉詩：「君志為良醫，欲以匡時弊。閭里皆感恩，貧病多周濟。懸壺三十年，活人難以計。門庭若穿梭，不見稍衰替。若為他人有，致富得權勢。君乃無所益，清風生兩袂。留得身後名，與人傳一世。」正是賴和仁心仁術的寫照。賴和也是臺灣新文學的開創者，作品內容以控訴日本殖民體制的殘酷，及同情臺灣同胞的悲慘命運為主。從1925年到1936年，共寫了：〈鬥鬧熱〉、〈一桿秤仔〉、〈不如意的過年〉、〈辱〉、〈蛇先生〉、〈惹事〉、〈豐作〉、〈善訟的人的故事〉、〈赴了春宴回來〉等近二十篇小說。此外還有：〈覺悟下的犧牲〉、〈流離曲〉、〈生與死〉、〈農民謠〉、〈南國哀歌〉等十幾首新詩；另有散文、隨筆和古體詩詞。後人編有《賴和全集》。

選文評析

　　1930年元旦，賴和發表〈蛇先生〉於《臺灣民報》第294期，陸續分三次刊登。本文是賴和把寫實主義、時代精神，與本土環境緊密結合的代表作品，充滿濃厚的鄉土情調；並且提供我們了解日據時期臺灣醫療史與日本治臺史的資料。情節的主線由二大主題開展：一是透過蛇先生以藥草秘方治療蛇毒，批評舊社會迷信秘方的封閉觀念。二是透過蛇先生被拘捕受刑罰的故事，譴責日本殖民體制法律的虛偽與殘酷。

　　〈蛇先生〉一文，賴和以三個要點告訴世人並無所謂「秘方」：

一、是以蛇先生的理性思考與自知之明。

二、是庄民認為「秘方秘法一經道破便不應驗」的封閉觀念與神秘色彩。

三、是這一紙「只有既知巴豆，此外一些也沒有別的有效力的成份……！」
　　的化驗結果。

　　賴和是一位關懷同胞疾苦的醫生，他將客觀和理性的觀察真相，進而塑造〈蛇先生〉中的人物，批評舊社會迷信秘方的封閉觀念，誠如施淑教授所說：「在〈蛇先生〉中，透過那帖草藥秘方的喜劇，賴和以一紙科學化驗證明，批判了被缺乏商品交易的農業經濟所決定的知識的片面性，也即普遍存在於農業社會的小天井意識和迷信。」賴和塑造「蛇先生」這一位主角人物，他是實在、善良、而且具理性的，在全民健保未實施之際，百姓們為了節省醫藥費，來自大自然的藥草，儼然成為他們的救急秘方。尤其這帖秘方是「蛇先生」累積長期工作經驗所「研發」的成果，對百姓而言，更具說服力。賴和藉著〈蛇先生〉批評舊社會迷信秘方的封閉觀念是消極面，積極面當是提醒世人要相信知識，相信科學，因此塑造請求傳授秘方化驗的西醫，其目的在此。

　　在賴和小說中，提及中醫、西醫、秘方療效者，另有〈未來的希望〉、〈一桿稱仔〉二篇。賴和受現代科學醫學訓練，藉著〈蛇先生〉傳達勇於接

受新知，忠於真理的精神，將是文化啟蒙時代導引民眾智識的重要課題。

　　大陸劉登翰等人所主編的《臺灣文學史》說：「〈蛇先生〉主要是通過蛇先生被拘捕受刑罰的故事，顯示殖民當局制定『法』的虛偽性和殘酷性，……反映了在殖民統治下臺灣人民遭到『法律』與警察交伐的慘境。」其實，揭露日本統治者變戲法的場面，以及被法律欺壓的人群生命形態，在日治時期的小說世界中隨處可見（例如：〈一桿秤仔〉、〈辱〉、〈阿四〉等），也構成了賴和小說的重要主題。身為社會運動者，賴和深知法律的正面意義，乃在維護百姓的基本權益與尊嚴；然而，在〈蛇先生〉中憤怒地議論道：「因為法律是不可侵犯、凡它所規定的條例、它權威的所及、一切人類皆要遵守奉行，不然就要犯法，應受相當的刑罰，輕者監禁，重則死刑，這是保持法的尊嚴的必須的手段，恐法律一旦失去權威，它的特權所有者——就是靠它吃飯的人，准會餓死，所以不曾放鬆過。」以此抨擊代表國家執行法律的警察無法無天，予取予求，還口口聲言維護法律的威嚴，實是把法律視如糞土。

　　〈蛇先生〉在藝術表現上注重群眾性與鄉土性，無論人物安排、對比運用、語言特色等方面，皆頗具巧思，結構嚴謹，充分扣緊寫實的意識，在臺灣新文學的啟蒙階段，堪稱是生動有趣的諷刺小說佳作。

問題與討論

1. 請分析〈蛇先生〉在人物安排、對比運用及語言表現上的寫作特色？
2. 試舉例說明日治時期小說中言及醫生、病人素材者尚有那些作品？各反映什麼主題意識？

延伸閱讀

1. 賴和：〈一桿稱仔〉、〈未來的希望〉，收入林瑞明編：《賴和全集

一──小說卷》，臺北：前衛出版社，2000年6月。

2. 吳新榮：〈良醫良相〉、〈三十年來〉、〈模範醫師〉、〈後來居上〉、〈紀念國父百壽〉，張良澤主編：《吳新榮全集二──琅琅山房隨筆》，臺北：遠景出版社，1981年10月。

3. 王湘琦：〈沒卵頭家〉、〈玄天上帝〉，《沒卵頭家》，臺北：聯合文學，1990年1月

4. 侯文詠：〈子不語〉，《大醫院小醫師》，臺北：皇冠出版社，1992年6月。

5. 陳永興：〈窮人的苦難〉、〈人類的真正死敵〉、〈醫生的話〉、〈由收驚談起〉、〈求神問卜〉、〈蘭嶼島上的憂思─訪廖醫師對談〉，《醫學的愛──陳永興醫師文選》（上‧下），高雄：望春風出版社，2002年3月。

醫生作家 / 王昶雄

奔流

一

　　我離開住慣了十年那麼久的東京，是三年前春天的事。到如今把眼睛閉上，那天晚上的事情，還可以清清楚楚地浮上腦際。九點整，像巨蟒一般的開往下關的夜車離開了東京站。當車子經過有樂町、新橋、品川、大森，串串街燈次第從視野消失時，我怎麼也止不住熱熱的東西湧上心頭。與其說離情的淒苦，倒毋寧是想到自己一旦回到鄉里，何時才能踏上這帝都土地呢？這樣的思緒使我感到難忍的寂寞。這也不僅僅是年輕人的感傷而已。我在S醫大讀完了課程，在附屬醫院從事臨床的工作，另一方面還以解剖學教室研究生的身分留下來。但是，這也是極短暫的事情。才不過一年功夫吧，在故鄉開設內科醫院的父親突然逝世，不得不立即束裝返鄉。想研究到有個名堂出來的心情，還有對日本內地生活的摯愛，終究在實現之前，那麼輕易地就瓦解了。繼承父親的衣缽，一生埋沒於鄉間醫生的境遇，對我來說委實是難以忍受的。

　　暌違多年的故鄉風物，使我打從心底裡感到優美，心情總算開朗了些。但這也沒能維持多久。當一個平凡的鄉下醫生，工作並不算煩瑣，可就沒有辦法全心投入，只是茫然的過日子。沒法子逃避的無聊，使我拿它一點辦法也沒有，簡直想把身心都豁出去。追憶著在內地時的那種氣魄，想到如此單調的生活中，今後如何求得刺激，這種不著邊際的思想，經常像燻炙似的在胸口翻湧、蕩漾，把

頹喪的心，帶向無限的遠方。雖然有故舊，也不是能誠心安慰，或剖心相告的人，吊在半空中的慵懶，經常弄得心情憂鬱難解。很想乾脆拋棄這一切，再一次到東京去，想到孤單的老母親，也就下不了決心。

就在那時候，結識了伊東春生這個人。說得詳細些，當我正沉溺於恍似客愁般的狂暴的感傷當中的時候，給了我的飢渴一副清涼劑的，正是伊東春生其人。這就是我和伊東接近的動機，也是加速地使意氣投合的程度加深的因素。經過情形是這樣的——

十月將近尾聲的時候，殘暑仍相當逼人，可是到了晚上，氣溫簡直不可相信似地驟降，變得涼氣逼人。因此，感冒流行起來，使我無分晝夜都手忙腳亂。一天傍晚，我一個個依序看著病人的時候，突然有一個人，喊了一聲：「拜託！」很有氣勢地走進來。注意一看，是三十四、五歲的，體格健壯的人。眼睛紅紅的，面孔因發燒而泛紅。雖然很隨便的披著單衣，總覺得有著迫人的凜然；這人就是伊東春生。我立刻把聽診器貼上胸部，看看喉嚨，不用說是嚴重的感冒了。體溫有三十八度五。

「因為太好強了。逞強，好像還是抗不過病喲。」伊東笑著說。

面孔雖然看起來很大方，笑裡卻隱伏著複雜的陰影和線條。彷彿無言地訴說著他意志的堅強和主張個性尊嚴的剛烈似的。問他職業，說是城郊大東中學的國文教師。我不覺把視線傾注於伊東的臉。借職業上的方便，好像觀察似的，瞪著眼凝視他。像是內地人的這個伊東，從說話的腔調雖然沒有辦法識別，但那臉的輪廓、骨骼、眼睛、鼻子，在我看來，很像是本島人。也許是出生於殖民地

的神經過敏似的敏銳靈感所使然，我在內地的時候，內地人當然不用說，是半島人（指朝鮮人）還是中國人，看一眼，就能毫無例外地辨認出來。除非我這敏銳的靈感麻痺了，這時，我的雙眼所見，應當不會有誤。這已夠誘發我異常的好奇心了。我希望及早查出伊東的真正身分，也興起了跟這個人盡情地交談的衝動。而如果伊東正如我所預感是本島人，那就更能誘發我的興趣，我的期望也因此會更為廣大。但是，乍一見面就不客氣地再多問下去，未免失禮，並且後面還有很多病人在等著，給了兩天份的藥，告訴他希望再來，就分手了。

跟他錯身進來的，是這裡的中學五年級的林柏年。柏年看到了伊東，就行了舉手禮。我很高興柏年來的正是時候。他今年十八歲，劍道鍛鍊出來的身子，雖然很結實，仍有小孩子的感覺。原來愛好運動的他，劍道以外，也從事其它各種各樣的運動，由於過劇地酷使身體，傷了肋膜，繼續來我的醫院看了兩個半月的病。我在胸部輕輕敲打，問過了最近的狀況之後，才問他：

「我想問你一個怪怪的問題。那個伊東先生，是什麼地方的人？」

「那個老師嗎？」柏年好像所等待的機會終於到來似的說：「他是本島人，太太是內地人。」

「果然沒錯。」我露出了會心的微笑。並不是對自己的靈感未衰的慶幸，而是這個人的存在，彷彿與我有緣似的，是詭異但又似乎在追求開朗的思念似的莫名的歡喜。教授國文，以及和內地人毫無分別的沒有半點土氣，有這樣的本島人在鄉里，使我覺得深獲我心，由衷地湧起了歡喜。

「是好老師嗎？」在一次瞬間，我竟無意識地問了這樣愚笨的問題。

「這個……我也不曉得該怎麼說。」

不知道為什麼，柏年好像是逞意氣似的，脫口而出。這個人，與體格不相稱地，感覺很細膩，有很不好應付的地方。眼睛大概是心理的關係，有所疑惑似地細瞇著。這種「倔」的地方，不是我所喜歡的，但那種青年人的正義感比人強過一倍的地方，卻使我很同情。我不再多盤問伊東的事，從此之後，就急切地等待伊東再到醫院來。

可是，過了三天、五天，伊東都沒有出現。感冒完全好過來了吧。他不來，就去找他聊吧，又提不起勁兒，我只好等待機會了。

這時候，感冒的流行，漸漸到尾聲了，代之而來的，是這個城特有的雨，是不成粒的，像霧一般的雨。一天晚上，病人都走了之後，想藉著讀書來排遣鬱悶的心情，在時鐘敲響九下，高興地想關門的時候，有個人說聲「晚安」就進來了。那是伊東。對他出乎意料的來訪，不用說我是打從心底裡頭歡迎的。他來是為上次的事道了謝就想走，我卻極力留住他，引他到書房。

「藏書真不少，是個學者啊！」伊東說著，瀏覽著兩大書架。「哈哈！你的文學書，你的文學書比醫學的書還多嘛！」

「哈哈，哈哈哈哈！」我笑著推過坐墊給他。「過世的父親的書也在裡面。不敢相瞞，我曾經是很熱烈的文學青年，想當個作家，不過這已經是從前的夢了。」

「是嗎？不過，人是需要夢的。因為人類的成長進化，是受那夢的鼓舞，推進的。我們學校是專門收本島人子弟的，他們並沒有

懷抱太大的夢，直截了當地說，殖民地的劣根性經常低迷不散，很傷腦筋。」

「對的，他們並沒有魄力。」

「他們的視野很窄。因為無法離開自我的世界去想東西，所以凡事總是怯怯的，人都變小了。氣節、氣概，全都沒有，譬如說……」

這時，母親端著放著茶和糖果的托盤進來了。「歡迎！」這是用國語（指日語）招呼的。然後說：

「討厭的雨季又來臨了，真傷腦筋。」這是用本島語說的。

「是母親。國語只懂一點點。」我這樣介紹，伊東便禮貌地說：

「啊！是高堂。請多指教。我是伊東春生。毫不客氣地在這裡打擾。」

這是用國語說的。我感到很意外，伊東在這種場合，也不肯說本島語。在這一瞬間，我感到伊東所持的人生觀異常地徹底。我不得已，只好把他的禮貌話語向母親翻譯。

「父母都健在嗎？」母親離去後，我這樣問他。

「嗯，老人家他們總有辦法的……」

伊東這樣說了之後，像要岔開話題似地說：

「你在內地住了很久，尤其對精神文明方面有興趣，大概也曉得，俗話說的日本精神，如果不通過古典來看，多半沒有意思，譬如《古事記》。我們所以會被它吸引，是因為心和詞，絲毫沒有歪曲地，而且很率直的關係。有個偉大的學者說，像幼兒依偎在祖父母的膝下，亮著好奇的眼睛，傾耳於那古老的故事那樣，有一種愉

快。離開了日本古典，就沒有日本精神了。」

伊東在說話時，眼角放出紅光，看來臉上的皮膚都發放著光輝似的。我在心中暗暗地想：這是比我所想的，更為傑出的人物。想著他的人生觀的不凡，我吞了一口口水。想想看吧，現在，在這裡，一個本島人，娶了一個日本人為妻，言語、舉動，根本上，完全變成日本人了。而他站在中學校的教壇，堂堂地教授國文。過去的人，不敢期望，接觸到真正的某種東西的、深遠的知性的芬芳，變成了挖掘對方心臟一般熱情的話，在感受性最強的時代的本島人中學生們心中，植下崇高的精神，喚起對方正確學問憧憬的心，描繪能誘發對氣節無法遏止的思慕之念，扮演重大任務的姿態時，我的眼角，不知不覺就會熱起來。那既不是喜悅，也不是什麼的，只是不可思議地搖撼靈魂的感情。是稱為感動的東西。

兩個人雖然今天才開始聊起來，卻簡直像十年的知己一般，談了很多。伊東離去時，是在敲過十二響以後，從內地回來那時候的，徒具形式而沒有靈魂的那種空虛的寂寞，彷彿已像霧的散失，不知道飛到那兒去了。

二

小城雖小，父親留下的地盤卻意外的穩固，病患經常門庭若市。一個半月過去了，每天每天，都面對人生痛苦的一種象徵——病痛的人，我反覆著喘不過氣來的，緊張繁忙的生活。從伊東上一次的來訪開始，兩個人心心相融的交往便開始了，但是，我由於開業醫生的悲哀，一步也不能出外，多半是伊東來訪我。

不知不覺一年已到了尾聲，就要迎接新年了。

　　向來懶惰成性的我，忽然想到神社參拜，很早就起來。在薄暗的凌晨的冷氣中，周遭靜悄悄的，什麼聲音都沒有。神社在市郊二町（一町為一〇九米）左右的小崗上，對面隱約可見的山，看起來比白天更遠，呈現著倉黑的影子。天空是山邊仍有隱隱約約白色星星閃著冷光的、晴朗的藍黃色。久雨已停了，美麗的闇夜，幾乎使人茫然若失。參拜完後，我就像從日常的煩瑣中解放出來的人似的，毫無顧忌地在附近漫步。每當感到冷氣透身的時候，我就懷念地憶起內地的冬天。就是這時節吧，關東平原的冬情的美，是無可比擬的。東陽和枯草，不可思議的暖和，冬天的空氣洗滌了五體，連心都會有被洗濯的感覺。這在臺灣是無法想像的。想到灼人季節很長的臺灣，就禁不住憂鬱。簡直要懷疑，自己的頭腦，逐漸地變傻了。不知走了多久，東方的天空逐漸發白了，我只得回家去。

　　因有來客，所以我第一次拜訪伊東的家，是在午後四時左右。

　　「歡迎歡迎！」

　　穿著和式禮服的伊東，發出驚叫似的聲音迎接我。「新年好！」我誇大地做禮貌的招呼，伊東就魯莽地說：「那樣太舊了，我們用新體制吧。」「唉唉，」我搔起頭來，兩個人便互相望著臉、哈哈哈哈地笑了。我被引入八張榻榻米的客廳。林柏年非常無聊似地盤著腿，先我坐在那裡。看到我，趕忙坐正，雙手按在榻榻米上說：「新年好！」我模仿伊東說：「那樣太舊了，我們用新體制吧。」大家又愉快地笑了。但是，柏年不知道為什麼，稍稍微笑一下，立刻又恢復本來的不愉快的表情，微笑已無蹤影可循。（真是奇怪的人），我在心中這麼想著，原來這個青年，氣質並不開朗，經常沉默著，怪寂寞的。

「我媽馬上會出來。」

伊東一邊把坐墊推給我一邊說。我真想看看有這樣了不起的兒子的母親是什麼樣子。可能是遵照古風教養出來的女性吧。在心中想像著，望了望天空，彷彿有點陰暗下來了。可是，像早晨那種冷氣，已一點也沒有了，反而漸漸地明亮，溫暖的空氣在飄動著似的。

不久，紙門拉開了，太太和母親進來了。我端正地做好。突然，我的眼睛瞪大了。應是伊東母親的那個女人，穿的是標準的和服裝。年紀大概早已過了六十歲了。是個——與其說斑白，不如說白的較多，又稍稍不順的頭髮，眼睛瞇瞇的，肩膀寬闊的老婆婆。

「久仰久仰！今後也請多多關照。」

母親雙手按在榻榻米上，恭敬地招呼。因牙齒脫落的關係，說話有一點漏風。太太向我們敬茶。我在腦子裡感到疑惑，但立刻直覺地感到是太太的母親。這又是怎麼回事呢？伊東又不是沒有生身的父母。也許是來臺灣觀光，暫時來叨擾女婿的吧。交談了二、三句話，母親就匆匆退到裡面去了。隨和的太太，陪我們談東說西的。這期間，柏年始終都靜默著，是一副懊悔不該來的表情。我忽然發現，壁龕的右側有一盆插花。大概是太太插的吧。花盆是千德的薄端，那有鮮紅可愛的果實的南天燭的明朗，正合新年的客廳是隱重的風格。旁邊放著一本搖曲的書，尺八就擱在上面。太太雖不能說是美人，但是眉毛和額頭帶，漂盪著無比可擬的清純。那直直的鼻樑，令人想到不會高傲的品德。穿著穩重的有楚楚動人花紋的衣服，披著暗紫色的短外掛，使我彷彿回到了久違的內地似的。

　　我在內地所過的十年生活，絕不是全都愉快的回憶，但我發現了真正的日本美，觸到了像稻草包著一般溫暖的人情味，體驗到把我那接觸到比憧憬更高更高的理想的精神，從根底搖撼的事情，就是在這期間。自己不能甘於出生於南方的一個日本人，而非成為純粹的日本人，心便不能安。並不是自動地努力於內地化，而是在無意識中，內地人的血，移注於自己的血管內，在不知不覺間，已靜靜地在流動般的那樣的心情。

　　關於這一點，東京某良家的一個女性的存在，我是不能忘懷的。我能了解插花、茶道、能喜愛日本服裝，高聳的女人髮型，能陶醉於「能」（一種日本的古典樂劇），歌舞伎，完全是靠這個人培養起來的。圓圓的眼珠經常閃動著聰明的光芒，端整的臉龐，雖然有點好強和冷漠，奇怪的是，卻讓我感覺到溫暖的心情。又多又密又黑的頭髮，盤成柔美的結，她那動作的柔和，都對出生於南方的我，投來純粹日本式的魅力。其後好像做了插花的師匠。她透過插花，不斷地追求人生更深更遠的某種東西，那種死心塌地的人生方法，引發我激烈的懷念。換句話說，是把感性的觸指，不停的伸向內心，把勃發不已的生命力，傾注於高尚的藝道。可能經常搖撼著她心弦的求道心，經幾次荊棘的揉磨，一定會有發出光輝的日子來臨吧。予我的心靈無限啟發的她，是我的老師、朋友，也是心中的戀人。每碰上她的視線偶然向著自己時，我就感覺無法形容的熱熱的血潮在體內奔流，同時羞恥於自己的不成熟，彷彿感覺得到真摯的鼓舞：要成就一個人，須更多更多的鍛鍊。

　　我要歸鄉的一星期前，她為表示餞別，送我一張詩籤。上面寫著「天下第一等人物」。這大概是大儒左藤一齋的「若要立志就要

做第一等人物」的意思。我想不要見面好，就寫一封信道謝，結果回信很快就到了，其中有一段這樣寫著：

　　請不要說詩箋是傑作吧。地面上有洞的話，眞想鑽進去呢！當我要寫下那些字時，曾反省過：自己是不是有資格寫下那句話送你。心中感到十分慚愧。猶豫了好幾次，還是不能不寫。這種心情，終於使我寫了那詩籤──是我的眞心──這種過份不遜的行爲，相信神一定會寬恕吧，當然，你也……

　　我靜靜地抑制著熱熱的東西湧上來。即使彼此心中，都在描繪著某種事物，這時也該是分別的時候。作爲一個人，我究竟具有跟她結婚的資格嗎？加上獨生子的我，非把她帶回到臺灣偏僻的地方不可，到那時候，從各種角度看來，能否保持以前的幸福感呢？簡直像走鋼索的心情一樣。爲自己的窩囊，我哭了。

　　和我相比，伊東真是個明星演員。他的事情我雖然還未完全明白，他不是毫不猶豫地做了，而且不是做得很好嗎？內地的那種悠閒的心情和生活，伊東原原本本帶回到鄉里來。常常想：他是了不起的。

　　鐘敲了五點時，柏年說要回去。我雖然很想再坐一會兒，也認爲是該結束的時候，也就告辭了。可是，伊東紅著臉，硬把我拉住。

　　「過年時節，您和柏年怎麼這樣客氣呢？今天就好好地多玩玩嘛！」

　　柏年搔著頭，「啊，啊」地猶豫著。於是太太也勸起來了：

「這個時節，雖然沒什麼東西，還是請吃個晚飯吧。」

兩人便下定決心打擾一餐了。

餐席上有五個人，蠻熱鬧的。不期然地把目光注視太太端出來的菜餚，我幾乎茫然若失，把筷子伸向雜煮（日式火鍋）時，我打量著桌上許多的好東西，感到受了一次難得的款待。大大的鯛魚、鯡魚卵、雞湯、油炸的蝦，我已好幾個月不曾參加這樣的盛宴了。可是，柏年卻全不夾肉，只是默默地吃著雜煮。

大門響起悄悄推開的聲音。太太放下筷子，走過去了。

「啊！是臺北的媽媽。請進來吧。」門口傳來這樣的話。

「不用啦。我馬上就要回去。大家都好嗎？」

說話的人，彷彿是相當上了年紀的女人，從那笨拙的國語，立刻就可曉得，是本島人。不知為什麼，伊東有點慌張地到大門口去了。

「有什麼事嗎？」

過了一會兒，才傳來那老婆婆的聲音。

「並沒有什麼要緊的事，很久沒看到你們了，想來看看。春生啊，你爸爸最近忽然身體衰弱下來，經常口頭禪似的叫說，寂寞得沒辦法過下去。偶爾也去見見你的爸爸吧。」

這是用本島語說的。末尾的地方，變成了抽泣聲，不能聽得很清楚。

「放心好了，我會去看就是了。」

伊東厭煩地說了這句話，就回到客廳來了。呼呼吐著氣，好像有一點亢奮著。看來整個臉上都在忍受著微寒而脫落的感情似的。究竟是什麼事，我把握不到明白的焦點。只是，在我腦海中一閃而

過的，是那本島人的女人是伊東的生母。若是，伊東為什麼這樣鄙夷自己的母親，而敬而遠之呢？一定有很深的事情潛藏著。我憑純真的心情，這樣想著。一直沒感覺到，這時柏年放下筷子，低著頭咬著嘴唇。眼角看來有點蒼白。不多久，太太也回來了。本島人的女人大概回去了。「很對不起！」太太說。但是，已經陷入空虛沉默的房間，彷彿只有呼吸的聲音在交錯著。其實，我的喉頭，也感到熱熱的阻塞，聲音都吐不出來了。大概覺得不妙吧。伊東忽然熱烈地說：

「快活起來吧！快活起來！讓我唱一首最得意的伊那節（歌名）吧。」

於是，他就唱起來了：

無情啊

木曾路之旅

樹葉兒會

落到笠子上來

可是，伊東唱到要完未完時，柏年像無法再忍受下去了似的說：

「肚子疼得厲害，我先失禮了，謝謝豐盛的晚餐。」

柏年說著，忽然站起來，跳到大門去了。那氣勢，如果有人笨拙得想阻止的話，彷彿會被摜倒似的。柏年那魯莽的表現，使我茫然。但是，柏年對伊東，在意識之一角，始終棲息著反抗的心，我今天才體會出來。我不能不這樣勸阻：

「柏年！這樣對老師不是不禮貌嗎？」

但是，伊東一邊用手勢制止我，一邊說：「別管他，別管他。」

「長久的生活教育中，這樣的場面，也不可不事先想像到。不知是誰說的，陶冶學生，不僅僅是磚塊的堆積，每天每天的經營，多半需有耐性。尤其是本島人學生常有的扭曲的心情，非從根柢重新改造不可。」

他把柏年的事，放在教育的名義下來辯解。我倒很想探觸剛才在大門口交談的真相。但是，不知為什麼，我還不敢有追究的心情。日常對伊東的信賴心和類似尊敬的心理，我不願在此讓它脆弱地崩潰。

「真是奇怪的孩子。」

一直沉默的、穿和服的母親，閉著嘴咀嚼著。太太一直望著窗外，那好像在專心想什麼的表情，流動著一抹像是悲哀，又似悽涼的難於捉摸的東西。

我告別是在一小時以後。外面相當黑暗。一月的夜風吹在身上相當寒冷，我有一點禁不住發抖。無數的星星，在頭上繼續著清瑩的閃爍。我想消除剛才的情景，不知為什麼，它卻不斷地在腦中明滅著。

我要橫過草地時，忽然被「先生」的叫聲叫住了腳步，搜尋似地注意一看，說話的人，站在榕樹下，彷彿靜靜地凝望著我。我起初愣了一下，後來才知道，那是柏年。

「不是柏年嗎？為什麼現在還在──」

「先生！」他不知什麼時候已站在我身旁，在夜的黑暗中，帶

著震顫的，低沉而激烈的聲音迸出來了，激動得很厲害。

「伊東春生，不，朱春生，他把自己的生身父母踩在腳下……」

「鎮靜一點。」我勸慰說。「對老師，不要亂說。慎重一點好。」

「先生可能不知道，那時候，在大門口的老女人，是伊東親生的母親。他是拋棄自己年老的父母，過著那樣的生活。只認為自己過得快樂就好。……」

「不要說了。」我幾乎無法忍受了。

「請讓我說！我不說心裡不會開朗。伊東的生母，是我的姨母，我最知道姨母的苦惱。請想想在天地間只有一個兒子，而被兒子拋棄的人的心情吧。先生！這樣您還要袒護他嗎？難道這樣，你還要──」

柏年聳動著肩膀，終於哭出來了。平時潛藏於心中深處的激烈的感情，找到了機會似的，向我發洩出來。沉默寡言，和體格不相稱的膽怯的柏年，在那裡會有這樣熱情的地方，簡直令人不可思議。柏年的激動固然不尋常，我的失望也相當大。一種不知名的東西，湧上了胸口，站著的腰部有點不爭氣似的。

「我知道了。你的氣憤，大體是正確的。不過，還是再冷靜地想想的好。伊東先生有伊東先生偉大的人生觀，也許憑你那樣單純的正義感，我想不一定適合做這樣的批判吧。今夜很冷，又很晚了，現在就回去睡吧。」

我這樣安慰過他之後，就讓柏年回去。

我一整個晚上不能入睡，彷彿柏年的激憤感染了我，眼睛更雪

亮，神經異常的亢奮。平日伊東對柏年的態度，以及每次問起伊東
父母的事，都像要逃避的那種作風，也好像得到了解了。在那一瞬
間，伊東的亢奮，究竟表示什麼意思？可以解釋為：由於不體面的
本島人母親的出現，一向籠統的很大的幸福，好像忽然碰上了現
實，以致惶惑起來似的。伊東是否如柏年所説，犧牲自己的至親，
來求取自我的安樂呢？我忍不住地禱告，他有一次向我講述的夢，
但願不是指這樣的安逸。

三

　　胸中迷濛的東西，還未淡薄、開朗的有一天，一種苛烈的現
實，卻從根本上，使我的心變暗了。

　　伊東的生父朱良安終於死了。由於長久以來的糖尿病，身體一
天比一天衰弱，更壞的是，半月前患上雙球菌性急性肺炎，成了致
死的原因。後來聽柏年説，伊東去探病的次數只有一次。也許那是
雙球菌性肺炎的症狀，病人在一再出現昏迷、囈魘中，經常喊著像
詈罵、像詛咒的陰森囈語。好像為自己斷了後嗣的事而經常感到痛
苦，而現在躺在病床上，猶如表示想死也死不下去的深刻悶苦一
般，眼睛炯炯地放出異樣的光輝。

　　葬禮那一天，不知為什麼，伊東也沒通知我。我跟伊東的父母
雖不曾見過面，我想不必等他的通知，這個葬禮是非參加不可的。
當然是出於平日開懷暢談的朋友之誼，不過，想率直地接受柏年所
説的事實，想注意當天身為孝男的伊東的一舉一動，這種好奇心的
驅使，應是更有力的動機。這種對他不信至極的心情，如同用粗糙
的手觸摸自己的神經，老實説，這種壞心眼兒，自己也對它無可奈

何。

　　當天，特別用心地穿好了服裝，卻因急事，終究沒能趕上時間。於是打斷了前往臺北的告別式禮堂的念頭，急急趕到埋葬地的本鎮近郊的墓地去。我到達時，棺柩已經放在壙穴前，遺族們正圍著那棺柩在號哭。時間大概是五點多吧，薄暮的夕陽已向西傾落，只留下微弱的光明，天空已經暗淡了。因此周圍的事物，染得黑黑的，很不是味兒。墓在丘陵的中腰。途中任其成長的茂盛的雜草，和不知名的花草包圍著的墓，散在各處，赭色的泥土單調地延伸到無盡的遠方。我一邊往上爬，一邊感覺到某種熱熱的東西，在胸口洶湧著。

　　送葬的人很多，我躲在後面，把周圍迴望一遍。穿麻衣的遺族們所包圍的棺柩右側，直著腿挺立的伊東身影，立即吸引了我的眼睛。穿的是黑色西裝，配著是黑色腕章。大概由於心情的關係，臉上的光采消失了，顯得很蒼白。身旁的太太，穿著和式禮服，嚴肅地站著。雖然微俯著身子，眼角彷彿有一點紅著。女人們的號哭正在無止盡地延續的時候，伊東簡直忍無可忍似地更歪起原已苦皺的臉，怒斥說：

　　「不要再學那種難看的做法啦！」

　　並且向一個法師催促，法事能不能快些進行。法師慌張而驚恐，指揮哭的人們離開棺柩，想進行下一個手續。但是有一個趴在棺柩上不肯離開的老婆婆。是個瘦小的女人。長久以來忍耐又忍耐過來的壓縮的感情，忽然找到爆發點似的，如同向死者控訴，也彷彿在詛咒一切事物般的自棄哭聲，毫無節制地延續著。那是彷彿在哪裡聽過的聲音。幾乎同時，我直覺地感到，是伊東的母親。想像

一個無人可依靠的悽慘的女人，好像胸口受到擠壓，我的心跌進了苦悶中。但是，下一瞬間，把這個可憐的老婦人，保護似地帶開去的，卻不是伊東，而是穿著簡單的麻衣的年輕人。他是柏年。哭得紅腫的眼睛，大大的淚珠在亮著。我幾乎忍不住要叫他一聲「柏年」的衝動。

幫助的人，揮起鋤頭，在棺木上掩土的時候，遺族們為了向死者作最後的訣別，在靈座前的草蓆上，依序行跪拜禮。伊東夫婦只是站著，行了簡單的禮拜。法師打響鈸的聲音，在風裡流動，糾合在一起，時遠時近，和傳到耳邊，彷彿要把蟄居在地下的鬼魂都喚起來一般，很是陰森恐怖。不多久，饅頭形的小丘做成了，接著臨時墓標也植立起來了。

這樣把埋葬的儀式做完了，究竟是幾點鐘了呢？太陽完全下去之後，天空的餘光下，還看得見的遙遠的海，對岸的山，只是映出一片蒼黑的影子而已。人們剛剛埋葬完成的新墳，依戀地，頻頻回顧著走下山去。伊東的臉，在我看起來，好像是愈來愈悽慘。在行走中，伊東的夫人靠近走在前面的老婆婆說：

「媽，先到家去，然後再回去吧。」

可是，伊東說：

「不，臺北的家還要收拾，早一點回去比較好。反正我會去看的。」

說著，幾乎要拖著太太的手似地，很快的走下山去。我試著懷疑自己的眼睛和耳朵。但是，既不是夢，也不是別的什麼。當我感覺出那是世上深刻的現實時，我簡直想咬破嘴唇。因為我感到，有生以來不曾嚐到過的欲嘔與重壓。我連看到那可憐老婆婆的身影，

都會興起恐怖感。這時候有個人打橫裡跳出來，尖叫著說：「姨母！跟我一道回去吧！」就去拉住婆婆的手。那人便是柏年。他好像完全沒有發現到我。那聲音，顯然只是為了對伊東的作法的反抗。也許是因為反映出燃燒的憤怒，嘴唇激烈地痙攣著。它還傳到全身，振幅過大地顫抖著，在夕暮昏暗中，還是看得很清楚。對於易感的柏年，這無疑是相當大的衝擊。我拖著沉重的腳步，走下山去。雖然想叫住柏年，但是，希望一個人悄悄地思考、反省各種事的心情，充滿了心胸。

　　我想起了在內地的時候。被問到「府上是哪兒啊」的時候，不知是什麼心理作用，大抵回答四國或是九州。為什麼我有顧忌，不敢說是「臺灣」呢？因此我不得不經常頂著木村文六的假名做事情。到浴堂去，到飯食店去喝酒，都使用這名字。自以為是個頗為道地的內地人，得意地聳著肩膀高談闊論。有時胡亂賣弄一些江戶土腔，把對方唬得一愣一愣的。因此，跟臺灣土腔很重的友人在一道時，怕被認出是臺灣人，為之提心吊膽。當假面皮就要被揭開時，我就會像松鼠一般逃之夭夭。十年間，不間斷的，我的神經都在緊張狀態下。

　　（你真是個卑劣的傢伙。那顯然是鄙夷臺灣的佐證。臺灣人絕不是中國人，也不是愛斯基摩人。不僅如此，和內地出生的人，沒有任何不同。要有榮譽感！要有同樣是日本臣民的榮譽啊。）

　　當我日漸對自己個人的醜戲感到疲乏時，必定這樣曉喻自己：

　　（慢著，我絕不是變得卑鄙。我死勁地隱藏自己的本性，豈不是對那常賜給我溫床的母鳥慈愛的翅膀的一種苛求嗎？那種心情，換句話說，並不是被強迫才這樣努力的，是一種憧憬的心，在不知

不覺間，使我浸染於那種生活，精神的。我是在渴求，是對宏大的慈愛的激進貪婪的渴求。）

　　另一個我也曾這樣抗言：伊東回到臺灣以後，還能堅持這樣的心情。憑我自己在內地生活過的體驗，應該比誰都更容易地，而且最能理解伊東的心情才對。但是，當真要把父母當踏腳石嗎？伊東娶了內地人的女人為妻。因妻的關係，對內地人的岳母，極近獻身的孝養，固為當然的事，然而難道就不能同時對本島人的父母克盡孝養的責任嗎？

　　我想著各種各樣的事情，在黑暗的道路上急切地邁步。我無法阻止淚水從眼睛滾落下來。我想我不知該怎樣才好。這種淒涼的心情，難道沒有讓它生存的世界嗎？我的思慮，碎成片片了。

四

　　其後，我和伊東、柏年都很少碰面。我好像被奪去了一切希望的人一樣，每天過著心裡空洞的日子。但是，不管正確目標與否，原本以為最富於積極性，也深深地生活過來的伊東的生活方式，我發覺到實際上只不過是神經過敏的、無謂的淺薄的東西時，不知是幸還是不幸，總算給了我一個信條。那就是要通過醫業，堂堂地活下去。醫生這種人物，會不會只顧人的肉體，而忘掉人有精神的一面呢？我開始領悟：診察了人的肉體，而不能同時適切地判斷人的感情、心理的力量，沒有這個自信，是不成的。沒有比本島人對醫師的盲目的憧憬，更淺薄的了。

　　有一天午後，從出診回來時，從大觀中學校來了電話。是伊東打來的。學生中，有因腦貧血倒下去的，要我馬上去一下。我急急

忙忙提著皮包就出門去。隨著伊東的引導，到醫務室，將躺著的患者，上身和頭部稍稍下傾，把下半身抬高，使胸部緩活，能自由呼吸之後，才打了一針強心劑。一會兒之後，才一點點地恢復了精神。這個學生是伊東所擔任的班上的學生。這期間，伊東的看護，甚稱是無微不至的。那時候他的眼睛充滿了真摯的光亮。那該怎麼說呢？就說是心的窗吧。在那清澄的眼中，無論如何點滴都尋不出，對那老婦人加以排拒的不光明行為的影子。我想馬上回去，可是伊東幾乎是強硬地邀請，說十天後有州內的劍道比賽，選手們每天午後都在猛練，要我去參觀一下。我與其說是好奇，不如說是愉快的心情產生在前。本校是專收本島人子弟的學校，想到那些本島人的學生，現在堂堂地揮著竹刀站起來了，光這麼想像，胸口就會開朗起來。

　　道場是相當廣大的木板地，帶著面具和護胸的幾組選手，把這裡當做決戰場似地，使出渾身的力量在交戰著。時而傳來教練的粗大的叫聲：「不要把劍舉得高高的，採取威壓敵人的姿勢。那不是笨拙，而是不懂劍術正法的人……向著敵人，從自己身體的中心向左右斜斜地變化刀法，手會反扭，身體就會出現空隙……士氣不夠！還不夠！還要再大膽地奮力突擊。」

　　伊東認真地凝望著。一會兒，他才開始向我說明：

　　「去年大賽的時候，很是可惜。只差一點點，而失掉了優勝的機會。所以，今年非拿到不可——。不過，想起來，問題不在比賽的勝負，要緊的是，要讓日本人的血液在體內萌生出來，使它不斷生長。」

　　我沒有從訓練的場面移開眼睛，只是對伊東的話一一點著頭。

「可是林柏年這個孩子……」

伊東又接下說。這個時候，我才轉向伊東。

「曾傷過肋膜，這樣劇烈的訓練，對他恐怕太勉強了。依您的診斷認為怎麼樣？」

我這才想起了柏年的事。

「啊！對了。我知道他最近不常到醫院來的原因了。如果可以的話，盡量讓他休息是比較好些。」

「啊！就是那個。」

伊東指著正在比武的一組說，面向那邊的就是柏年。的確是以全副精神在練著。氣力充溢全身，那種用正擊法用力打下去時的兇猛，該說是獅子的撲擊吧，又像奔放不羈，彷彿使出全力揮動長久受壓抑的四肢似的。那氣勢，連看的人都要滲出汗水來。但是，平常缺乏敏快動作的柏年，在那兒潛藏著這一種力氣呢？我忽然想起有一天晚上，對著我詰責伊東的那種可怕的熱情。我甚至想，在這種氣勢下，病魔立刻就會被吹跑的。

我們不眨眼地凝望的時候，後方有人發出很尖的聲音叫起來了：

「啊！啊！是牧羊醫院的先生吧？這太稀奇了！」

回頭一看，是因感冒，曾到過我那裡兩三次的教務主任、擔任史地科的田尻先生。他是頭髮半白的中老年人，微彎的背脊，大概是長久忍受複雜生活的緣故吧。但是那轉動不停的，令人不快的眼神，卻不能予人和藹的感覺。我禮貌的向他行了禮。

「教務主任你好。我正在打擾你們。都精神蓬勃的，今年優勝的可能性如何？」

　　我略帶恭維地問了一聲，他便回望著伊東，裝模作樣地大笑著說：

　　「哈哈！哈哈哈哈！究竟怎樣呢？看見狗都會害怕得想逃呢。古語說：『人必自侮而後人侮之。』被那種畜牲侮辱，還不知用什麼辦法來對付，優勝恐怕沒什麼希望吧？伊東君，你認為呢？」

　　伊東十分慎重地說：「完全同感。我平常也對那一點感到很可惜。」

　　我比較地看了兩個人的臉，再去注視練習的情形。不久，田尻教務主任說：「請慢慢觀戰。」就匆忙地離開了道場。選手們根本沒注意我們的談話，彷彿要打斷手腕，彷彿要喊啞著聲音似地，揮劈著竹刀。我的眼角熱起來了。（本島人的青年啊！）我在心中叫喊著。

　　（我們現在非隨著歷史的成長，來學習自身的成長，並得到成長的結果不可。讓我們向山實實在在地一步步攀登吧。有時候說不定會從山路退下來，也要忍耐下去。對於我們茫茫然的前途，一步的怠惰、頹廢都不許可。始終要以不屈的精神，把一切加以新的創造。）

　　不久，教練忽然下了命令：「停！休息十五分鐘。」選手們立刻停止練習，互相恭敬地行禮之後，才解開綁面具的繩子透透氣。柏年看見了我，忽然奔跑了過來，可是，跑了一半，就轉向出口，跑去了。我便向柏年追過去。

　　「柏年君！」

　　聽到我的叫聲，柏年停住了腳步，微笑著，靠過來了。大概由於緊張的關係，笑起來的面頰，怪不自然的。

「身體狀況好嗎？不要太勉強比較好。」我説。

「先生請放心吧。托您的福，有了這樣的身體。手腕癢癢的，一點辦法都沒有。我要贏得勝利給您看！」

柏年撫著手腕，很愉快的笑著。他那淺黑的肌膚滲出了汗水，我卻從那裡感覺到某種剛強生命的昂揚。

「請盡力而為。柏年啊！歷史的腳步，不論喜歡不喜歡，都一天一天地向激流奔去，本島人要成為堂堂的日本人，躍上真正的舞臺的時期，就要來臨了。所以，這一回，你們的優勝，是很有很深的意義的。」

我終於説出這樣艱深的話勉勵他。他對這話彷彿馬上領會了似的。

「是的，無論怎樣艱辛我都會努力下去。本島人也是堂堂的日本人。每天向三頓飯一般地被罵成怯懦蟲，真是受不了。還有，在打垮那些身為本島人，卻又鄙夷本島人的傢伙的意義上，我也要拼命。」

他所説的本島人，大概是指伊東吧。上次事件的餘憤，會描繪出這樣無限的波紋，是很可怕的。感受性很強的心，如同糾纏住的線，拉錯了一條線頭，就不曉得會擴展到什麼地方去。

「好了。」我慌張地舉手先制止他，才説：「那種精神，我很欽佩。不過，最好不要把事情想歪了。在身體不會過度的範圍內好好努力吧。」

「先生！不會過度的範圍，是不徹底的。」

他反抗似地忽然跑開了去。但是，臉上那出乎意料之外的兩條淚痕，我並沒有看漏。我第一次接觸到他不服輸、不顧一切的奮鬥

的一面，反而感到可憫。

　　又過了十天。對我來說，那是一連串緊張的日子。本島人的選手們，雖然決心要奮鬥，可是由於過去不曾在比賽中得到過優勝的缺乏自信，以及對未曾接受考驗的技巧的不安，交織在一起，彷彿是自己的事似地，使我的心情非常不安。但是，蓋子終於掀開了。獲得優勝。我知道消息，是紀元節（二月十一，日本開國紀念日）那天，也就是比賽當天傍晚。

　　那並不是作夢。本島人終於把國技——劍道，變成自己的東西了。該是心和技一致了，即所謂能虛心坦懷地應戰的結果吧。或者激烈如噴火的鬥志，壓倒一切了呢？無論如何，是優勝了。州中的稱霸，也就是全島的稱霸。被狗畜牲欺侮，而不知如何對付的事，現在已成古老的故事了。古來武士道的花，是不是就要有意識地在本島人青年心中發芽了呢？現在就要吹滅卑屈的感情，本島的青春，正要開始飛躍了。我欣喜之餘，氣都喘不過來了。胸部無端地膨脹起來，感到無法抑制活活的血奔躍的疼痛感。我很像看田尻教務主任的臉。

　　然而，我忘了比我更歡喜的人了，那是伊東。比賽得了優勝的第二天，選手們的座談會上，由於伊東的好意，我得了出席的機會。在歸途中，我和當天的英雄，「中堅」的柏年並肩回家時，被伊東叫住了。

　　「柏年！到我家去一趟，先生也請一道去。」

　　是喜悅使得伊東不想讓柏年就這樣回去的吧。我的心胸也開朗起來了。我以為柏年今天大概會接受的。

　　「不！我要回家去。」

　　柏年咬緊著嘴唇，和往常一樣，奇妙地表現出反抗的態度。我的神經有一點焦躁不安起來。但是，伊東仍然微笑著說：

　　「我是想為你祝賀。走，咱們一塊兒去。」

　　「那是多餘的事，我還是回家吧。」

　　柏年自顧向前走，我呆住了。

　　「柏年！等一下！」

　　伊東終於生氣了。追上去，抓住了衣襟，強有力的手掌，連續地向柏年的面頰飛過去。但是，柏年並沒有想抵抗，任他毆打。

　　「你真是個不識好歹的傢伙。那種又臭又硬的精神，能有什麼用！」

　　「老師才那樣的。」柏年並不服輸。「拋棄親生父母的精神，還能從事教育嗎？」

　　「傻瓜！你怎麼會知道我的心情？不過，總有一天你會知道的。今天不講多餘的事。你那種歪曲的個性，丟給狗吃了吧！」

　　講給他聽過的幾次話，伊東又誠懇地說了。我不知道該怎樣才好。而伊東把蓬亂的頭髮，用手往上梳著梳著，很快地往前走去了。

　　「柏年！」我這才開口。「你很倔強啊。伊東先生平時怎樣關心你，你大概不知道。我曾經說過，你的感情，大致是正確的，不過，伊東先生的人生觀，是大乘的，一般的常識是沒有辦法理解的。不過無論如何，他是你的老師，一起去向他道歉如何？」

　　「我不要！」

　　彷彿對我的囉唆很不滿似的。可是他在努力不讓我看到眼淚，而當他把鼻涕往上吸時，大粒的淚珠反而滾下來了。接著掉了好幾

顆，他也沒有加以理會。

　　這天我倒很想到伊東家去。我害怕，若不毫無忌憚地究明雙方的心理，掃除一片低迷的暗雲，彼此的悲劇，會以悲劇落幕。可是，到真正要付諸行動時，我又躊躇了。究竟是常常被伊東那很強的推動而不滿，還是不願攪亂他好不容易才建立起來的那種幸福呢？我為此焦急、煩惱。這種焦苦的心理，可能意味著：如果我被安放到和伊東同樣的境遇，可能也會蹈其覆轍的心理弱點吧。我甚至還懷疑，說不定連我自己心理都有點扭曲了。

五

　　歲月同時把悲傷的記憶與愉快的記憶一起裝載著流逝而去。林柏年他們要離開學校的日子終於來臨了。留下了那光輝的優勝——比什麼都值得紀念的禮物。有一天，我從費了半天的出診回來，藥局生告訴我，大約兩小時前，柏年提著皮箱來告別。我跺著腳深感可惜，卻已無可奈何了。我靜靜地閉上眼睛，眼前就會浮起柏年那細瞇而慵懶的清澄的眼睛，把理智的敏銳打消了幾分的矮鼻子，和彎成弓形緊閉的嘴唇。雖然有著也許是環境使然的，那種扭曲了的氣質，但是，到了面對問題的時候，那剛強的氣概，在我腦海中留下了很深的印象。最初來到醫院時，臉色蒼白，從上方俯視他的脖子，還殘留著少年的純潔和屏弱。可是，到了最後的劇烈的訓練時，簡直像成長了一年或兩年的人一樣，給了我剛強的感覺。想起來，我們兩人，不過是醫師和患者的關係而已，一直不曾有過好好談天的機會，但是卻覺得，他彷彿最信賴我似的。如果時間許可的話，很想聽聽他的希望，以及今後的方向，還有，對他表兄伊東家

庭的事情，也很想尋根究底地探尋一番。

　　很不可思議的，想見這個年輕人的一念，以後更為熊熊地燃燒起來。我也想過到他鄉里南投去看看。然而，由於絡繹不絕地來醫院的病患，找不到空閒的時間，一直到了三個星期之後的一個星期天早晨，才毅然決然離家出發。

　　柏年的家是在南投的鎮郊不遠的地方。從屋子的外觀和室內的傢俱，大體可以知道，並不是富有的家庭。迎接我的是將近六十歲、瘦瘦的女人——是柏年的母親，和伊東的母親很相像。我向她表明是在 X 鎮開業的內科醫生，和伊東春生先生及令郎都非常友好，同時報告了今天的來意。老婦人就很惶恐似地，彎低著腰，一遍又一遍地行禮。並且從眼裡，簌簌地滾出淚來，微微顫動著聲音說：

　　「很不巧，柏年在兩天前，到內地去了。家，如你所見，柏年的父親和唯一的哥哥，在同一家公司服務，是薪水很低的職員，完全沒有供那孩子到內地去的財力。可是，先生，那個孩子，從小就喜歡讀書，說再苦也要靠工讀完成學業，苦苦地哀求。父親示以白眼，加以鞭打，也不在乎，一點辦法都沒有。如果能像先生一樣，做個醫生的話，有時我們也會想，借債也要供他學費。」

　　觸及這個老婆婆衝口而出的樸訥的本島語背後流露的親情，我的眼眶禁不住刺熱起來。柏年的內地之行，是完全不曾預期的，一旦知道他離去了，心口禁不住湧起與做父母親的人有所不同的寂寞感。為什麼不來跟我商量呢？雖然有些抱怨，不過我不免又想，不論對於怎樣未知的世界，他都有辦法使自己沉浸到裡面去，這樣的人絕不會是凡庸之輩。從他所做過的事情，所見到的堅忍的功夫，

我禁不住要為他喝采的。我雖然錯過了向他問將來的希望的機會，對於：如果能做醫生的話，父母親這種安逸的想法，背脊上忽生一陣寒慄。讓潛藏在一個年輕人身中的可能，充分地成長，這種沒有偏見的熱忱，不才是現代的父母親所應有的嗎？醫學萬能，絕不是對本島可喜的語詞。但是觸及柏年的母親注視我的那種含著強勁的羨慕之意的眼神，我的精神就完全沉下來了。

「你們能答應他，也真不容易了。」

我不得已這樣問。

「先生，大概是那孩子畢業典禮的兩天前，伊東先生特別來訪。說柏年一定會要求到內地去，不論要進那個學校，都請讓他去吧。學費的問題，雖然他力量有限，他也會想辦法。說起來真慚愧，我們才有讓他去的意思，只是叮嚀要立志做醫生。呵呵！呵呵呵呵。」

老婆婆做出表情的時候，眼尾的小皺紋就像刻痕一般的很是明顯，這是她勞苦的象徵。因為說到了伊東，我不由得把膝蓋往前挪，落入感慨似地，側起耳朵來。伊東這一回的做法，一瞬間，給了我晴天霹靂似的衝擊，恢復鎮定之後，彷彿知道了伊東的心底似的。當他的決意，深刻地激動著我的時候，我感到呼吸似乎就要窒息了。如果柏年知道伊東的這種作為，多半會咬著牙根，毫不客氣地加以拒絕的。

「原來如此。伊東先生真是個熱血的漢子。是難得的一番好意，想想柏年君的將來，我想還是接受下來好。」

我以這話做前題，想透過這個女人，探詢出伊東的事情。

「我和伊東先生交往並不很久，他們家庭的事情，似乎很複

雜，關於這一點，我聽到了一些風評。」

老婆婆的臉，突然陰沉下來，但馬上又恢復了平靜說：

「那是沒有辦法的事情。一切都看成命運才成。」

這樣一打開話匣子，她的話就一直說個不停。我終究還是觸到了不該觸及到的問題，會不會更加傷害做為親戚之一的她的心胸呢？我為此稍稍感到了畏懼，不過，看到她非常豁達的樣子，心情也就更寬鬆了。

話是從伊東的童年開始的。稍不注意，她的話就會重複，或糾纏在一起，不容易理出條理，所以這裡還是讓我來改編一下，用我個人獨特的見解，加以整理，就成了以下的樣子。

朱良安，也就是伊東的父親，是個商人，但倒不是道地的商人；良安的父親是清朝的貢生，無疑是堂堂的書香世家。所以，良安自小就被灌輸四書五經，純然是社會的事完全與我無關的所謂讀書人的氣質，但是，時勢變了之後，就不許甘於做個讀書人，如果不轉向，連生活都要受到威脅。轉向為商人，如所預料，成績並不怎麼好。心理焦躁不安的時候，又碰上了妻子的嘮叨，於是雙方的衝突就頻頻發生。每天都是風波很高的日子。小孩只有伊東一個。因此，伊東雖然被疼愛著，到十三歲畢業公學校為止，他所受到的刺激，是很複雜的。雙親頻繁衝突的漩渦，絕沒有閃開過這個孩子。此後母親的歇斯底里愈來愈厲害。彼此互向著捲起龍捲風一般的感情風暴，一個旋轉之後，變了方向，多半會像雪崩地落到這個孩子身上。伊東這個孩子的心靈，雖然感受著父母的愛心，對家庭中不間斷的重壓，大概已無法忍受了吧，公學校一畢業，馬上要求到內地去讀上級學校。起初，父母對這怪異的要求並不當真，由於

這個膽怯的孩子意料之外的剛強的態度，以及帝都有遠親住在那裡，再加上事業上成績雖不理想，又不是沒有讓兒子讀完上級學校的學費，就勉為其難地把這個孩子送到內地去了。但是，條件是：要入醫學校。

伊東很認真地去求學。如同從籠子裡放出來的鳥一樣，展開幾乎要懷疑自己曾經擁有的大翼，向著宏大的天空飛去。

中學校的成績，一直都在五名以內。五年間，只回過家一次。已經變成叫人認不出來的，體格健壯的青年了。怯懦的地方，一點也看不到痕跡了。更令人驚奇的是，表現的態度，所使用的國語腔調，跟內地人一點都沒有分別；對只能講很不流利的國語的父母，或者對完全不會講國語的人，也很少說本島語。父母親對兒子了不起的成長，在心中互相歡喜，再度送到內地去，而出乎意外的，卻發生了一件糾紛。

期待著他進醫學校的，他卻背叛了父親的要求，考上了B大的國文系。父親發脾氣，更有過之的母親的歇斯底里的吵鬧，都是慘不忍睹。這時候，他們以不轉系，學費的供應就立刻中止來做威脅，但伊東的決心仍絲毫不動搖。之後，直到畢業B大，父親的匯款不論有無，他都完全不在意，一任青年的血氣，設法工讀一直苦學過來。對只顧眼前的老父母的反抗心，以及洋溢的年輕氣概，驅使著他，通過苦學的實踐，把他鍛鍊成剛愎的人物。

「失去了唯一的兒子的姊姊的感傷，可不是尋常的。我都沒有辦法安慰她，很傷了腦筋。但是，一切都可以說是天命。柏年要到內地去固然好，如果反而造成了反效果，就沒有意義了。」

老婆婆的話，到此結束了，眼睛裡卻閃著淚光。一會兒，卻又

變成了像邊哭邊笑，又不怎麼像的表情，露出茫然的眼神。我在胸前交疊著雙手，一直靜靜地聽著，忽然發覺自己的全身無端地熱起來，而且有一點疼痛。事情的真相，這樣就大體明白了，可是，對伊東心理，該如何解剖，我就拿不出主意了。現在可還沒有這餘裕，只有對老婆婆說這樣的話：

「伊東先生所做的事，雖然不值得讚賞，不過，他的動機是非常正確的。很可惜，對柏年君，當然現在已沒什麼可說的了，也是不用擔心的。依我看，那個孩子頭腦好，又是意志堅強的人，相信他的知性不會往偏頗的方向發展的。一定會培養成結結實實的教養回來的。」。

最後，我並沒有忘記說這樣的話：

「歐巴桑！本島人的前途，並不限於醫業，今後的本島人，既可做榮譽的軍人，也可做官吏，開拓藝術之道也可以。所以，如果抹殺了個人具有的天賦能力，是非常可惜的。」

老婆婆像了解又像不了解似的，露出了曖昧的微笑。我想到此事情已了，她雖然表示主人和兒子也快回來了，堅決要我留下來，但我還是婉拒了，為了趕上夜車，向車站進發。

我接到柏年的信，是半個月後的事。

拜啟　先生：

我終於進了武道專門學校。違背了親人們的期待。——經常在揮動著竹刀。迸裂一般地充滿活力。據說這個學校，本島人學生我是第一個。用盡力量，踩著大地，揮舞竹刀時，無我般的愉快，會把我一向鬱屈的心，一下子解放開來。請想像我這種暢快的心情

吧。事實上，我生活裡的氣氛，有一種引起胸口莫名激動的奇異力量。最近，還未萌發心芽的樹梢，也會使人感覺到脹滿柔軟的力量。老練的方法，囉囉唆嗦的理論，我們都沒有。這單純的年輕，不就是我們唯一的武器嗎？我感悟到，要和宏大的大和魂相聯繫，非漠然地用我們的血潮去描繪不可。這，比什麼都重要的是決心。我們過去所缺少的，就是這決心。

　　但是，我愈是堂堂的日本人，就愈非是個堂堂的臺灣人不可。不必爲了出生在南方，就鄙夷自己。沁入這裡的生活，並不一定要鄙夷故鄉的鄉間土臭。不論母親是怎樣不體面的土著人民，對我仍有著無限的依戀。即使母親以那種難看的外表到這裡來，我也不會有絲毫的畏縮。只要被母親擁在懷裡，是喜是悲，就像幼兒一般，一切任其自然。

　　昨日父親來信說，學費會盡量想辦法。但是我不想勞煩父親。我要盡可能靠自己奮鬥。想寫的事還很多，下次再談了。敬請也給我信。在鄉時，受了您很多照顧，衷心感激。

　　　謹致
　　洪先生

　　　　　　　　　　　　　　　　　　林柏年　敬上

　　我讀完了之後，久久不忍釋手。我在腦中描繪出，兩頰泛出異樣的紅潮，皮膚稍稍冒汗似地光潤著，烏黑的眼睛雖然小些，卻炯炯有神的柏年的英姿。也想像把洋溢的熱血，集於那手臂上的筋肉隆起的怒張。但是，老實說，比這些更使我愉快的，是柏年的一顆心。

　　渡過海去後，雖然日子尚淺，居然一點也沒有卑屈感。他對伊東要負責匯寄學費的事，好像一點也不知道。這使我放下了胸中的一塊石頭。這封信上一個字也沒提到伊東的事，但是伊東的心理，柏年一定會逐漸得到了解。但是，排拒上有土臭味的母親的態度，這個青年始終堅持著痛責的架勢。因為和伊東相比柏年實在太純真了。

　　一個星期天的午後，我想要伊東看看這封信，去中學校的宿舍訪問他。不巧的很，伊東不在家。沒辦法，把信紙放在口袋裡，信步走著。走在長長的石板路上，上完了古老的石階，就出現了青青草地優美的高崗，從這裡，可以把港口一覽無遺。白雲在清澄的天空飄游著。是四月的中旬，由於陽光朗朗，稍稍走動，汗就冒出來。

　　我坐在青草地上，眺望港口。我幾乎覺得自己現在所在的位置，和前方、背後的山都是同樣的高度。周圍是名副其實的下界。馮虛御風不知其所止──古人在文中寫得太好了。山巒、河流、對岸的每個林子，眼下市街上的每一棟的屋子，一切都在陽光下，籠罩在輕霧中，這樣反而叫人想到這廢港的風情之美。可以望見遙遠而荒涼地展開著的臺灣海峽。海的藍，融入了天空的藍，連吐出的氣息都會染上顏色似的。曾以臺灣長期間文化的發祥地、貿易港，獨享盛名的這所廢港，這一刻如此靜靜地睡眠在充滿一片晚春色彩的大自然上的情景，奇異地使我感覺到，我的心靈被聯繫上某種悠久的東西，以及人智不可及的偉大事物。接觸經常聳立著山川草木，以及幾乎目眩的藍空的光輝，清清楚楚地感覺到有生命的強勁力量。只因內地冬晴的驚人美妙烙印在心裡，這才恍然大悟，原來

我竟然忘掉了故鄉常夏的好。使我痛感對鄉土的愛心不夠。我不是從伊東和柏年，學習了純真與世俗兩種東西了嗎？今後，我非用這個腳跟穩重地踏著這塊土地不可。邦家所體驗的陣痛，個人所嚐到的苦惱，全看做是最後的東西，好幾次，但願是最後的，現在應該再來忍耐一次吧。

　　不知過了多久，感覺山崗下的路上，有人走了過去。當我知道那正是伊東時，我愣了一下，但馬上想叫住他。可是下一秒，我又想裝作沒看到，放他過去；真是奇妙的心理狀態。大概是上一次在墓地上的態度，還在我心中某處冒著煙的關係吧。不，或許是由於在他超人的剛愎之前，要把這信中的文辭讓他過目的勇氣，忽然煙消雲散的緣故吧？

　　一直不曾覺得，從崗上俯瞰下去，伊東的頭髮，一根根彷彿數得出來似地映在眼中。我的心情彷彿看到了不該看的東西那樣，做了無法挽回的事情似的。三十才過了三四歲的伊東的頭髮，白髮不是佔了三分之二以上了嗎？我頓時禁不住想到伊東不為人知的憂勞。線條看起來異常粗的，其實不是相當細嗎？在伊東來說，認為成為一個道地的內地人，也就是要把鄉土的土臭味完全去掉之意。為了這個，連親生的親人也非踩越過去不可——也就是「大義滅親」之意。在學校，或者在社會，接受純日本化教育的年輕人，回到家門一步，往往就會被放到完全不同的環境裡。這正是本島青年雙重生活的深刻苦惱。所以，要克服這種苦惱，向著單一方向，從正面去挑戰，並且非把它踏得粉碎不可。還有，在這個時代，我們為了求得從牢固的既成陋習獲得解放，而不顧死活地去戰勝了它，下一個世代的我們的子女，應該可以一生下來就擁有它。也許伊東

是為了贖所犯的、拋棄俗臭沖天的父母的罪，才會為了培育感覺上格外激烈，對不成熟的生活方式感到戰慄的一個本島青年，而在拼命省吃儉用也說不定。對柏年所表示的好意，我不能夠光把它當做好意。無論如何，伊東的白髮豈不就是這不顧一切的戰鬥的一種表現嗎？這樣就好，這樣就好——我一遍又一遍的說著，不知道為什麼，墓地上的情景，仍不斷地在我腦海裡明明滅滅。想痛哭一場的心情，充塞著我的心胸。

我忍無可忍，連呼著去你的！去你的！拔起腿從崗上往山下疾跑起來。像小孩子般地奔跑。跌了再爬起來跑，滑了再穩住地跑，撞上了風的稜角，就更用力地跑。

——《海鳴集》

作者簡介

王昶雄（1916～2000），本名王榮生，出生於淡水鎮九坎街（今永吉里重建街），日本大學齒學系畢業。從戰前到戰後，從小說寫到新詩、散文、歌詞，無論時代如何動盪顛沛，王昶雄那熱血沸騰的心靈，永遠根繫鄉土，關懷同胞。戰前的小說與新詩內容，以反映高壓統治者的泯滅人性與罔顧人道為主，具有歷史意義與時代精神。戰後以散文為主，作品在談文論藝、品話人生之際，較著重在直扣胸臆的抒情言志。並創作〈阮若打開心內的門窗〉歌詞，優雅雋永，意境高遠。著有《王昶雄全集》、《驛站風情》和《阮若打開心內的門窗》等。

選文評析

〈奔流〉是王昶雄在日治時期備受矚目的中篇小說，發表時正值日本推

行皇民化運動的熾熱期。張恆豪解讀〈奔流〉是「一朵逆流而立的、反殖民的浪花」。小說採第一人稱「我」（洪醫師）為敘述觀點，主旨乃在於透過洪醫師與病患：伊東春生、林柏年的相處互動，從心靈底層徹底揭露臺灣知識份子在皇民政策之下，面臨大漢文化和大和文化的糾葛纏鬥。

　　洪醫師是理想的醫生形象，身兼「身體醫」、「心靈醫」。小說的重點並沒有描述洪醫師醫術的精湛，然而他對林柏年情緒上的關懷，以及前途的鼓勵，使這位血性青年如沐春風，可以信賴地傾吐內心語言，良好的醫病關係流露無遺。

　　其次，洪醫師扮演了自我的心靈醫生，展現了自我由嚮慕日本文化，而回歸到愛護鄉土，要紮根於家國的覺醒歷程。另一方面，洪醫師同時也細密地診察出伊東良知扭曲及人格解體的苦狀，特別值得注意的是，他能以善感靈敏的心，去感同身受伊東贖罪的動機，與白髮逆立的勞心，正是意味著臺灣知識分子的心理衝突與煎熬。

　　除此，洪醫師也扮演了「社會醫」的角色。小說反映天下父母望子成醫的風氣，伊東和林柏年到日本讀書，家人都希望他要立志做醫生。而洪醫師雖經濟無虞，卻也有一生埋沒於鄉間懸壺濟世的不滿足感，以及足不出戶的苦悶。可見醫生不一定經濟富裕、也不一定享受安逸，種種不為人知的悲哀，世人豈能體會？所謂「望子成醫」、「醫學萬能」的社會價值觀，根本是盲目的、淺薄的。洪醫師有感而發地呼籲天下父母親，唯有尊重個人天賦，依其興趣充分發揮，本島人的前途發展才會更多元、更寬廣。在當時一片追慕學醫的潮流中，對民眾思想的啟發功不可沒。洪醫師導正社會功利的價值觀，實則也抗議了殖民者對青年人無法一展長材的宰制。

　　故事結尾，洪醫師愈挫愈奮，屢仆屢起的象徵，頗耐人尋味。皇民化運動就如同一股無情的洪水，浩蕩奔流，大部分的同胞只能隨波逐流，成為殖民統治的協力者和親日派；只有少數堅持民族氣節的真漢子，威武不屈地擁抱大漢之海。小說最後洪醫師不阿時流地奔跑，百折不撓地想為民族開拓一

片生機，與林柏年共同為臺灣躍上歷史舞臺而衝鋒陷陣。這一股正義的憤怒與覺悟的勇氣，形成了結尾沉鬱悲壯的風格。

問題與討論

1. 請分析〈奔流〉中的醫生形象？並試著刻畫你認識的醫生形象？
2. 你認為本篇小說題為〈奔流〉有何象徵意涵？

延伸閱讀

1. 賴和：〈盡堪回憶的癸的年〉、〈彫古董〉、〈阿四〉、〈辱〉、〈富戶人的歷史〉，收入林瑞明編《賴和全集一——小說卷》，臺北：前衛出版社，2000年6月。
2. 賴和：〈聖潔的靈魂〉，收入林瑞明編《賴和全集二——新詩散文卷》，臺北：前衛出版社，2000年6月。
3. 吳新榮：〈一個村醫的記錄〉、〈點滴拾錄〉、〈不但啦也要啦〉、〈社會醫學短論〉、〈醫界兩三題〉，收入張良澤主編：《吳新榮全集一——亡妻記》，臺北：遠景出版社，1981年10月。
4. 吳新榮：〈三十年來〉、〈醫箴〉、〈後來居上〉、〈紀念國父百壽〉，收入張良澤主編：《吳新榮全集二——瑣琅山房隨筆》，臺北：遠景出版社，1981年10月。

醫生作家 / 王湘琦

沒卵頭家

一、沒卵頭家

醫院裡的醫師們、護士們、掃地的歐巴桑、閒步的住院病人，不禁暫停了手頭的工作，他們細細地交談著，有幾個還差點忍不住笑出聲來。

「那，那就是澎湖首富——沒卵頭家！」他們說著，指指點點地，好似見了啥歌星明星的樣子。

吳金水拄著杖，慢慢踱過長廊。右腿打上的石膏，仍未拆去。雖已是六十好幾的老先生，他的外表卻總令不明就裡的人驚異著——略顯豐滿的身軀、紅潤光澤的臉龐，似乎與一頭白髮不太相稱。

他慢慢走著，一雙冷靜、澄澈的眼珠子凝視前方——好像有意避開近處他人異樣的眼光似的。

「他們真的對你這樣說嗎？」他以一種不很尋常的高亢音調，尖尖地，但仍中氣十足地，向身旁的年輕人說。

「是的……等一下我還得跑一趟訓導處，怕也是為這件事喲……」「爸——人家說的也不是沒理，去爭一個泡在藥罐裡的標本，是不是有意義呢？」年輕人覥腆地問。

「你不要操心這事！你儘管念你的書，好好把書念好！將來做醫生……只有你也當了醫生，阿爸才免再受人作弄！」吳金水頗為堅決地說。

　　這是吳金水先生第二次光臨**XX**醫學院了。好似掀起一陣旋風，整個學校都像在談論這事。「沒卵頭家……卵葩爭奪戰……」許多人笑得腸都打結啦！

二、腫大的陰囊

　　約半年前的一次寄生蟲實驗，陳老師正口沫橫飛地介紹血絲蟲病。

　　「這個filaria要是阻塞了淋巴管……那個……那個就會大起來了！」他停了一下，舐舐嘴唇。後座同學有人在偷笑。

　　「引起水腫——Elephantiasis就是這樣形成的。咳……」陳老師接著略為輕薄地笑了。

　　「Elephantiasis是大象的意思，人的陰囊若腫如大象，該是怎樣的『風景』呢？今天，前面demonstration有一件好東西，保證你們沒見過這款巨大的卵葩……」陳先生語未畢，後排的男生已交頭接耳地竊笑起來。

　　「喂！後排的先生們別笑！待會兒不服氣的可拿出來比！」陳先生還是不改老毛病。眾人哄堂，都笑彎了腰。

　　實驗室的前方，擺著一張放滿瓶瓶罐罐標本的長桌，吳丁旺擠在圍觀的同學中，他們爭先恐後搶看著，嘴裡念念有辭地背著。「哇賽——」同學們不約而同地發出讚歎聲。眼前福馬林藥水中泡著的象皮腫陰囊，恐怕比兩個泰國芭樂還要大！

　　吳丁旺瞇著雙眼，細細地審視著眼前的標本，他的心中正有更多的思緒糾纏起伏著。標本瓶下方有一張泛黃的標籤引起了他的注意：「一九五三年／澎湖／血絲蟲病（Wuchereriabancrofti）陰囊

／吳－金－水／男／二十七歲……」他一個字一個字地默唸著，反覆唸了兩遍。頓時，吳丁旺的雙頰由紅轉青，然後──變得和水門汀一樣黯淡蒼白。

「我一定要寫信告訴阿爸……我一定要……」他想。

「喂！先生，來啦！」走廊上掃地的歐巴桑探頭進來叫了一聲，打斷了吳丁旺的思緒。

「叫他們進來！」陳老師雙手插在白袍裡，吩咐了一聲。這是上週應該做的 E・V（蟯蟲）檢查示範，他說。

一個三十多歲，侷促不安的婦人，抱著一個約三、四歲的小男孩應聲進來。她如履薄冰地走到講臺前，朝陳先生深深地一鞠躬。一隻手無助地整飭從沾著泥漿的紅色太空衣後擺露出的綠色開斯米龍毛衣。

小男孩以疑懼的眼神覷著陳老師，陳老師作了一個手勢，「屁股抬高，對觀眾！」他說。然後──迅速地、優雅地，陳老師右手拿載玻片加膠帶，左手一把扯下男孩的褲子。「看好喔！這是最標準的蟯蟲檢查法！」他哼了一句。

突然間──有點出乎人的料想，小孩憤怒地踢起雙腳，「不要──不要……我不要脫褲子給人家看！我不要……」他大哭大鬧起來。

陳老師有點詫異，也有點尷尬。他使了點力道，姿態也失去了原有的優雅。像按著一頭小山豬，他控制著男孩，右手把膠帶在孩子的肛門周圍摩挲起來。

「免錢──學術免費！有蟲會通知你！」陳老師揮揮手，對著鞠躬離去的母子大聲說。

「免錢？學術免費？」吳丁旺思索著。「這長桌上瓶瓶罐罐裡的腸子、肝、腦……還有那歎為觀止的大卵葩，大概也是學術免費割來的吧？」「或許阿爸當年也正是這般光景……學術免費？！……」想著想著，吳丁旺的眼眶濕了。

三、求神起醮

一九五二年，澎湖離島之一的黑狗港爆發了神祕的怪病。不久，就震動了整個群島，也涉及馬公的討海人。

「你是相信阿爸說的，還是村人講的！」吳金水——人稱「沒卵頭家」是如此大聲地對著他的獨子——吳丁旺訴說著開場白。

那時候，村裡的男人一個個得了怪病。稍早的時候，只是蚊子叮了癢得要死，「真是夭壽癢呵！」男人們忍不住抓著身子。

後來，身體某些部位也漸漸大了起來。沒多久，女人家也不得倖免。不同的是，女人家是大了奶子，男人們則是大了卵葩！因此，有些女人竟仍五十步笑百步地竊笑著。

馬公重金禮聘來的巫師、乩童們，要村人把畫了符的黃紙貼在身上。

「哪裡大就貼在哪裡！」他們吩咐著。而且還儼然一副說教面孔，耳提面命地訓誡村裡的男人：「你們光貼符還不夠，要徹底禁絕房事才行！房事？知否？夜暝莫想再和你們的牽手加夜工了！知道嗎？」

「你們一定太縱慾了……卵葩大是神的懲罰和警示！」黃天師嘆了一口氣，語重心長地說。

「本來一個月規定兩次，你們說不定搞得上下午各一次……連

神都看不順眼了！」一個酒渣鼻的乩童接著說。

村人到此有些不服氣了。黑面憨仔說：「我根本陽萎壞不起來，都是用口的，為何上面不大，下面會大呢？」

黃天師高傲的神態顯得有些不悅了，他瞪了一眼，用一種布袋戲那般尖刻的陰陽怪調，嚴峻地斥道：「不怕死底，神前還敢頂嘴，不怕穿腸破肚，翻船溺水嗎？」

眾村人低頭認錯，不敢再發一言。黃天師臨別前交待了最重要的事：速緊籌錢起醮！他說。還有，附帶地，要男人們一定要轉告女人家：乳子不得再給男人玩了！

四、伊是貴人

神是祈了。那場醮也打得熱熱鬧鬧；黃天師一口氣爬了四十九級的刀梯，他的徒子徒孫們跳火的跳火、穿嘴的穿嘴，也是使盡了渾身解數。

可是村人腫大的身子並未消下去。又過了三、五個月，黑面憨仔已穿不起褲子了。他索性用舊米袋套著。由於下面大得離譜，走路都困難起來。因此，黑面伊的魚也打不成了。

吳金水雖然早已對這怪病有了警覺，看到大卵葩的村人總避得遠遠的。可是——他終究是逃不了。剛開始的時候，好像感冒似的。有一點不高不低的燒，約在三十八點五到三十九度之間徘徊。寒顫和盜汗常伴著燒一起發生。接著他感到頭痛、噁心（甚至嘔吐）、畏光。以及肌肉酸痛。當他發現大腿內側、靠近卵葩的地方，有一片具有壓痛的腫塊，並且逐漸向中央地帶蔓延開來，吳金水近乎絕望地意識到怪病已降臨他身上，「這……這該怎麼辦？」

他無助地說。

　　像黑面這樣套著米袋的人有增無減，相對底，出海的船就越來越少。「這般情況拖下去，實在不堪設想……」吳金水低頭看看昨日開始換穿的米袋，憂心忡忡地囁嚅著。

　　不久，馬公方面聞訊來了一位著白袍的年輕先生。他在四處忙碌地調查著，小筆記本上面記得密密麻麻的。

　　他要村長阿福集合村人，語重心長的說：「要小心蚊子，蚊口沫中有蟲！」

　　眾人對這些耳提面命的人物，已不若從前有信心。「騙肖！」村人說。「古早即有蚊仔，已好幾萬年，難道古來男人都是大卵葩嗎？」眾村人笑了。

　　黑面憨仔說：「伊說的和黃天師不一樣，一定有一個在騙阮……你們說對不對？對不對？」他說著忍不住自得起來，好像是什麼了不起的大發現似的。

　　眾人點頭稱是。「我看這少年說的沒理！說蟾蜍會吹卵葩，我還信；說蚊仔會吹，阮莫信！蚊仔口那款細小，要多少萬隻才吹得大阮底大大大卵葩呢？」村長阿福一副長輩的口吻說著。眾人又笑了！

　　可是——村人是越來越笑不出來啦！白先生才走沒多久，又有多人染上了怪病。

　　就在村人日復一日，耐心把黃紙符往身上貼；就在村人日日馨香禱祝，期待神明降臨的時刻——有人從馬公帶回了大消息。大消息——黃天師的卵葩也大——起——來了！

　　「黃天師也大卵葩了！黃天師也大……」村人爭相走告著。以

一種幸災樂禍和略帶嘲謔的心情，他們笑著、談著，樂此不疲地傳播著這個大消息。

可是——「我們的病呢？」幾天後，有人提出了這個現實而又棘手的問題，好像突然從笑鬧中醒過來似的。

村人派了代表去問馬公黃天師，說：「我們都聽你的，也花錢打醮求了神，現在你自己打算怎樣呢？」

「我已經病了！也通不了神鬼了⋯⋯我嘛⋯⋯要去臺灣找先生去，你們也莫再找我，我病了！」黃天師懶散地說。那代表回村上，也只得一五一十地說了。

村人正在絕望邊緣，馬公的白先生又來了——領著先生娘和兩個衛生所的幫手。

「我已和臺灣聯絡過了，XX醫學院有興趣幫忙！」白先生一上岸就鄭重地宣佈。這回村人是不得不信他了。

白先生並不先治村人的身子，反而要村長阿福發動大家清掃環境。他說：「看這黑狗港，房舍擁擠，通衢又臭又濕，雞、鴨隨處屎尿，水溝不通！蚊蟲多得夭壽！怎不生瘟呢？」所以，清掃環境是最重要的，他叮嚀著。

眾人初時合作無間，久了就失去了耐性。

「你娘的，騙肖！掃地卵葩就會消？阮莫信！」村長阿福說。他是村長，也是最夠資格先抱怨的。因為——雖未經評審過，眾人也不得不承認伊的卵葩最可觀。「最少也有十斤囉！」眾村人那一回不約而同地讚歎道。那天白先生終於在天后宮前問診起來。村人那有病的排了好長的一列等候先生審視。所以⋯⋯也算是非正式的友誼賽了一次。

　　黑面憨仔的牽手在一旁張望。她竊笑著對阿福嫂說：「乾脆改叫大卵葩村吧！臺灣的有錢有閒的，說不定不怕路遠也要來看！到時候……大人五塊、小孩三塊——生活就可以過了。」阿福嫂聽了笑得抽了腹筋。

　　白先生仔細地觸摸腫大的部份：「多摸一會兒吧」那後看的唯恐先生摸得不若先看的久，紛紛計較起來。

　　那阿福的米袋才退下，白先生的一雙眼珠子就瞪的如牛眼般的，像要衝掉鏡片似的。「哇——這怕是文獻上也少見的大卵葩吧？！真是typical！typical Elephantiasis！」他不禁歎為觀止地叫出來。

　　兩個助手忙著丈量那可能打破紀錄的傢伙，「咦——」一個助手一面抽組織液一面說話了。「怪……怪，伊卵葩上長痣呢！」語未畢，眾村人一擁而上，「哇——帥啊！卵葩上長痣帝王之相，貴人呀！」「怪不得伊是村長，比大還比不過他呢！」村人趁機打趣地笑鬧起來。

　　黑面憨仔望著下身的米袋，嘆了口氣，莫可奈何地說：「伊……伊是貴人哪！」

五、反者金水

　　白先生在黑狗港待了一個多禮拜，又返回馬公。對村人的怪病，似乎也束手無策。臨去前，他說：「我會再來的！臺灣XX醫學院已答應要來，我回去安排一下。」

　　白先生走了。村人又只得在耐心等待中數著日子。

　　「黃天師說神要來，結果卵葩大了走去臺灣。這個白先生說X

Ｘ醫學院要來，會不會又一走了之呢？」村人中幾個疑心大過耐心與信心的，紛紛議論起來。

現在，日子是愈發愈艱苦了。套著米袋，四處遊走的男人越來越多。天后宮前的老榕下，成了他們弈棋閒扯的聚集地。女人家到石塘裡撿拾的小魚，旱田裡拔起剛篩去土的土豆也常拿到這裡來銷售。「伊娘的，出海的船愈來愈少，閒聊的愈來愈多！有土豆配水，小魚好狗肚的日子，就要偷笑啦……」村長阿福屈著右腿踞在長板凳怨嘆著。

只有一個人，仍舊亮著眼珠子；野心勃勃地注視著黑狗港內的船陣，他——正是吳金水，拾魚嫂的遺腹子。

吳金水的阿爸在他未出娘胎，就葬身碧海之中。拾魚嫂茹苦含辛地把幼弱的金水扶養長大。

金水小時後，拾魚嫂常背著他到碼頭撿魚。有時候，也厚著臉皮和小孩一起搶幾尾剛卸上岸的魚貨。

「夭壽——土匪——」村人意思意思地罵著趕著。其實——還真擔心母子搶不到幾尾呢！「喂！阿嫂……這裡，那裡……」他們喊著。

吳金水懂事以後，成為一個孝順上進的好孩子。尤其與別的孩子不同的是：他幾乎成了一個嗜書如命的人。碼頭、旱田……隨處都能出神地讀著，甚至到了近乎廢寢忘食的地步。十二歲那年，他替長生伯往返馬公的交通船搬貨，換來入學馬公國校的機會。

「討海人常翻船溺水，主要不是拜神不誠、起醮熱不熱鬧的問題；氣象預報、海上聯絡不發達是主要原因！」學校裡那個從臺灣來的年輕老師這樣說著。

　　吳金水喜歡老師的論調，又好讀外面世界的書，久而久之就成了知識的信徒。他甚至勸魚拾嫂莫再拜神，莫參加起醮的鬧熱。村人對這種轉變幾近視若毒蛇猛獸，「反者金水」的渾號就不脛而走。

　　起先拾魚嫂對村人的調侃並不在意，可是──不久村人扯上了金水的爸，說：「你們金水是中了啥邪門了？怕又要伊走阿爹的路囉！」他們心焦地、多事地你一言我一句地訴說著拾魚嫂。

　　「莫再說了啦！伊是我的命根哪……」拾魚嫂給攪得淚如雨下，不久時，竟病倒了。吳金水只得休學在家。

　　金水放棄學業時，差一年就畢業了，他在黑狗港替人當伙計，日日加減著進出的魚貨。久了，就對生意經有了心得。

　　怪病蔓延開以後，金水時常站在碼頭上數著港內的船，若有所思地喃喃自語著：「書上不是說……危機就是轉機嗎？這該也是個機會吧？」他的眼珠子閃亮著。

六、臺灣來的大醫生

　　村人拉長了脖子期盼著，又過了一個多月了。就在絕望的怨嘆聲四處飄聞的時候，終於──白先生回來了！領著一船臺灣ＸＸ醫學院的大醫師，在村人歡呼歌頌，像神一般降臨了黑狗港。

　　這些臺灣來的大醫師個個西裝革履，薄薄的頭髮油晃晃地浮貼著，右手提著一只上好牛皮的かばん（公事包），胸前風衣鈕扣故意鬆開幾個地方掛著神氣的カメラ（相機）。當他們從駁船上胯下碼頭時，並沒有正眼去瞧歡呼的村人，只是略略不自然地用日語交談著。好像眼前從這等歡迎歌頌的場面並不怎麼樣……或是見多

了，或是理應如此的樣子。

臺灣來的先生們對一切似乎都很驚奇，拿著カメラ四處照攝。連那破石臼，也成了寶貝似的。

不過，最令他們吃驚的、驚癡的，莫過於村人的大大卵蓺了；當然，女人家鬆垂的大乳子，也令他們歎為觀止。

他們如獲至寶一般地撫弄著村人的身子。用皮尺量著，用豬肉秤磅著，甚至要村人排成一列，退下米袋，用カメラ從各種角度照個痛快。

村人見他們如此肆無忌憚，並不服氣。「用カメラ攝一攝就會消嗎？會消嗎？」眾人輕聲地、耳語地抱怨著。

白先生把村人的不滿轉告XX醫學院的大醫師。伊們聽了笑笑，說：「是你們拜託我們來的！總得……配合一點才行啦！況且，科學研究當然沒畫畫符那般簡單容易！叫他們卡忍耐一點吧！」

村人聽了白先生的話，紛紛低頭認錯，不敢再發一言。「要是氣走了伊們，該如何是好……」他們擔心地想。

日日，村人們乖乖地任憑他們量著、摸著，攝影留念著。臺灣來的先生們忙著在卡片上作密密麻麻的紀錄。

「消腫？不急……不急……」他們說罷又低頭振筆疾書。

村人眼巴巴地望著，一個禮拜過去了。當他們驚異地看著打包行囊的大醫生們，他們謙順卑下的心終於又鼓起了一絲的勇氣，怯怯地，他們問：「到底什麼時候消啊？我們的身子……」

「這個嗎……這個……我們正要集合村人說明呢！不要急……不要急！我們已完全了解了！」領隊的大醫生說。

阿福「哐——哐——鏘——哐——哐——鏘——」地擊著鑼。「開始治療囉！集合喲……有救了……」他大聲播報著。

村人滿懷希望地，扶老攜幼著，激動地，甚至感動得淚下數行地。他們爭相走告著，「要治療囉！我們的身子……」他們興致沖沖地來到天后宮前的場子，你爭我奪地，搶著前面的好位子。

醫生的解說開始了！好像在論文發表。領隊的大醫師站在臨時搭蓋的野臺上，口沫飛揚地滔滔不絕。

他好像愈說愈得意，「完全——完完全全——徹底地了解了！」他露出了勝利的微笑。「這是血絲蟲Wuchereria bancrofti引起的象皮腫。它的病理……我是説Pathological basis是血絲蟲阻塞了淋巴管……關於血絲蟲的Life Cycle和病媒，也已研究出來。蚊蟲——蚊仔是引起傳染的媒介。所以……撲滅蚊仔是治本的良策……」説到這裡，大醫師忍不住歇止了一下等待的掌聲。

「伊講和白先生的差不多嘛！」黑面憨仔不耐煩地説。

「又是蚊仔吹的！騙肖，阮莫信！」阿福接著説。他的大大大卵葩已令他舉步為艱了。

「你們安靜！安靜！否則聽不清，阮莫講第二遍……關於這公衛——公共衛生的意義……」大醫師意猶未盡地説。

「你等等——等一下，我們可以不要聽公衛還是母衛的事，我們要你説，説説：阮的大卵葩到底要怎樣才會消？到底啥時辰軟才能在出海抓魚呢？你……你大醫生，拜託卡緊訴説吧！」黑面憨仔忍不住站起身質詢起來。

「對啊——伊講的有理！」眾村人附和著。

「這個嘛……這個……奇怪——誰告訴你們一定會消的？」大

醫生左顧右盼，一副冤枉無辜的神情。

「不過——還是一個大好消息要告訴大家，」大醫師閃動了一下眼珠子，舔舔唇說。「只要你們依照XX……的要領，你們的子孫將世世代代免得這款怪病了！」他說完又恢復了絕對的自信，而且忍不住又露出勝利的微笑。

可是——場子上，眾村人面面相覷，彷彿沒了方才興奮。「騙肖——」半晌，村人才發出了近乎怒吼的抗議聲。「我們都活不下去了！那裡還有子孫呢？」黑面憨仔說。

「這個……」大醫師扶正了眼鏡，慢吞吞地說：「剛開始病的、腫的不大的，可以吃藥把蟲殺死。至於……腫得快十公斤的那種……要嘛……只有開刀了。割割去，割割去……」他攤攤手說。

「甚——麼？割卵葩呀！要刮——卵呀！」眾村人不約而同近乎怒吼著。「騙肖——要刮卵，也需要大醫師嗎？醃雞、醃豬嫂仔還熟練一點呢！」村人間起了一陣騷動。

「不要？我也沒辦法了！」大醫師說罷準備走下臺去。

就在這緊要關頭，一個瘦削的年輕人從人群中站起來，「請等一下，」他說。他——正是反者金水。

「開刀可以完全恢復輕便的行動嗎？割了就可以去打魚嗎？割了就可以工作無礙嗎？」他嚴肅認真地問。

「那當然可以！不過——我也不勉強你們開刀，這款病拖著也死不了！割去只是求輕便、方便罷了！」大醫師說。

場子上的村人都回頭過來瞪著一雙驚愕的眼珠子望著金水，好似他長了三個腦袋瓜了。

「我願意開刀……」金水堅定地說。

有整整一分鐘的時間，村人只是靜靜地坐在那裡，瞪著大眼珠子，面面相覷。

然後──「夭壽呵──這金水……想做太監不成？」眾人爆出了譏笑聲。大家只管盡情地訕笑著，也就暫時忘了消腫的事啦！

七、學術免費

金水決心到馬公動手術了。臨上船前，見了村人如送喪般死板的眼神，心中不禁起了一陣悽涼悲壯的感覺。「這是幹什麼喲……又不是去出征！」他擠出了一絲笑容，自我解嘲地說。

船就要行了，送行的村人中竄出阿福。他蹣跚地走上前，「幹伊娘，反正留著也沒能打炮，刮去倒爽快！」他說。於是金水就多了一個伴了。

金水、阿福一行人順利抵達馬公，在醫院裡住了三天，就解決了大事。兩人如釋重負地雀躍著。

「等不及想出海！」白先生的牽手瞧他們笑了。她燉了鍋鱸魚湯，替兩人補身子。

又過了一個禮拜，金水、阿福已可以出院回家了。

臨出院時，金水打躬作揖，說盡了多謝的話。對臺灣來的大醫師，他幾乎要跪地答謝。可是──他還是，鼓足了勇氣，怯怯地、輕語地問：「我們的……切下的……身子可否給我們帶回去做紀念？」

阿福在身後探頭探腦，「莫見笑阮啦！卵葩總不可以流落他鄉呵……將來進棺材也要再裝上的。否則做個沒卵鬼，見笑至閻王殿去！」他和著說。

「這個嘛……」大醫師似乎有苦衷地皺起眉頭。「當然──這是當然可以的。不過……那樣的話……醫療費就不能免了！大概八、九千吧？待會到櫃檯找小姐算算，」大醫師說。

「八──九──千──哇──」一向穩重的金水也不禁睜得如牛目般的眼珠叫出來。「真貴死喲！」兩人齊聲說。

「割卵……也要錢嗎？阮的卵給人割去，還要付人錢！還要嗎？」阿福喪著臉說。

「沒錢……也沒關係……『學術免費』是唯一的辦法了！」大醫師說罷從抽屜抽出兩份印著細細小小蟹走般地英文表格，「簽吧！也沒別的方法了。簽吧！一角也免交了……」

金水和阿福終於又平安地回到黑狗港。他們肩著布包（裡面塞著白先生牽手給他們的大人小孩的舊衣裳）極為輕鬆巧妙地從駁船上躍下。村人笑著迎著。

「好了吧？」他們關心地問著，露著黃牙齒笑著。黑面憨仔拄著杖走上前，「會消嗎？真的會消嗎？」他近乎央求地問著。

金水和阿福只是沉默著……半晌──他們才擠出一絲不自然的笑容，說：「好了……都好了！」然後點著頭、哈著腰，各自匆匆地回自家厝去，彷彿做了啥見笑的事。不用說，他們是空著手回來的！

八、來旺船隊

吳金水坐在旺漁業公司老闆的寶座上，身前的大辦公桌上有一封攤開來的信。顯然是剛看完了信，此刻的吳老闆正挺直了腰桿子，用一雙如鷹隼般犀利的眼睛透過左側的落地窗，向遠處山坡下

的一片碧波望去。

　　那是兒子丁旺捎來的信，一想到丁旺，吳金水就不禁露出一絲滿足與自得的笑意。這孩子不僅是聰明、聽話，而且就像當年的反者金水一般——是個嗜書如命的用功青年。尤其令吳老闆驕傲，又叫村人睜大了欽慕的眼珠子的是——吳丁旺是數百年來，第一個考入臺灣的醫學院科的黑狗港青年。「這丁旺……要作醫生囉！」村人興奮地說。

　　可是——眼前這封信，卻令吳金水陷入沉思中。尤其是提到那個實驗室裡的標本……更勾起了吳金水隱隱作痛的記憶。過去的影像一幕一幕地湧現，陰晴、悲喜的神情交替地浮現在吳老闆已顯蒼老的臉上。

　　「啊——」他長嘆了一聲。「無論如何，這些年來我吳金水也創出了一點事業……」他乾乾地笑了起來。

　　那時他和阿福剛去了勢。村人又老實不客氣地訕笑了好一陣子。兩人也只得刻意避著他人的視線。

　　不久，轉機來了！吳金水發覺海上的魚幾乎多得捕不完！每回出海總是沉甸甸地滿載而歸。

　　然後，就在男人們拖著疲憊的腳步四處告貸的時候，金水以極低的代價購進了他們的船。成立了旺來船隊。也正是在卵葩大得寸步難移的男人們閒扯訕笑之際，吳金水開始大賺其錢。而且——極為高明的，他把大部分的船隊移駐馬公，在那裡添置設備、聘僱船員，直接對臺灣做起生意來。

　　來旺船隊的船極少出意外，因為他們的氣象接收、通訊聯絡的設備都比別人的船強很多。而且，好學的金水又嚴格要求船員的

素質——沒把他編的教材背熟的，隨時有被解雇的危險。然而他也沒忽略了員工的福利——只要因公受到損失，無不盡最大力量去協助。

　　現在——吳金水口袋裡的鈔票是愈來愈多了。在地方上，也是有名望、地位的大人物。然而——他還是……還是「沒卵頭家」！他每一念及此，便不禁汗濕背脊，一種深深的刃銳的羞辱油然而生。

　　「伊娘的，你一定要取回自己的身子！」他瞪大了眼睛，握緊著拳頭的右手重重地打在辦公桌上，他近乎憤怒地立起身子。

九、頭家氣魄

　　吳金水坐在閃亮氣派的朋馳轎車內，平穩無聲地出了ＸＸ醫學院的大門。他臉上露出交易成功後自得的微笑，略為前傾了一下，他平靜地吩咐了一句：「圓山飯店！」

　　吳丁旺穿著灰色的風衣夾克、牛仔褲，右手還持著一本原文書，站在飯店門口等候爸爸。當爸爸的車駛進時，他跨步向前替阿爸開了車門。

　　「功課念得如何？」吳金水一面鑽出車子，一面打量數月不見的兒子。「為啥不讓爸到學校接你？」他又問。

　　吳丁旺沒有回答，關愛地注視眼前的老人。這兩年來，由於透悉了他身世中的某種秘密，丁旺幾乎變了一個人似的。他開始過儉樸的生活，而且不欲人前人後提著自己念醫科的事。

　　故鄉樸實愚昧的村人、陽光燦燦的碧藍海水開始激起他內心裡前所未有的關懷和濃郁的鄉情。吳丁旺自覺地醒悟到過去的自傲實

在是一種近乎自愚的事。「念醫苦是苦了一點……但也未若鄉人瞪著欽慕的眼珠子想像的那般神聖艱難。就像他們頂著海上烈日的鹽蒸，一任陽光烤著黑褐的背脊一般，這些都只是生活中性質相近的事罷了！」他想。

「好久不見了？孩子——」吳金水摟了一下兒子的肩頭說，此刻他的臉龐與方才坐在朋馳車內的模樣是截然不同的——沒一絲老闆氣息，洋溢著慈祥與滿足的笑容。

「缺錢用吧？」他問。「看你——褲子都補丁了！別太省，好兒子！」吳金水低著頭嘟嚷著。「想吃什麼？」他問。

「爸，你上次給我的還有呢！謝謝爸爸……」丁旺回答。

吳金水有點詫異地看了丁旺一眼，「怎麼？這孩子這兩年來真是變了！竟跟我客氣起來……」他想。

「吃什麼？」他又問。

「就吃自助餐吧！」丁旺說。

父子倆找了一處靠窗的安靜位子坐下。一面用餐，一面慢慢地聊著。「爸，事情辦得怎麼樣？」丁旺問。

「那還有問題？！」吳金水充滿自信地回答。「花了一百塊——新臺幣一百萬而已，不算什麼……」他抿抿嘴說。

「什麼？一百萬……」丁旺睜大了眼問。

吳金水抬頭看著兒子笑笑，他說：「事情是這樣的，我的律師跑了兩天，沒有結果。那個寄生蟲科主任和總務長什麼的，好像想找麻煩……說什麼『學術免費』絕沒有回收的可能，否則已經移植的器官、角膜若要取回，該怎麼辦？」「我的律師恐嚇說要循法律途徑解決，那個ＸＸ主任還說：試試看吧！」「我看打官司不是沒

希望，只是費事了一點……」吳金水侃侃而談。

「那阿爸怎麼辦？」丁旺極感興趣地問。

吳金水吸了一口煙斗，又得意的笑了。「我親自去見總務長，告訴他大家有話好好說，這私立學校凡事也總是多點彈性的。況且──我吳金水又不是三十年前黑狗港那個給八千塊嚇倒的窮小子。我把一百萬的本票簽好擺在他面前，『不要說交換、贖回什麼的，就算我作貴校家長的表示一點心意吧！』我說。」吳金水把面前的茶杯端到口邊吹了一下，淺淺地啜了一口。

「結果呢？」吳丁旺問。

「你們總務長沈吟了半晌，拍著胸脯說：那有什麼問題呢？」

「他還說要訂做個玻璃匣子裝著那東西，派專人給我送去呢！」吳金水說著又得意地笑了。

十、村人的爭執

向朝聖者引回菩薩似的，一路上吳金水滿心歡喜地捧著那個包著紅布的玻璃匣子。

「賽伊娘……今後誰敢再呼你爸什麼『沒卵頭家』，你爸一定抓他來朝拜這個東西。沒燒三根香，叩三個響頭，你爸絕不放他休！」吳金水略顯豪邁地自語著。

帶著失而復得的寶貝，吳老闆神采飛揚地回到了故鄉。

村人聞訊，紛紛帶著慣常的好奇心走訪著。老一輩的拄著杖，以一種懷舊的心情過來道賀。他們笑著問著，回味那段艱苦的歲月。然後──語重心長地，略帶些許驕傲地，向圍觀著探頭探腦的孩子們說：「那時的生活多苦喲！」他們嘆著氣，卻掩不住一絲得

意地撫著鬍子。

　　碼頭上，巨大的吊車正發出咻——咻、咚——咚的吵雜聲。黑狗港的二期擴建工程正如火如荼地進行著。

　　幾個近二十的少年站在防波堤上看著工程進行，他們充滿自信地大聲交談著。

　　「金水伯花了一百萬，老遠跑去臺灣，就換回那個泡在藥水裡不堪用的大卵葩嗎？」一個穿著AB褲的少年懷疑地問。

　　「是啊！簡直是有錢沒地方花嘛……憨到極點了！」另一個穿著T恤露出一雙粗壯胳膊的少年應著。

　　「金水伯是精明的人，我阿爸最佩服他了……」一個戴眼鏡穿著卡其制服高中模樣的少年說。「可是——他這次錢花得太不值得了！給村子蓋座水泥籃球場也不必那麼多……」他不以為然地說著。

　　這時，防波堤上有個賣芋冰的老頭騎著後座有個冰箱的老舊機車走過來。他聽了幾個少年大聲的議論，不禁減緩了速度，把機車停下來。

　　「吃冰？少年。」他問。少年們調過頭來見是村上的長輩，也就走過來打招呼。

　　他們吃著芋冰，隨意聊著。「少年——剛才我聽到你們在談金水伯的事，有些也蠻有理的，」「可是——我覺得金水伯的作法並沒有錯！身體髮膚受之父母，不可毀損……冊上不都是那麼說的嗎？」老頭轉身向著戴眼鏡的問著。

　　「你們好命，沒見過苦日子！有了病也莫法度……還要受盡外人的凌遲！」老人好似用一種歌仔戲中的哭調在說著。「塞伊娘

——金水這次也算替咱出了一口氣！」他說。

「可是——人家臺灣現在都在草擬器官移植法了！你們還在身體髮膚……」戴眼鏡的少年反駁道。

「還有，新聞報導說：那個全臺灣最有錢的王XX也願意捐出器官哪！金水伯有魄力該跟他學才對！」穿T恤的少年跟著說。

賣芋冰的老頭見這班少年比他還大聲，長嘆了一口氣，「你們好命……沒見過苦日子……」他搖搖頭推著車走開了。

類似以上的，不大不小的爭執，成了黑狗港茶餘飯後的新話題。所幸老少的縱使意見不同，總不至於大罵出口。況且——在那麼一個遙遠偏僻的地方，尊敬長上仍舊被視為牢不可破、理所當然的事。

十一、得而復失

一如往常的忙碌，吳金水從早上八點十分不到開始處理業務，一直忙到十一點半多才有機會稍稍歇一會兒。

他端起茶杯，掀開杯子啜了一口。才發覺陳小姐剛才沏的茶早涼了。他搖搖頭笑了笑，突然他想起什麼似的，按下了右手邊的對講機，「陳小姐，你通知玻璃林了沒有？」他問。

玻璃林是黑狗港的玻璃師傅，今年也近六十了。三十年前，他也得了怪病。所幸用一種叫「海挫辛（Hetrazan）」的藥及早殺滅了血中的血絲蟲，才使剛開始腫大的身子穩定下來。可是——為了買藥，伊的漁船就保不住了。

沒了吃飯傢伙的玻璃林，向漂泊的野鬼般困窮潦倒著。好在吳金水借他錢去馬公學玻璃，才使他又有了生機。現在——既然吳金

水嫌XX醫學院送的玻璃匣子不夠好，要自己訂製一個，第一個想到的人——自然是玻璃林了。

「陳嫂應該照應的很好吧！」吳金水哈著煙斗想著。此刻他又從左側的落地窗往山坡下碼頭的方向望去。那裡的擴建工程好像進行的很順利的樣子，「等丁旺從醫科畢業，那工程該完工了吧？到時候……就是實現我畢生最大心願的時刻了……」吳金水似乎陷入美好的憧憬中。

突然間——「鈴——鈴——」桌上的外線電話宿命地驚響起來，吳金水從幻象中驚覺，他拾起話筒，「喂——」他說。

「喂！頭家嗎？我是玻璃林啊！」電話那一頭玻璃林的聲音響起，口氣顯得侷促不安。

「頭家，伊娘的——他們搞錯啦！我早上在量匣子的時候，無意間看到那個東西上一顆痣，頭家啊！那應該是阿福的吧！記得嗎？那夭壽阿福的貴人痣，記得否？」電話那一頭傳來老林的大發現。

大發現——吳金水茫然地放下話筒，「好像……注定取不回似的……」他無力地癱瘓下來。「不……不，那只是他們搞錯了吧！糊塗呵……」他罵起來。

吳金水徒然立起身子，「幹——」像個準備投入另一回合拳賽的選手。「砰——」門在他身後重重地關上，吳金水一言不發地走出公司。

開著車子往家裡走，碼頭工程的巨大吊車仍在「咻——咻——咚——咚咚」地響，吳金水略微加了一下油門。

「阿福？」他突然想起：「可憐的阿福……」，「和他一般果

敢地去了卵葩的阿福，竟——禁不住村人的一兩句……」他想著。
這時車子駛過新開的臨海路，右方是港內略略波動的海水，他想到
人們在那裡打撈起阿福的光景，「昨晚喝醉了酒，就失蹤了！」阿
福嫂說。「那時距他們返回黑狗港才一個多禮拜呀！可憐呀……阿
福，」金水想著。

突然間——「鏘——鏘——迸——」地轟然一聲巨響，吳金水
的車子在拐彎處撞上了運砂石的大卡車。

陳嫂、老林，還有村中的鄉親們趕到的時候，保健站的護理人
員已準備送昏迷的金水上船，「到馬公去！」他們說。

火速地轉轉送到馬公的醫院，經過一番急救，吳金水竟奇蹟似
地活過來了，「我要去XX醫學院，我要去XX醫學院……」他像個
受傷倒地卻仍呻吟喊打的拳手。

十二、魚與熊掌

這是吳金水第二次到XX醫學院了。好似掀起一陣旋風，無聊
的醫師、乏味的護士，還有學校裡大大小小、上上下下好像都在談
論著這件事。「沒卵頭家？！卵葩爭奪戰？！媽的——什麼怪事都
有！」一個穿白色短上裝似實習醫師的男士說，在他身旁的醫師
們、護士們、埽地的歐巴桑、閒得發慌的住院病人霎時捧腹大笑起
來。雖然極度抑制著音量，甚至根本是無聲進行的，但那種動作和
神態讓人劇烈地感到那是件天大可笑的事了。

吳丁旺從訓導處出來的時候，已是正午用膳的時間了。他想起
剛才訓導處所領受的數十雙目光的注目禮，一種屈辱、荒謬的感覺
充塞心中。「到底爭的是什麼？」他近乎惑亂地喃喃自語著。

「我希望……你開導你爸爸──全屍的觀念早落伍了！」李教官拍著丁旺的肩膀說。

「連王ＸＸ都願捐出身後的器官，你爸──也不是簡單的人喔……應該跟他學才有意義呀！」紅鼻朱教官和了一句。

「你知道嗎？今早你爸又去院長那裡拍桌子，而且聽說連例行記者會都有記者質詢起這事……呃，你爸真有辦法啊！」總教官也遊走過來湊了一句。

「我到底能做什麼呢？」丁旺抬頭問。

「這……我們只是希望你轉告令尊：學校絕不是故意刁難他，況且──他那樣做，對誰都沒有好處的！到底……他也是要面子的人啊！」總教官結論似地說。

「你們說的道理，沒有人不知道！阿爸應該也很清楚。我想請問：要是換了您，您會毫不猶豫地放棄嗎？」吳丁旺說完，立起身子，默默地退出訓導處。

吳丁旺走在訓導處通往附設醫院的長廊下，整個事件的始末曲折一一流過他腦中。「沒卵頭家！」「卵葩爭奪戰！」他喃喃自語著，突然──他忍不住大笑起來！一直那麼笑著，直到淚水模糊了他的視線。

吳丁旺在父親的病房門上叩了兩下，一個護士伸出頭來說：「用餐時間，不准會客！」

「我是他兒子，有急事！」吳丁旺說。

「是丁旺嗎？叫他進來嘛！」吳金水的聲音響起。

吳丁旺面色如土地走進房門，她調過頭看看那護士。吳金水作了個手勢請小姐出去一下。

「吃過了吧？」吳金水問。吳丁旺搖搖頭。

「怎麼了？孩子，病了嗎？」吳金水詫異地問。

「阿爸現在怎麼樣？」吳丁旺問。

「這個嘛……沒什麼了！」吳金水笑笑，指著打著石膏的右腿說。「關於我的身子……那個寄生蟲主任說：十年前搬家，破損了一些；八年前颱風，也亂了一陣。但——為什麼阿福的東西會貼著我的標籤，他們實在搞不清楚……」我對他們說：「你們搞不清楚！你們糊塗，你們糊塗透了！無論如何……我要追討下去！」吳金水說著重重地放下箸子。

「阿爸——」吳丁旺打斷了吳金水的話，「我來是想告訴你：我打算休學了！這樣……才能幫你追討卵葩……」說著說著丁旺又笑了，淚水禁不住奪眶而下。

「什——麼？」吳金水瞪著牛目般驚訝的眼珠，「你——說——什——麼？」他又問了一句。

「休學？為了幫我討回卵葩？你啊你……讀了那麼多年的書，竟說——竟說這種傻話來！真是憨到了極點……」吳金水氣急敗壞地說。

「我不忍心繼續在這裡聽人家譏笑著阿爸，訕笑著、詈罵著……我不忍心繼續聽下去……」吳丁旺搖了搖低垂的頭，慢慢走到吳金水跟前。

「爸爸——」他有一點激動的叫了一聲。「雖然——阿爸一直說：『你是相信我，還是相信村人！』可是，阿爸忍辱割去身子，是三十年前的事，而我……而我只有二十幾。所以，打從聽說那場怪病開始，我就知道您只是我的養父，可是我佩服阿爸、感謝阿

爸……阿爸的勇氣和智慧非比常人……而且，如今我已長大成人，阿爸對我的恩，比誰都大……」吳丁旺說著說著不覺雙膝跪落地面。

「阿爸現在有如此重大的事——連家鄉的事業都擱在一旁，兒子不能、也不忍心袖手旁觀。所以，特別請爸爸同意我休學，以便和阿爸共同努力，盡一點孝道！」

吳金水那如鷹隼一般犀利的目光，瞬都沒瞬一下。半晌，只是以一種奇異的眼光盯著地上的兒子。

「起來吧……我懂你的意思，我懂……」不知沉默了多久，吳金水終於長嘆了一聲說，他無力地坐下來，神情顯得疲憊而蒼老，像個退出拳賽的老邁拳手。

「我有的確是……有點糊塗了……」吳金水撫著額說。「唉……關於那……我早該對你明說了！到底你已經長大了……」「二十多年前，你本是一個溺死討海人的遺腹子。和我一樣……」吳金水說到這裡停頓了一下，聲音有點哽咽了。「我知道你母親無力養活你，自己又不能有後，就收養了你。至於——你生母，聽說已遷去臺灣了，這個我可以替你打聽。啊——這都是早該告訴你的。」吳金水平靜地說。

「還要告訴你一件更重要的事！」吳金水突然引亢了聲調，他雙眼閃爍著希望地立起身子。「我吳金水到現在還拼命賺錢的原因，是一個畢生最大的心願未了！我自己受的凌遲不想黑狗港後代子孫再受，我打算在黑狗港建一座設備不亞於臺灣的好醫院，而且——我們不要再靠外面請來的大醫師了，我要黑狗港自己的子弟來當醫師，我要黑狗港有自己醫院，有自己的醫師！」他的聲音又哽

咽了。

「如果你還念及阿爸的養育之恩，我只希望你幫我完成這個心願。」吳金水輕拍著丁旺結實的肩膀說。

丁旺許久低頭不語。當他看到父親拖著打上厚厚石膏的右腿轉身向床邊移動時，他慢慢抬起頭來。這時——他看到老人家異常巍峨的背影。

「回去吧！回去好好想一下，我想信你不至於傻到那種地步……」老人的聲音輕鬆而篤定地響起。

沒卵頭家——吳金水終於又平安地回來了！黑狗港村人笑著迎著，「好了吧？」他們關心地問著，露著黃牙齒笑著。「都好了！都好了！」吳金水應著，笑著。明亮的陽光下，海風吹著。當他沿著碼頭走回來旺公司的時候，他的背脊挺的直直的。雖然——這回他也是空著手回來的。

——《沒卵頭家》

作者簡介

王湘琦（1957～），高雄醫學院學士後醫學系畢業，現任三峽靜養醫院院長。1980年獲時報文學獎散文優等獎；1987年以〈沒卵頭家〉榮獲第一屆聯合文學新人獎短篇小說首獎。行醫期間仍對世間人情與政治社會保持高度的關注，他說：「現實主義文學是很勇敢面對人民的痛苦、勇敢、希望的文學。」綜觀其九篇小說，包括1990年收錄於《沒卵頭家》的〈沒卵頭家〉、〈決戰豬母溪〉、〈政治白癡〉、〈舊恨〉、〈黃石公廟〉、〈玄天上帝〉、〈歸人〉，以及2006年發表於《聯合文學》的〈抗爭協奏曲〉與〈阿里布達的落日〉。這些作品的主題內容始終以醫學專業為原點，從生老

病死的生命哲思，到人性、政治、社會的反省探索，傳承日治時期以來臺灣醫事作家現實主義的創作精神。

選文評析

〈沒卵頭家〉以全知觀點出發，故事靈感來自於課堂上的寄生蟲標本。內容以1952年澎湖離島的黑狗港為時空背景，敘述島民罹患「象皮病」（「大卵葩」症）的驚慌無助與醫療過程，呈現島民的愚昧、醫療的落後以及醫病的互動。題材荒謬滑稽，風格嘲弄戲謔。施淑女評論說：「澎湖三十年前的落後，並不光因荒誕而荒誕，還是有社會意義和現實意義的存在。」解讀王湘琦在丑角化、粗鄙化的人物背後，誠有別於「粗俗鬧劇」的表面戲笑。

同賴和的小說〈蛇先生〉、〈未來的希望〉，及侯文詠的小說〈子不語〉，都揭露了民眾迷信的醫療觀。澎湖當地俗謂有「三多」：寺廟多、墳墓多、蒼蠅多，透露島民生命深受惡劣的氣候水土，以及落後的公共衛生環境所威脅，於是宗教信仰成為生活中疑難雜症的拯救者。當黑狗港莫名其妙地爆發「大卵葩」症的謎團，島民們病急亂投醫，重金禮聘求助於馬公的巫師與乩童。他們盲信「大卵葩」是神的懲罰和警示，接受黃天師的告誡——男人徹底禁絕房事，並敬畏的把畫符的黃紙貼在身上。嘲諷的是，黃天師不但未能控制病情，自己竟也罹此怪病跑到臺灣就醫。小說藉此批判了普遍存在於底層社會的迷信與愚昧。

重視離島的醫療與保健，是小說關注的第二個議題。布農族醫事作家田雅各（1960～），曾以散文集《蘭嶼行醫記》呼籲政府重視蘭嶼醫療；王湘琦〈沒卵頭家〉關心的則是澎湖醫療，他巧思設計「象皮病」（Elephantiasis，又稱淋巴絲蟲病Filariasis），作為全篇小說的衝突與張力。這種神祕的熱帶怪病，在五〇、六〇年代曾侵襲澎湖、金門等離島，傳

播媒介為蚊子，蚊子從感染者吸取含有血絲蟲卵的血液後，從而傳播這種疾病。這些幼蟲在人體的淋巴系統內長大繁殖，最後導致胳膊、腿、頭部、生殖器或胸部發生駭人腫脹，造成外觀似象皮或象腿，因此俗稱為「象皮病」。黑狗港環境濕臭，蚊蟲滿天飛，以致「象皮病」肆虐流行，經由臺灣醫生診斷確定「大卵葩」的病因與醫治的方式。

關照病人的心理調適，是小說關注的第三個議題。「象皮病」雖非絕症，然而感染者或認為自己遭到天譴，或被鄰居指責為報應。病患的身體功能與謀生能力大受影響，尤其醜陋的外觀，更讓他們必須忍受心理折磨與社會污名。小說中最悲慘的是村長阿福，接受「去勢」手術後，遭妻子排拒、村人恥笑，不見容於社會，最後走向自殺的絕路。而吳金水則從此背負「沒卵頭家」的羞辱；至於玻璃林為了買藥治病，傾家蕩產，幸賴吳金水的經濟援助，終能學得一技之長，重新開創生機。可見「象皮病」對漁民的影響，已經不單純只是生理問題。小說中來自臺灣的醫生，未能兼顧病人情緒的變化、心理的調適或社會的適應，只知醫療病症與專注醫學研究，負面形象發人省思。

尊重病人的醫療隱私權與尊嚴權，是小說關注的第四個主題。傳統「以醫生為中心」的醫療行為，病人信服或懾服於醫生的專業權威，而病人自主性不彰顯，完全認同醫生的主導。小說針對醫生的穿著裝扮和日語交談，刻畫出養尊處優、權威高傲的形象，顯見醫病之間的距離感。這些高高在上的醫生們面對罕見病例，竟然如獲至寶的驚歎、盡情忘我的拍照、侵犯隱私的檢查，甚至將病人當作科學研究，輕薄「象皮病」與獻體，完全罔顧其生命尊嚴與疾病痛苦。反觀病人吳金水與阿福從三十年前醫生肆無忌憚的檢查與拍照，到三十年後師生討論「象皮病」的竊笑、觀察獻體的猥褻，都嚴重的違背了病人的醫療隱私權與尊嚴權。

小說以倒敘法鋪陳，「卵葩爭奪戰」首尾照應。最後吳金水委託律師向醫學院爭取獻體標本，卻因醫學院的失誤，陰錯陽差帶回阿福的獻體。這一

場抗爭不只令吳金水感傷器官的失落，還遭來全醫學院的訕笑與詈罵，小說由此凸顯全屍觀念與器官移植、捐贈的衝突；也藉著吳金水的抗爭行為，控訴醫院的專權、人性的自私。

問題與討論

1. 請就醫療倫理的觀點分析〈沒卵頭家〉中的醫病關係？
2. 你認為小說中吳金水辛苦栽培養子成為醫生，並在澎湖設立醫院，有何特別的意涵？

延伸閱讀

1. 王湘琦：〈黃石公廟〉、〈玄天上帝〉、〈歸人〉，《沒卵頭家》，臺北：聯合文學，1990年1月。
2. 王湘琦：〈抗爭協奏曲〉、〈阿里布達的落日〉，《聯合文學》第255期，2006年1月。
3. 王溢嘉：〈醫者的許諾〉、〈白衣・誓言・我的路〉、〈死前的希望〉，《實習醫師手記》，臺北：野鵝出版社，1978年。
4. 侯文詠：《白色巨塔》，臺北：皇冠出版社，1999年4月。

醫生作家/田雅各

「小力」要活下來

「拓大夫，你有一位New Patient喔，CNC第七床。」剛從CNC病房走出來的張大夫叫道。

「由門診轉入病房嗎？」

「不知道。快去接吧，就要下班了。」

眼珠直覺地瞄望牆上掛鐘，午後四時二十分，搖頭輕輕「唉」一聲，匆匆跑向CNC病房。

住院醫師們整日戰戰兢兢地照顧病人，巴不得可接得多且稀奇古怪的個案，增加自己的行醫經驗，然而下午四點鐘以後，每人變得很公務人員，推來拖去，時間愈接近四點三十分，變得更斤斤計較，心情開始煩躁起來，大家擔憂這時段接到新個案。

我也不例外，在更衣室換穿隔離衣，嘴裡一堆咒語，衣帶尚未綁好，強悍地推門入病房。

「拓大夫，第七床。」我正越過彈回來的門板，護士小姐大聲叫道。

「知道，」我心不甘情不願小聲回答。

「小兒加護轉過來的。」

踏進病房四、五步，凝重的心情頓時鬆懈下來，嘴裡冒出一團氣。

由加護病房轉出來的病人都判定有存活希望，我內心暗喜，再次追問：「他患了什麼病？」

「拓大夫，你猜猜看。」

「不猜也知道，絕不是麻煩的病。」

「不錯，很簡單，跟第六床很像。」護士小姐掩口笑著。

今晨八點三十五分一個小男嬰在四樓產房誕生，上天似乎不喜歡他，活在世的第八分鐘，他被發現是畸形兒，早產併發異常心音，立刻推入小兒加護病房。

中午再轉入CNC第六床。因為他的父母沒有錢。

事隔八小時，我也遇上罕有疾病，內心憂喜參半。我詳細為第七床辦理住院手續。

林素卿之女，胎齡三十八週，自然生產，二千八百五十公克重，昨夜七點四十分於市內仁愛婦產科出生，產後四小時，她無法享受第一頓美食，隨即被診斷疑似食道閉鎖，因而轉來醫院接受更進一步診斷治療。

我打開保溫箱，她被外來的空氣驚嚇，側躺的頭轉過來，頭毛稀疏，蓋不住尖尖的頂骨，眉毛寬密，顯露淺淺的雙眼皮，看似個小男嬰，兩隻眼球晶亮，直直地瞪我，嘴巴微微張開，嘴角有口水的痕跡，雙手與雙腳不停反覆屈伸，拳頭握緊，全身通紅，不像是需要點滴注射的小嬰孩。

完成住院病歷，我順手翻閱她住加護病房的住院記錄，發現主任已開好長期處方，葡萄糖水靜脈輸注，每天一百CC，以下完全空白。

看到主任屬名的處置與治療，我趕緊換穿衣服，放心地走出醫院。

次日一大早，我匆匆去查房，巡視我的病人一遍後，急急忙忙

衝到醫師討論室，宛如受約談前刻般地難受，手忙腳亂，收拾昨晚準備好的一堆資料。

雙頰臃腫的總住院醫師站起來，轉身面對黑板，宣佈討論會開始，手拿一隻紅色粉筆，依序勾劃今早提出來討論的個案。

粉筆跳過CNC第七床，我鬆了一口氣，然而內心卻不甘心，昨晚熬夜研討，努力收集食道閉鎖的資料。倒選上心臟畸形的第六床。

小兒心臟畸形像是感冒一般，大家顯得不耐煩，引不起大家的興趣，總住院醫師打破沉默局面，終於提出問題，小病人禁食可掙扎幾天？結論是明天結束生命。

會後我搶先取走我一堆病歷，跑向護士站，等候跟隨主任查病房。

昨晚由急診處新進三位病人，已安排讓我照顧。

一個小女孩，下個月才達到注射麻疹疫苗年齡，前幾天她因感冒而送醫就診，身體持續發高燒，不被藥方擊退，昨晚洗完澡，她母親幫她穿衣服，意外發現耳廓下紅色小斑點，馬上送來急診處，急診大夫收留小孩住院治療，她母親才恍然大悟，小孩染上正流行中的麻疹，她乖乖側臥病床，接受積極治療。

另一位小女孩罹患支氣管炎，上氣不接下氣，貪婪地吸氣，她左手也連著一瓶點滴，躺在氧氣罩棚裡。

走近第三位新住院病人旁，一個十一、二歲的小男生，他與主任沾有親戚關係似，沒有問安就開始發牢騷，上個月他患肺炎而住院治療，五天前才治癒出院，此次再入病房住院因為嘴黏膜鑿出一個奇妙的小洞，小洞有生命似的，日漸擴張，左腮腫得像口銜大紗

布，神情凝重，口氣像老人歷盡滄桑般地有氣無力。

這小男孩不幸患急性淋巴球白血病，由渾圓腫胖的下顎，可推斷他吃了半年以上的類固醇，他正接受長期藥物治療。

他母親臉色憔悴地講述小男孩的病情，語音硬朗，似乎她已接受這殘酷事實，一頭散髮，身穿客家老婦女式寬鬆的衣褲，她的確耗盡不少精神與責任。

主任拿開小男孩頭上鴨舌帽，頭上毛髮不敵藥力，只剩幾根毛，看來又更小且可憐。

他迅速搶回帽子，羞怯地鑽進棉被裡。

主任顯得很尷尬，手拍露出棉被外的腳板，結結巴巴小聲安慰，然後帶我繼續查房。

走來CNC病房門前，門診時間鐘聲響，主任催我盡快刷手，換好拖鞋，走進更衣室，我邊換隔離衣邊報告每床小病人的病情，提出病癒患者出院建議，輪到第七床的小女嬰，我誤吞蘭嶼野生小辣椒似，叫不出聲來。

主任點點頭快步走向第七床。

「她住小兒加護病房是我照顧的病人，昨天下午，她父母宣佈放棄，轉來CNC病房，現在是你的病人。」

「接受治療嗎？」我懷疑地問道。

「好好照顧。這種個案不多，回去好好翻書複習，下次我會問你，如何治療？」

「是，但……」

主任轉身走向更衣室，不給我提出疑問的機會。

我找出第七床病歷夾，確定主任給予什麼樣的處理。

　　翻閱第一張生命現象紀錄，沒有異常現象，第二頁長期醫囑，依然葡萄糖水一百CC，空出兩格後，寫著：任何治療由院方自行負責。

　　她患了複雜型的食道閉鎖，醫囑還是那幾個字，以下空格突然出現恐怖的意象，她會不會馬上餓死？

　　就如照顧其他個案般，查看護士的護理紀錄，注意她肢體活動狀況，發現皮膚發黃，明知不能給予任何處置與治療，我偷偷幫她檢查血清膽紅素濃度。

　　十五分鐘後尖細指針壓在九點五。

　　暈黃的臉龐確定不是病態的癥象，我安心接著照顧其他病人。

　　下午四點整，下班前再進CNC病房。

　　走來第七床旁，右膝一不小心碰撞保溫箱，她驚醒過來，眼皮迅速移動，半開隨即停住，半圓的眼珠緊緊瞪我，手腳胡亂敲打，咧嘴大哭。

　　認識她以後，這是第一個哭聲，聽來格外悲酸，我慌忙拿起奶嘴，塞入大開的嘴巴。

　　一會兒，她閤上眼瞼，猛烈地吸奶嘴。

　　我靜悄悄走近第六床，探望同是畸形兒的小弟弟，他也擺一副哭喪臉。

　　我右耳貼近保溫箱，有氣無聲，打開保溫箱小圓門，伸進左手搔癢他的腳底。

　　他不理睬，雙手平平擺放身體兩側，好像他已知道被宣告放棄。

　　接著伸進右手逗弄他嘴唇，且口中「嘟嘟……」叫著。

　　我冰冷的手驚動了他，馬上皺起多層眉頭，眼瞼無法睜張，或許是不想再費力，反正世界已不屬於他了。

　　我無奈地擺擺手，急忙脫下隔離衣，走出CNC病房。

　　星期四早晨醫院裡外瀰漫神聖氣氛，宛如軍隊的莒光日，我們聚集在會議室舉行禮拜儀式。

　　溫馨甜美的詩歌頌讚後，牧師翻閱特大聖經，大聲唸今天的經文……。

　　坐我前排的張大夫轉頭過來，輕聲告訴我，昨夜他值班時畸形兒離開了，他馬上補充說明，CNC第六床。

　　我吞下口水，鬆開緊縮的喉嚨，頭脹得更厲害，聽見牧師唸「上帝最疼小孩」之後，我什麼也聽不見。

　　投下五十元獻金於奉獻袋後，我立刻跑去CNC病房。小男孩真的離開了，六號保溫箱躺著一位全身發高燒的小女生，她正斜睨前方。

　　順著兩顆發黃的眼珠方向，我走到第七床，鼻子貼近保溫箱，尋找令第六床發呆的目標。

　　一雙黑亮眼珠正對我，我也瞪她，如果不是那張黃白色皮膚，或許會誤認為同族人的小孩。她的鼻樑峭直，撐高兩鼻翼，成長中必定隨肢體加長而挺高，嘴唇上下契合，散發出和諧韻味。

　　我張嘴彈動舌頭，震出尖銳聲響。

　　她被嚇得全身肌肉痙攣，半秒鐘後，她慢慢移動嘴唇，牽引緊張臉孔，像似要責怪我的粗魯。

　　打開保溫箱小圓洞，探手撫摸她右臉頰，一股溫暖感覺衝向心窩，左手食指插入她捲曲的手指，她就如初戀情人般捉住可倚靠的

手，夾著不放。

她多麼熱情，卻被他親生父母遺棄。

她總以哭鬧來抗爭，走過她身旁的醫生、護士個個冷眼旁觀。

大家如果停下來探手觸摸她，可以感受她強烈慾望，她要跟我們在一起。

無名指輕輕劃過她嘴角，即使失去一段食道，嘴巴傳出吃的原始動作。

我立刻把備用奶嘴塞進她嘴裡。

吸了五、六下，口液自嘴角溜下來，前額皮膚倏然皺縮起來。

皺眉頭拉長臉的神情令我不知所措，紋溝愈深，罪惡感愈濃。

她明白受騙了，於是伸出舌頭，吐掉奶嘴與口水，深吸一口氣後，哇哇大哭，淚水由眼角噴湧出來。

她真不幸，來到世間不久，就嚐盡人類善意欺騙，我輕拍她胸脯，企圖撫慰她。

我的憐憫止不住她的淚水，悲傷逐漸充塞整個CNC病房，醫師、護士們皆以責怪的眼神看我。

一位護士不慌不忙地走過來，毫不耐煩地伸出雙臂抱起她，下巴輕點她額頭，緊緊抱住她，同時哭聲停住了，護士把奶嘴塞入小孩嘴裡。

她需要體膚的接觸。我終於明白了。

午後，每週一次小兒科主任總查房，此刻總住院醫師皆變得緊張兮兮，每人依序報告病床上個案的病況，解說給予個案的治療方法與步驟，治療後進展情況。並且提出來與醫師們互相切磋。

冬天時節，麻疹感染正在國內擴散，病房幾已滿床，繞完小兒

科普通病房，窗外街道的霓虹燈開始點燃。

　　大家一窩蜂走進CNC病房的更衣室，我一面換穿隔離衣一面強背第七床病況及處置方式，內心暗自忖度，藉此機會把可笑的治療方法提出討論，並挖掘醫師們的憐憫心。

　　正討論第五床慢性下痢的個案，主任胸前發出一陣刺耳的呼叫器聲，同時小兒加護病房發出「九九九」的訊號，全體醫生們臉色驟變，不待主任宣佈查房結束，大家急忙衝出去。

　　第五天了，她身上不見可怕的黃疸，嘴唇呈血紅色，整整活了一百二十多個小時，她的消化系統尚未開工，然而精力依然旺盛，她堅韌的生命困擾了我的今天，我很想了解這奇蹟，就近保溫箱低頭注視她，深邃眼底深處傳遞一個訊息：「她要活下去。」

　　為了祝福她不易被毀滅的生命，盼望她也受到人的看待，送她一個「人」的名字，「小力」。

　　我抬起頭來，暗自揣測診斷是否正確？會不會是例外，為何餓不死她？為何……

　　星期六早上，主任不看門診，查房時好像巡邏作物成長的農夫，腳步輕盈，走過每一個案，細心傳授有關疾病的知識。

　　我獲得許多寶貴經驗，心裡滿足，不知不覺走來CNC第七床。

　　「這小孩好可愛，但運氣不好。」主任搖頭停止說下去。

　　「她餓了五天，她太幸運了，她是有不死的命。」

　　「五天！」主任張大眼睛驚奇地叫道。然後搖搖頭說：「活動力不減，而且沒有併發肺炎的癥兆。」

　　「確定她是患食道閉鎖嗎？」

　　主任緩緩點頭，臉色逐漸變得喪失信心的樣子，「單靠症狀來

診斷，誤診的機率微乎其微，面臨生命抉擇，應有客觀條件為輔，煩請拓大夫再進一步檢查。」

我高興不由自主地甩頭，搖出我腦中記憶，醫囑上明白紀錄，一切費用自行負責。

主任正穿上皮鞋頭也不抬地回答：「醫院負責。」

跑來擺放檢查單的櫃子前，找出X光送檢單，填寫申請資料，邊哼小時候常唱的歌：「耶穌疼小孩……」

護士小姐冷冷地接住X光檢查申請單，右手臂用力抱住「小力」，踏著碎步走向X光檢查室。

我默默祈禱，期盼檢查結果推翻我們的臨時診斷。

離中午下班前不久，主任與我併肩站在X光看片燈前，主任的右手指在底片上喉嚨位置比劃著，不說一句話，臉上浮出勝利的顏色，「小力」的食道走了樣，而且是最複雜的H型食道閉鎖。

我搶先低聲問道：「真的她就這樣無藥可救嗎？」

「嗯。」

「這種病不叫絕症吧？」

「我們醫院手術設備與醫術是一級教學醫院的水準，食道閉鎖不是絕症。」主任抬高額頭說道。

「怎麼不建議進行手術治療呢？」

「手術是很簡單，但她父母親堅持放棄，如果不幸手術失敗呢？怎麼辦？」

「為了救她一命，即使手術失敗，也值得一試。」

「近年來醫生流行一種病，『醫療糾紛恐懼症』，還是盡量避免。唉！這是她的命。」

「凡事相信，凡事盼望，基督徒都相信生命是上帝給人類最好的禮物，我們沒有權力丟棄她。」

「事實上小孩的生命決定於她父母。」

「她的父母。」我驚訝地複誦。

「是。」

「主任既然知道是父母拋棄小孩，現在『小力』能依靠誰呢？」主任不答話，我繼續說：「當然是我們！但我們似乎也逃避小力走向死亡的事實，這樣一來，更讓小力陷入慘不忍睹的孤獨，然後漸漸消失。」

主任低頭靜思，然後抬起頭，手拍我肩膀，說道：「其實我內心衝突且感到不安。拓大夫，她的確不一樣，你把她轉介給社會工作部，他們會安排解決這事。」

主任似乎很為難，講完話就走開。

近日來主任不是很主動、甚至拒絕談論小力的病情，原來不是逃避，他要穩定心情去照顧更多的患者。他既不被我直言所激怒，反而答應立即轉介給以紅心為圖騰的社會工作部，想到小力即將有完美結果，內心為主任喝采。

今天是小力住院第二個星期天，我私自來醫院看小力，她臉色比前些日子更瘦黃，於是幫她做血清膽紅素濃度測驗，查看黃疸是否嚴重傷害腦神經細胞。

瀕臨危險界限，我默默為她祈禱，希望她熬得過明天，她會活下來。

星期一早上，遲到十幾分鐘，我匆匆換上醫師工作服，踏進急診室裡的腳步走向護士站。

　　主任站在護士站前，正與一位我不認識的醫師交談，那位醫師鼻子尖挺，嘴突且額頭寬大，削瘦的脖子綁上紅色領帶，身穿藍色長褲，腰板打直，儼然是主任級主治大夫。

　　我悄悄地抽調個案的病歷夾，主任叫喚我，並介紹那位醫師。

　　他叫任先生，院內社工部唯一男性員工，他來接辦小力的難題。

　　任先生開門見山說道：「我早已家庭訪視過，他們是男人主宰一切的典型家庭，原以為中午吃飯時間必定碰得到人，不料小孩父親消失不見了，小孩母親似乎感到很愧疚，從頭到尾不說一句話，小孩祖母歇斯底里地責罵小孩是怪胎，拖垮他們一家，據我所知，他們已有一年時間不再嚐貧苦的滋味，他們已害怕沒有金錢的日子。所以不太願意再談到小孩的事。」

　　「金錢既然困擾他們，為了搶救小孩生命，社工部可否挪用一點基金幫助她。」

　　「拓大夫，社工部不等於社會福利部，更不是慈善機構。」任先生左腳跨前，提高嗓門回答道。

　　「社工部不能呼籲社會人士援助嗎？如同你們招募捐款的方式。」

　　「拓大夫，不瞞你說，社工部有筆預備金，支付她全部費用足足有餘，目前社會服務工作已發展成應用專業人才，沿用最新穎理念，社工人員從旁催促，盡可能讓他們自主自決，如果他們不想活，救了他們對整個社會有什麼好處呢？施捨式幫助已成過去式囉。」

　　「任先生說得很對，要讓人有尊嚴地接受救助，不再是施主與

乞丐的關係。」主任點頭附和他。

任先生搶先說道：「小孩住加護病房時，醫師已解說得很清楚，社工人員也努力提供資料，讓家屬安心面對死亡，一天之內簽署放棄病嬰的切結書，不就是代表他們坦誠接納死亡之事實嗎？現在他們正調養受傷的心靈，不要再干擾他們。」

「任先生，家屬遭遇料想不到的巨大不幸，慌得不知所措，遑論自主自決的能力。為什麼他家人避不見面，為什麼立即放棄她，其實就是恐懼小孩死亡的事實。」

「請問拓大夫，你認為該怎麼做呢？」

「小力不是得絕症，主任說不是，只需要外科整形手術而已，任先生，建議你幫忙掃清矇蔽她家屬的陰影，鼓舞他們接受事實，小力是有希望的。」

「嘿！你說得挺輕鬆，百分之五十的生存機率，還有無法預測的併發症，長大後心理因素造成的適應不良等等問題，社工部不會浪費太多金錢在沒有希望的病人身上。」任先生的語氣漸高昂起來。

「不對。」我大聲反駁他：「前輩的經驗說沒那麼低，而且併發症不是遺棄生命的藉口。」

我吸一口短氣，眼瞪主任繼續道：「醫生行醫前都知道，嘗試所有醫療方法，確定不能治癒，才宣布放棄。」

主任的眼珠垂落，點頭附和我。

任先生面紅耳赤，突出眼睛回答道：「百分比不是主要關鍵，病人家屬堅持放棄，不信你自己去訪視。」

主任走向前跨一步，停住我們的爭論，煩請任先生再去訪視，

特別叮嚀找到小力父親，然後轉身帶我查房。

　　我抱起一疊病歷夾走在主任後面兩步，雙腳不聽使喚般，無法如平常一樣與主任同步，內心不斷地重複想著，小力還要醫生照顧嗎？

　　當上小力的住院醫師第一天起，我發覺我好像躲在世界的一角落，不聲不響地讓小力的生命漸漸枯萎，我看見大家似乎也盼望早日結束她的生命。

　　想到自己將成為謀害小力的幫兇，我內心決定讓小力離開我詭異的照顧。

　　查房結束前，主任欣然同意我的建議，替小力換了一位住院醫師。

　　二個月前因久仰這醫院小兒科，申請受訓三個月，受訓期間，期待各式各樣的疾病，學習更多的臨床經驗，服務偏遠離島的居民。

　　這一天，CNC病房會客時間，探望患者的家屬特別多，病房快擠滿了人，醫生們忙於解說病情，家屬們七嘴八舌地提出他們所關心的疑問，使病房充滿樂融融的空氣。我也正忙於解說腦膜炎患者的病情。

　　身後突然傳來一陣陣哭聲，音調低沉無力，小力哭臉閃過我的腦海，我轉身望第七床，依然不見人來探望她。

　　解說病情結束後，走來第七床，我一面打開保溫箱，內心嘀咕著，明知不歡迎小力來人間，竟然還把她安置在親情溫暖氣氛裡，她不得安寧，心靈不能平衡。毫無尊嚴地漸漸趨向死亡。醫護人員真是殘酷極了。

　　我拿吸球吸出嘴裡唾液，吸乾淨後，塞一個冷冷的奶嘴，她仍然掙扎低聲啜泣。

　　吸了幾次後，她不再吸吮，也不再嚷叫，上下眼瞼緩緩拉開，一臉煞氣，讓我嚇一跳，這般純真的年齡也懂得扮惡人樣，我愈看愈害怕。

　　撐開到極大的瞳孔直對著我，像被冤枉的死刑犯臨死前最後一瞥，緊緊盯住我不放。

　　我移近仔細察看她眼神，兩眼炯炯發光，與癱瘓的肢體不相吻合，我感覺出一股微弱的求救訊息。我猛然覺悟，唯有他父親救得了她，我偷偷地抄寫她父親的電話號碼。

　　下班後，我心神不定地漫遊街頭，走過一處擠滿群眾的小廣場，他們爭先恐後地擠進一間戲院，我好奇地抬頭，看板上畫一幅滿面猙獰的兇手，左手持染血尖刀，門板上刻「恐怖分子」四個大字，字體也滴著血。

　　「恐怖分子」，我突然覺得有一線希望，心裡想著，恐怖手段沒有對或錯，萬不得已狀態下，它可以是得到完美結局最佳方法，我邊走邊設想，如何責備？如何恐嚇威脅？

　　站在公用電話前，左手持電話筒，右手食指遲疑撥不出號碼。

　　小力家人承受巨變的狼狽狀湧現腦中，他們好不容易築好對抗良心責備的牆，猛然敲碎，使收藏好的良知曝露。我於心不忍，腦裡呈現矛盾。

　　深深吸幾口氣，胸膛充滿了空氣，心跳漸緩慢下來，電話一接通，我首先問道：「請問，林素卿在家嗎？」

　　對方不答話，停頓一會兒回答道：「你是哪位？」

「我們知道你家有困難，XX基督教醫院CNC第七床，你是小孩的母親嗎？」

「嗯。」

「你有幾個小孩。」

「兩個男孩，我們怎麼那麼歹命，生出那樣的孩子。」

「我們很樂意幫你忙，我們是慈善機構。如果小孩手術成功後，你們會抱回去嗎？」

「當然會。」對方堅定地說。

「改天我會拜訪你。」

掛上電話，快快吐出心中納悶，我終於得到答案。

隔日早上查房完畢，我快步跑去社工室，遠遠望見任先生抬頭挺胸的身影，也正走向社工辦公室。

一碰面我直截說到：「找到小力的父親，他答應院方幫小孩動手術。」

「拓大夫，你只是來本院受三個月訓練，不是編制內大夫，你不可以隨便家庭訪視。」任先生激動地繼續說：「我問你，手術後他們還要不完整的小孩嗎？」

「小生命先保住要緊，活下來的問題以後再解決吧。」

「如果運氣好，生命保了，她仍是無用的人，撫育身心殘缺的人，對國家社會來說，是浪費。」

「你怎麼能判定小力會殘廢無用呢？你知道鄭豐喜、美國的海倫凱勒嗎？殘而不廢的人滿街都是，你……」我極力壓抑暴怒的情緒，自言自語，臭罵掛耶穌基督像，資本主義化的社會工作專家。

「再請問你，手術同意書誰簽？費用誰出？你沒資格，她已不

是你的個案，不要插手管閒事。」任先生愈說愈激動。辦公室裡的人被嚇得瞪著我。

我的臉漲得說不出話來，站得愈久，我受到更大的侮辱，我愣了一會兒，低頭衝出去。

跑到小兒科病房，放輕腳步往前走，仍忿忿不平地想著，醫院病床躺過許多患者，有些病癒出院，有的生命不能避免死亡，還有暗暗地被遺棄的一群，小力犯了什麼大錯，她為活命所努力的掙扎，卻被大家惡意遺忘。二十六天不算短的日子，每天一百CC葡萄糖水，體重小小地寫在白板上：二千一百公克。她不能再等下去。

我走到病房中央來，暗自許下承諾，我一定幫到底。

星期一我提早半小時到達醫院，好像我的時間慢了半小時，大多數的住院醫師早已開始查房。

我走到CNC病房探望星期假日住院的病人。

我在隔離室換穿隔離衣，清楚聽見總住院醫師的談話，聲音嘹亮，已不是兩人聽的話題。

「第七床今天上了早報，醫院內定有間諜。」總住院醫師大聲重複說著。

我非常訝異，記者朋友動作太過積極，昨晚他一定辛苦地整夜趕稿，我感動地嘴巴合不攏。走過總住院醫師面前，盡可能假裝沒聽見。

今天的病歷討論會在醫師室舉行，我坐在最後一排，平時害怕被考問，今天卻擔心醫師們看了早報有關小力的消息，會中沒有人提出此事，討論會結束，我一馬當先快步離開。

　　知道小力上早報後，心神無法專一，擔心朋友尖銳的筆，會不會傷害以基督為號召的醫院。

　　九點二十分，院內擴大器喊叫我名字，叫我回值班室。

　　誠如我所料，事情正揭開序幕，我腳步沉重地走向值班室。

　　為小力登報求援宛如見不得人，主任安排在狹窄且陰暗的值班室會面，見我進來，主任結結巴巴地不知從何說起。

　　任先生身穿及膝的白色工作服，端坐在床上，首先開口問道：「拓大夫，你看了早報。」

　　我猜對了，他們為了小力上報的事找我，任先生不轉變的語氣，使得我坦承回話：「記者是我的朋友，他聽了小力的故事後，我們一致希望社會大眾援助小力，阻止這不名譽的謀殺。」我輕輕唸「謀殺」兩字。

　　任先生站起來大叫：「院內謀殺？你毀謗醫院，我可以告你。」

　　「沒太大差別，基本上我們藐視小力的生命，無意共同謀害。」我一字字唸著。

　　溫文儒雅的主任打岔：「太恐怖了吧！不要用這個字眼。」

　　「拓大夫他大意良善，沒有經社工部同意，也不照會院內公關部發布新聞，最不可原諒的是他擅自公開別人私事，冒犯了人的基本權益。」任先生即使改變態度，聲音柔和，嘴間仍發出尖銳語氣。

　　「社工部不很積極，現在談出什麼結果了呢？我不願看到小力殘酷的下場，所以不得不向外求援。」

　　「不積極是不負責任的評語，社工部每天完成一般人不能解決

的困難，我們怎麼會不積極呢？關懷小力，我們從未停頓。」任先生面不改色的說道。

「等到何時，有期限嗎？」

「別急，一定會有結果。」

「你知道嗎？今天她只剩二千零五十公克重，大部分的體力與時間已耗費在等待、等待、等待……」

主任攤開兩手並說：「不要爭了，你們都對，只是方法相異。」

主任轉向我繼續說道：「拓大夫，你久待偏遠地區衛生所，很少接觸死亡。我體諒你對死亡的惶恐，但大醫院有它的倫理，不應私自發布消息。」

任先生點頭附和說：「衛生所只看小感冒，拓大夫一定沒碰過死亡的個案吧！」

我自言自語：「好在，我沒遇過活活被遺棄的個案。」

主任又接著說：「你的觀察力敏感，察覺出小力無法言語的痛苦，你是好醫師，拓大夫，不要太哲學，否則會很痛苦。」

我和任先生不再爭辯。主任改變口氣正經地說：「消息曝光了，我們面談的主要目的，討論如何面對可能發生的事。」

「會發生什麼嗎？」我傻傻地問。

「或許更多的記者會來湊熱鬧。」任先生回答道。

主任想了一會兒，不耐煩地說：「就這麼決定，拓大夫，小力不歸你管了，你就不必出現在記者會上。」

我點頭不答話。主任與任先生同時走出值班室。

小兒科醫護人員看似皆知曉早報的事，住院醫師們有意避開

我，護士人員不理睬我親切的問安，整個氣氛使我無法透氣，於是趕緊逃向CNC病房。

推開隔離門，一位護士遠遠地對著我豎起大拇指，她正替小力換紙尿布，CNC病房裡她最疼小力。

走進CNC病房的護士站，張大夫低聲為我打氣，使我得著戰友般，更確定我沒做錯。

上午十一點整，院內擴大器傳呼的名字，要我馬上去醫師研究討論室。

站在討論室門前踟躕一會兒，輕輕咳兩聲，然後慢慢推開門。

第一眼看到我記者朋友，他的前面坐的是小兒外科主任，右手邊是小兒科主任，任先生坐在主任後面，他們等著我共同討論小力的事。

會中小兒科主任胸有成竹預估小力手術後存活率，絕對超過百分之九十，遠超出任先生發布的百分之五十。

任先生臉龐發紅，依然大談不可預知的併發症，手術後遺症，說些英文術語，像似個專科醫師。

最後，主任同意記者朋友繼續為小力報導，呼籲社會人士支持小力，主任再三強調不得損傷醫院名譽。

會後我陪同記者去探望小力，走到CNC第七床，發現保溫箱上一隻紅色紙鳥，護士跑來提醒我，小力今天剛好滿月，紙鳥是送小力的禮物。

記者朋友伸出手摸摸小力，弄凹浮腫的手臂，他扮鬼臉逗小力，小聲告訴小力，發誓將她的不幸公諸社會，喚起善良人類的援助。

可惜今天她的左眼睜不開，右眼斜眼冷冷地看我們。

午後四點鐘，主任若有所思地走來，他說任先生已經放棄小力這個案，他自認無能為力，他是主任眼中有愛心、肯上進的年輕人，記者刊登小力這件事，惹得他下不了臺，抹滅了他的信心。

小力上報後第二天，記者朋友被責怪越區報導，當天被召回報社，我失去共同為小力努力的伙伴。

又過了三天，社會大眾毫無反應，小力的親人不因良心發現而反悔，使我更形難堪，日漸感到孤獨落寞。

受訓的最後第二天，我請假提前結訓。

辦妥結訓手續後，我再次進CNC病房，看小力最後一眼。

小力的臉皮浮腫，肚臍凹陷，肚皮隨著緩慢的心跳速率跳動，我該說些什麼？如何表示內心的愧疚。

站著發愣一陣子，其實不必費心神，她的眼皮已無力開啓。

我絕望地走出CNC病房，抵著頭推開隔離門，險些撞倒一位護士小姐，她嚇得臉眼發白，強顏歡笑，手指著一瓶昂貴的高蛋白營養補充劑，我內心暗自祈禱那瓶輸注給小力。

——《情人與妓女》

作者簡介

布農族醫生兼作家田雅各（1960～）出生於南投縣信義鄉，族名拓拔斯·塔瑪匹瑪，高雄醫學院醫學系畢業。曾服務於臺東縣蘭嶼鄉、省立花蓮醫院、高雄縣三民鄉、桃源鄉、臺東縣長濱鄉公所等偏遠地區。

在南投埔里就讀中學時，受國文老師的啟蒙，步上文學創作之路。由於對文學的喜愛，攻讀高雄醫學院醫學系期間，加入高醫「阿米巴」詩社。

1985年，以一篇小說〈最後的獵人〉，參加當時高雄醫學院校內的學生文學獎，得到了第一名。不僅轉刊到民眾日報副刊，並受到該副刊主編兼作家吳錦發先生的發崛薦賞，在文壇上，開始嶄露頭角。同時也得到當時前衛以及爾雅出版社所舉辦的年度小說選。從此大放光彩，獲得1986年吳濁流文學獎，以及1991年賴和醫療文學獎。集結歷年來的作品為：《最後的獵人》、《情人與妓女》、《蘭嶼行醫記》等書。

選文評析

〈「小力」要活下來〉本篇內容是描述作者於小兒科專科醫師訓練階段時，所負責照護的CNC病房幾位重症小病人，在垂危的掙扎求生過程裡，深刻省思生命的基本生存權。從而重新釐清在醫療資源不均的現實情況下，醫師的使命與職責。並彰顯社工制度的顢頇僵化，以及醫院在商業經營成本的掛帥下，漠視淡化弱勢階層基本醫療權利。

小說中，「小力」是位先天性食道閉鎖的新生兒，在貧困父母無力負擔醫療照護的費用下，送交醫院作為醫學教科書中的臨床教學實例，並編號在CNC病房的第七號病床，由當時是住院醫師的作者負責照顧。這位先天性食道閉鎖的新生兒「小力」，並非罹患現代醫療技術無可根治的絕症，經由外科整型手術，是有極大的機率重新獲得生存的權利。可是，醫院在社工醫療補助資源有限的情況下，竟然採取任其自生自滅的消極性照護。作者在每日的例行巡視記錄個案，發掘「小力」堅強無比的求生韌性，從而喚起醫學教育中賦予醫師職責的使命感。本著人道主義的良知，作者甘冒逾越保守的醫學倫理階級，積極地尋求治療和援助資源。對比下，小兒科主任不願得罪醫院經營高層而危及其權位的自私消極心態；凸顯醫院社工單位囿限於制度的僵化，只在意爭辯補助資源的實際效率，卻蔑視即使脆微的生命都有基本生存的權利。本文時時流露作者的人道關懷精神，以年輕充滿理想的熱情，

勇於向功利的世俗挑戰。遺憾的是，作者留下有些悲愴又無奈色彩的結局。

問題與討論

1. 孟子曾言「惻隱之心，人皆有之」，在商業掛帥的當代社會裡，醫護人員如何在現實層面與制度的壓力下，貫徹其基本職責及醫學倫理教育薰陶出的使命感？
2. 如何兼顧專業知識的理性判斷與人道主義的感性關懷，維護生命的基本生存權利？

延伸閱讀

1. 田雅各：《情人與妓女》，臺北：晨星出版社，1998年。
2. 田雅各：《蘭嶼行醫記》，臺北：晨星出版社，1998年。
3. 陳德愉：〈「赤腳醫生」為原住民醫療帶來希望〉，《新新聞》第636期。
4. 謝莉娟：〈無醫村的社區家庭醫師—田雅各〉，《慈濟道侶》第283期。
5. 簡銘宏：〈文學創作與現代醫學的交會〉，《文訊》第171期，2000年3月。
6. 簡銘宏：〈論田雅各《蘭嶼行醫記》的人道關懷〉，《中國現代文學理論》第16期，1999年12月。

附錄

江自得醫生訪談記——從聽診器的這端到聽診器的那端

江自得醫生訪談記——「愛與創造」的實踐者

醫護詩人白葦訪談記——蒹葭蒼蒼惟見白衣

王溢嘉訪談記——忠於選擇自我的身影

再訪田雅各——文學創作與現代醫學的交會

江自得醫生訪談記
從聽診器的這端到聽診器的那端

方靜娟

> 對於成為意識之對象的「世界」，我願付之以愛；
> 對於成為意識之對象的「自我」，我願富之以創造。
>
> ——江自得

一、緣起

1998年7月29日，醫護文學研究小組成員在微風細雨中，趨車前往臺中，準備造訪這次專題人物——江自得醫生。

由於正值暑假，坐在車內，小組成員抱著渡假心態，邊欣賞高速公路兩旁的雨景，邊聆聽著伍佰的歌聲，一路上談談笑笑，或許因為不是假日吧！也或許是因為下雨，高速公路上車輛不多，路面顯得寬敞平坦，襯著路兩旁綠色的田野，倒也令學中文出身的我們，不由得發思古之幽情，陶醉在這份悠閒的氛圍中。

來到臺中，誰負責發問、誰負責錄音、照相……，開始分配工作了，大夥情緒由原先的輕鬆逐漸轉為嚴肅，對於江自得醫生的認識，多由《從聽診器的那端》這本書中獲得，從書中文字充滿了對老、病、死的感慨及無奈，我們在腦海中約略勾勒出江醫生的形象：一位悲天憫人卻鎮日眉頭深鎖的醫師。說實在的，心中還真擔心訪問時的氣氛會有冷場。

進入榮總，江醫生正在進行例行性的醫學討論，醫生工作的忙碌及嚴謹，是我們對江醫生的第一印象。見到江醫生的第一面，大夥卸下了心頭的

緊張，因為那是一張充滿了熱情笑容的臉！

　　首先小組成員說明此次訪問江醫師的緣由，乃是緣自於我們幾個老師想對醫護文學進行一個研究計劃，透過介紹這類作品讓學生閱讀，讓學校的學生能在醫護的專業技術之外，增加一些人文的關懷及素養。

　　在咖啡香中，我們開始了這次的訪問。

二、寫作的觸發點──「阿米巴」詩社

　　「我們知道您大學時代是『阿米巴詩社』的一員，您從事創作是否也從大學時代開始？」

　　提到「阿米巴」，江醫生也跌入了回憶之中：「在臺中一中求學時期，只知念書、考試，不知有新詩這類文學形式；到大學二年級，看到校刊上所刊登的新詩作品，覺得這種文學形式的作品閱讀起來的感覺蠻不錯的，於是就到書店購買這一類書籍，參考別人是如何創作。後來認識曾貴海，便加入學校詩社，利用每個月一次的咖啡時間，將大家一個月來所創作的作品輪流閱讀、批評。」聽到這裡，組員忍不住地插問道：「不會因此而傷害彼此之間的感情嗎？」江醫生搖了搖頭：「不會啊！因為大家都是初學者，互相批評，反而促進彼此的感情，所以在我的感覺中，當時的『阿米巴詩社』就像一個家庭，大家有共同的理想、濃厚的感情。直到畢業後，我們這些前後期的社員仍互相聯繫，甚至為共同的理想一起努力，如『台杏』的成立，以及在高雄由曾貴海所推動的『高雄市綠色協會』；另外我在臺中也成立了一個『阿米巴社』，集合中部地區的阿米巴成員以及高醫、中國、中山醫藥學院等其他學校已畢業出社會，關心社會文化的人士，每個月在臺中『金華書店』舉辦講座，至今也已四年了。」

三、文學觀──文字應關懷現實

「您談到大學時代曾到書店找相關書籍閱讀,請問是哪些書?這些書中作品的創作技巧,是否對您產生了影響?」

「在那個時代能看到的詩集如《笠詩刊》,還有余光中、洛夫、葉維廉等人的詩作。其實那時的新詩創作以『創世紀』的詩人最多,所以『笠詩社』的詩人要出書並不容易,像『笠詩社』陳千武的詩集也是後來才有機會看到;白萩在當時較為出名,號稱『天才詩人』,曾到高醫演講過,但其詩集也是後來才讀到。所以當時市面上所流行的作品仍是以『創世紀』、『藍星』詩人的作品較多,只是在當時,有些作品對我來說,十分晦澀難懂,像是洛夫的作品。後來我曾和曾貴海討論到這個問題:令人看不懂的詩怎會稱為詩?所以在『阿米巴』時期,我所創作的作品便和『創世紀』的詩風不同,文字內容較為簡單淺白易懂,當時我並不贊同他們的寫法;不過,不可否認的,我多多少少仍學習了他們的一些技巧,但是我仍認為詩作一定要讓人能看得懂,每一首詩若修辭太多,並非是好作品!真正的詩,不是在於詩的形式,而是它所表達的內容感動讀者。」

說到這裡,小組成員也心有同感地提到了在教學上的瓶頸:「的確,我們曾讓學生在課堂上討論現代詩作品,學生普遍有個疑惑:為何他們看不懂?讀不通?為何現代人看不懂現代詩?」

「是啊!這就變成了學生不喜歡讀臺灣的現代詩,我認為當時的那些作家要負些責任,他們將詩風引導至那條較晦澀的方向去,其實並不好!美國詩人佛洛斯特(Robert Lee Frost)的作品,就字面上人人可以看懂,至於背後意義就須靠讀者自己理解,但至少字面上令人明白他在表達什麼;而當時的臺灣詩人的詩作所表達的詩意,大概也只有作家自己才看得懂。其實詩一定要和讀者有普遍性的交流,不能只有創作者自己明白箇中詩意,如此無法引起別人的共鳴,真正的詩,並非在於詩的形式,而是它所表達的內容能否

感動讀者。」

「當初你們在阿米巴時，是否曾討論過詩的創作方向？」

「在詩社中並沒有正式討論過這個主題，但私底下我曾和曾貴海討論過。在《阿米巴詩選》郭楓曾評論過我的詩作，他認為從我寫詩以來，未曾受到現代派、超現實主義的影響，他認為我的詩是較平實的寫法。我的詩風較接近『笠詩社』。『笠』除了詩風平實外，也較接近現實主義，注重本土意識，主張詩應該關懷社會；而『創世紀』的作品往往較逃避現實，在他們的詩中，臺灣是缺席的。我認為一個詩人若有些作品是離開現實去探討自己的內心世界，那沒關係；但他們幾乎全是這樣的作品，完全無關乎社會現況，那就不好了，身為一個文學創作者，對社會應當付出關心，主動去發現社會的問題，並將它表現出來。」看著對「詩」的文學功用侃侃而談的江醫生，不禁讓組員聯想到那位主張文章應為時、為事而作的唐代詩人——白居易。

「以您身在醫學界的立場，您認為醫學院的文學教育應注意些什麼？」

「我認為最重要的是要引導學生進入文學世界，讓他們對文學產生興趣，盡量不要以考試來逼迫他們；另外，我覺得唐詩、宋詞、四書、五經，雖然有其存在的價值，但畢竟與我們的時代距離太遠了，只讀那些作品，並無法與我們現代生活經驗結合，所以應當盡量讓學生讀些現代的作品，才能與符合現代社會經驗，也較具趣味性。舉例來說，讓學生閱讀李昂的《北港香爐人人插》，學生一定覺得十分有趣；若要學生讀《易經》，學生便會感覺沒趣味！但這並非否定《易經》的價值；唐詩宋詞也同樣有其價值，比如我的新詩創作，仍須從中汲取養分，學習其文學技巧。」啜了一口咖啡，江醫生接著說：「詩與散文的差別在於，若必須以一百字的內容來清楚表達內心的想法，而你也寫出一百字的內容，那就是散文；若能以一句話十個字表達出意旨，那就是詩。正因為詩文字精練，故要有技巧，而這些技巧，古典文學便是很好的學習典範。但畢竟時空相隔久遠，其中的經驗、意境與現代

社會不同，學生無法真正理解古典文學中的意境，不能產生共鳴，因此，給予現代學生的文學教育，仍以現代作品較為合適。至於創作者，為了創作作品，便會主動去閱讀古典文學，以學習其中的技巧。」

四、對生死的看法──尊重生命、超越死亡

　　由於小組成員執教的是以護理學科為主的學校，接觸較多的是有關「死亡」的課題，因此，我們提出了這個問題：「在您行醫的過程中，曾接觸許多生、老、病、死，不知道您對生死的看法為何？」

　　「對生命應尊重，因為生命是可貴的，因此若有朋友或學生準備開業，我所送的匾額都是『敬愛生命』。」

　　聽了江醫生的說法，組員提出了一些牢騷：「有些醫護人員在長期從事這項行業後，都會把人當成某種物品，隨意宰割。」

　　「所以我強調應尊重生命，將生命當作是一件很寶貴的珍寶，要具備如此的想法及作為，一定要以人文素養加以涵養，才不會把人當作機器般研究。舉例來說，某醫院有一項氣管鏡研究，需要以正常人與病患對照研究，在臺灣，哪有正常人願意讓別人在自己的氣管內插入氣管鏡，再注入生理食鹽水，然後抽出！我在榮總看診，想為患者作觀察，患者都不願意了。若按照醫學倫理來說，要做這類試驗研究，一定要事先告知患者，並告知其有多少副作用，詢問患者的意願，如此一來，往往沒有人願意，然而某醫院的研究對象竟有二十多個正常人！當下我便質疑他們的進行過程，最後他們承認是以欺騙的方式。其實不管那家醫院，只要有技術性的對照組的檢查研究，大多使用欺騙的方式取得研究結果，這樣的方式即對生命不尊重。」

　　「這樣有沒有違反醫療法規呢？」

　　「我們的醫療法規並未規定得很清楚，因此這樣的行為並未違反醫療法規。」

「可是所有的醫生在當初宣誓成為醫生時，第一條誓言不是『以不傷害為原則』嗎？」

「這是個人倫理、良知問題，所以我現在常會跟學生強調，在現代分工精細的社會中『知識就是權力』的事實，你擁有知識，即擁有權力。醫生對病人，即是一種權力關係，病人並不懂病症的專業知識，因此一切醫生說了算，所以醫生不能濫用知識，一定要按照自己的良心、合乎倫理的規範。」江醫生語重心長的說道。

「在您書中的許多意象、思想，充滿了灰暗，文字較為悲觀消極，再請教一下您對死亡的看法。」

「我的書中充斥著很多死亡意象，那是因為身為醫生，經常面對死亡，這些死亡意象，在我是實習醫生時期，對我的衝擊可說是最大，因為在學生時期，僅就書本上認識死亡，而第一次開始接觸病人後沒幾天，就會面對不斷的病人死亡，對一個從來沒遇上這麼多生命消逝的人而言，那一年的實習生涯卻眼見好多生命從指間溜走，所以『死亡』會對實習醫生產生很大的壓力與衝擊，也因此我會描述許多關於死亡的意象；但並不代表我對生命的看法很『灰色』，我只是把『死亡』當作人生的必然性，因此也不必害怕面對死亡，唯有了解死亡，才能超越死亡。」

五、人生哲學——愛與創造

超越死亡？「如何超越死亡？」

「建立自己的價值觀、人生觀，如我的生命哲學其實很簡單——『愛』與『創造』。所謂的『愛』是廣義的，包括男女之愛，對家族、對社會、對這塊土地，甚至是對地球的愛，你真的會對這些生命關心、對倫理關心，並且實際付出行動、投注愛心，如此地實踐，會讓自己的生命有莫大的充實感。另外就是『創造』，也就是本來沒有，你將它創造出來，像文學創

作便是。一首詩的從無到有、科學研究的探索與發覺，這些創造將使生命更充實。創造包含不同形式，如觀念思想的突破，都將使自己超越、更海闊天空。能確立自己的價值觀，依循自己的價值觀去充實自己的生活；與自己價值觀無關的事物，便不須要花時間在上面，如此生活會簡單得多！把時間花在自己覺得有意義的事情上，自然能在有限的人生中，將時間做有效的安排。能建立此種價值觀，生活便會是充實的，生命便沒有白活，因此就可以超越死亡。」頓了一口氣，江醫生接著說：「還有，事情應較廣的角度來看，不要鑽牛角尖，例如：當你遇到挫折時，不妨從歷史的角度來看自己，人的生命之於國家的歷史、地球的歷史，個人如此渺小，沒有什麼好計較的。到最後，你須要注意的事情便是——讓自己在活著的時候覺得很充實。」

六、關於《從聽診器的那端》

「在《從聽診器的那端》一書中，您將作品分成四個部份：『從聽診器的那端』、『癌症病房』、『點滴液的哲學』、『患傷風的孩子』，請問您根據何種觀點分類？」

「其實並非刻意安排的，原則上是將性質相近的作品集合在一起。至於〈患傷風的孩子〉則是我早期的作品，因為和醫學相關，所以把這些作品一併收入此書中。」

談到作品，我們不免對於江醫生的創作過程感到好奇：「每一首詩的呈現，您是腦中先有一些想法再去創作呢？還是寫到一半先擱置，後來再續寫？」

「不一定，有時靈感一來，不須怎麼修改，便能很快地一氣呵成的完成一首詩；但大部份的作品仍是反覆修改，甚至有的作品至二個月後才能完成，憑靈感所創作的作品大約只占十分之一。」

「一般從事醫護文學創作的作家，多半是醫生或護士，從自身的專業所接觸的生老病死為題材，寫出文學性的作品，若非醫護專業人員，能不能從文學的角度來寫醫護文學的題材，會不會缺乏專業上的知識？」

「也可以啊！當然他們沒有辦法寫出像我在書中所表達的較醫學專業的作品，如〈心肌梗塞〉、〈休克〉、〈紅血球〉、〈細胞培養〉、〈遺傳〉……等作品，但一些較普遍的題材，如『發燒』、『癌症』這樣的題目，一般非專業的作者都可以創作，像陳黎便曾寫出以『膀胱』為題的作品。現在有不少人本身是學文學出身的，也從事關於醫學、科學方面的作品。」

「您剛剛提到，有些作者所創作的作品脫離了社會現實，那您所創作的較專業性的詩作，是否曾設定讀者為醫學院的學生，還是一般人？」

「是一般人。因為我的作品雖然題目上較專業，但內容卻不是，如〈試管嬰兒〉一詩，並非在解析科技問題，而是另有所指；〈細胞培養〉亦是，只是題目上看似專業，且整首詩的構想也那裡而來，但表現的內容卻非如題目般專業。」

「以〈癌症〉、〈傷風的小孩〉二首詩為例，您是以醫生的角度所寫的，不知您以後的創作是否會以病患或病患的家屬的角度來看醫護人員？」

「我也曾嘗試著以你所講的角度去創作，也曾以旁觀者的立場來寫工作人員或醫生跟病人之間的互動關係；不過，身為醫生，所關注的多半是疾病、症狀所帶給我的象徵意義，因此《從聽診器的那端》一書中的內容大多是從疾病、症狀，或是一些醫學常識出發的。」

「《從聽診器的那端》，您聽到了病患的病症，也聽到了死亡的密碼，於是您將之形諸文字；但全書中卻缺乏對「生」的感動及病癒後的喜悅？」

「是的，畢竟面對死亡、痛苦，對我的直接衝擊較大，對於喜悅的事，要以文學方式來表示，大概不會那樣深刻，或許跟多人的本性有關吧！人總是喜歡看悲劇。」

是啊！亞里士多德不就說了：「悲劇可以洗滌、淨化人類的心靈，進而提昇人類的情感。」在面對生活這麼多的壓力後，接受悲劇，或許真是一條紓緩精神的最佳途徑。

七、台杏文教基金會

「江醫生最近好像將舉辦『醫學人文營』，您的工作如此忙碌，還能為提升醫學倫理而努力，工作之餘尚能從事文學創作，您的實踐力真的很強！」

只見江醫生淺淺一笑道：「我都是利用晚上和假日來從事這些事的。至於『醫學人文營』則是『台杏文教基金會』所舉辦的活動之一，目的是為臺灣醫學界做些事情。」

「台杏文教基金會」是由陳永興醫師所創辦，目的在鼓勵更多的臺灣青年關懷臺灣、從事臺灣研究，集合參與成員的力量與金錢，希望能為這片土地做些事情，而現任的董事長正是眼前的江自得醫生。

「『台杏文基金會』每年固定會有三次活動：『全國醫學生人文夏令營』、『臺灣文學研討會』、『醫學倫理研討會』；有鑑於以往『臺灣文學研討會』的舉辦都是斷斷續續、零零星星，缺乏常態性，所以現由『台杏』接手辦理，將它變成一個常態性的活動，讓那些研究臺灣文學的學者能定期的在每年十二月分有一個發表的園地。」聽到一位醫生如此為文學而努力，不禁使我們這些學文學、教文學的「專業人士」為之汗顏。江醫生繼續說道：「至於『醫學倫理研討會』則在每年三月舉辦，目的是針對現在醫學界普遍忽視的醫學倫理現象加以探討。我覺得身為一個醫生，若是不重視醫學倫理，根本不能稱之為好醫生，因此我們基金會每年會選定一個主題來加以討論。」

提到醫學倫理，小組成員也針對目前的社會現實提出了我們的感嘆：

「現在臺灣醫界有心為提升醫學倫理的人好像不多？」

江醫生道：「是不多！因為從事這類工作無法成名，又賺不到什麼錢。現在社會的普遍現象是追求名和利。在醫學界為求名者，便留在醫學中心，主治醫生、主任、進而成為醫學會理事，追求學術上的地位；求利者，自己開業每個月可以賺個百來萬。」接著江醫生又談及：「為此，基金會的一個計劃中的活動，就是要訪問位數醫界典範，以做為醫學生的楷模及學習對象。預計要訪問的醫界典範包括以下幾類：一、學術地位高，並關心人文，如李鎮源；二、從事基層醫療服務，關心人文，如曾貴海、鄭烱明；三、從事醫學工作，其服務精神令人敬佩，如賴和醫療獎的得獎者。」

「江醫生又要忙醫院工作，又要兼顧『台杏』，如此忙碌，您是如何挪出時間來從事創作？」看到江醫生對時間的運用如此從容，深覺時間老是不夠用的我們，提出了這樣的疑問？

「其實我寫詩都是階段性的，並非時時在寫，因為我的時間都是零零碎碎的。有時也利用坐車公車、火車的空檔來從事創作，但大部分仍用是晚上就寢前的時間來構思；有時快要睡著之際，靈感一來，趕忙起身記下。至於《從聽診器的那端》幾乎是計劃性的寫作，那段時間我規定自己每天都得創作，以訓練自己的寫作能力。」說到此，江醫生話鋒一轉，幽默地說：「也為自己以後鋪一條出路，萬一那天不當醫生了，或許還能以寫作為業。」一陣笑聲過後，我們又問道：「江醫生目前是否仍有詩作繼續發表？或者是有出書的計劃？」

「是有一些作品發表在報刊上，」江醫生邊說邊介紹他的近作：「只是數量尚不夠集結成書。」望著江醫生的作品，我們又發出了這樣一個問題：「您的作品一直以詩為主，有沒有計劃創作散文呢？」

江醫生笑了起來：「散文創作等我退休後再寫吧！寫詩的時間較短，較適合我現在有限的時間。」

八、現在社會的醫療體制

「剛剛您提到，擔任實習醫生時期，所面對生命的撞擊似乎較大，因此許多醫生作家似乎在此時的創作慾望會較強烈？」

「對，因在實習時期較有鮮明的image，畢竟與在學校讀完書上的理論後，實習時期可說是第一次真正接觸病人、面對死亡，所以當時的衝擊較大，我有很多創作，其原始雛型其實來自那個時期。」

「醫護人員強調同理心，可是為何從事這個行業時日一久，仍會日漸麻痺？是否與現在的醫療體制有關？一個醫生一天可能要看一、二百個病人，因此能分給病人的時間有限？」

「現在的醫療體制常造成醫護人員身不由己的無奈！因為就實際來說，身為醫護人員仍有業績上的壓力，如此會影響醫療品質。」也因此，江醫生為了服務病人，便將原本是上午九點到十二點的門診，自動延長至下午三點，如此一來，既維持了醫療品質，也符合了醫院的要求。

「我們的社會教導給醫護人員的，是希望他們關懷人類及人性，可是在目前不合理的醫療體制下，醫生沒有多餘的時間給予病患，如此教導的是一回事，實踐又是一回事了？」

「其實整個臺灣社會都是如此！臺灣目前的一個價值取向——『凡事知識化』，連道德都知識化了——亦即大家都知道有關道德倫理方面的知識，卻都缺乏實踐力。另外，如人文關懷方面，學校教育開了許多相關方面的課程，學生對這方面的「知識」也都知道了，但做，又是一回事了。其實真正應重視的，並非課堂上的知識，而是去實踐、去體認的重要性。」

九、尾曲

從訪談中，我們也發現了江醫生的藝術天份。他提及，在大學時期，除了新詩創作之外，或許是同學間的相濡以沫，他也醉心於美術、音樂方面書

籍的閱讀，曾將有關評論梵谷畫作的書籍讀得熟透，然後與一位美術系的畢業生大談梵谷畫風，令那位畢業生知難而退；也曾譜過鋼琴曲、小提琴曲，在學校的音樂會上發表過。

　　從江醫生身上，我們看到了一位實踐家的精神：積極、樂觀而開朗。說不定那天在臺中榮總附近，您將會看到一位正在溜狗的人，口中哼唱著帕華洛帝、卡拉列斯的歌曲，神情自在而隨意，他就是——江自得醫生。

江自得醫生訪談記
「愛與創造」的實踐者

林秀蓉

　　1998年7月29日的午後，從事「臺灣醫護文學研究」的伙伴們，前往臺中榮總胸腔內科，造訪江自得主任，他溫文儒雅，真實誠懇，在親切而熱絡的交談間，更深刻認識了聽診器這端，既是專業醫師又兼具人文關懷的詩人。

一、繼承日治時代臺灣醫界精神的典範

　　翻開臺灣醫療史、臺灣文學史，得知日治時代的蔣渭水、賴和、吳新榮等醫師，他們不只盡其所能醫病，同時也身負醫人醫國的重責大任，成為臺灣社會運動、文化運動及臺灣文學的先驅。當今，在功利主義、享樂主義橫流的臺灣社會，也有一群醫師，他們在活人濟世的行醫生活中，除了忙碌於為人看病解除痛苦之外，還繼承了日治時代臺灣醫界所建立的人道主義與人文主義的精神典範，奉獻他們的智慧、感情和力量，關懷著這一片土地與同胞，如東部——現任立委陳永興醫師；北部——《醫望》雜誌總編輯王浩威醫師；中部——台杏文教基金會董事長江自得醫師；南部——高雄市綠色協會會長曾貴海醫師，文學臺灣雜誌社發行人鄭烱明醫師等。他們對臺灣醫學與文學的發展具有強烈的使命感，並充滿理想主義者的熱情，為這個營私阿附、競奔權利的現實社會注入一脈人性的光輝，令我們對這些習醫的知識分子，興起無限的崇敬仰慕之心。

二、「愛」的實踐

　　「愛與創造」，是江自得醫師的信仰，也是他生命充實的源頭活水。他說：「我深刻體認，只有『愛』與『創造』能夠賦與生命價值與意義。愛自己的家園、社會、國家，愛人類、愛這一片大地，只要付出真誠的愛，便能感到生命的充實、有意義、有價值。」江醫師將他的大愛與熱情化為實際的行動，在關照病人與研究病理之餘，成立「台杏文教基金會」，以提昇醫學生人文素養，重振醫學界人文精神為宗旨，今年暑假在靜宜大學舉辦「1998全國醫學生人文夏令營」，精心設計每項活動與課程，除了有臺灣醫界與政治社會文化運動、生態環保運動、文學創作及欣賞三者關係的講述外，江醫師並強調所謂道德教育，重在真誠地實踐，而不是流於泛知識化，希望藉此將人文的種子播撒在各醫學院的角落，進而尊重生命個體。又臺中「阿米巴社文化講座」，是江醫師為重振醫界人文精神，促進臺灣文化發展的另一個用心，這份種子的精神，足為醫界的楷模。

　　江醫師行醫二、三十年，秉持的理想與熱情如年輕學子時一般沸騰，現實污濁、唯利是圖的醫療惡習絲毫沒有沾染上他。他只想站在親愛的土地上，為親愛的人群做一點有意義的工作，博愛無私的奉獻。從他身上，令我想起陳永興醫師在《生命、醫學、愛》序中說：「這些可愛的傻子，就是人類社會中維繫人性向上而不墜的靈魂角色，在每個黑暗的時代中，散發出人類尊嚴和價值的絲絲亮光。」是的，江自得醫師、陳永興醫師、王浩威醫師、鄭炯明醫師、曾貴海醫師，他們都是時下狂狷的傻子，然而，也因為有他們的凝聚，才能映照出臺灣醫界一片明亮的遠景。

三、「創造」的實踐

　　江醫師認為：從「無」到「有」的過程，就是「創造」，如醫學研究的新發現，或創作了一首新詩，甚至突破某些觀念，乃至改唱心愛的藝術歌

曲，都足以令人欣喜若狂，擁有生命的充實感。言談間，時光彷彿回到三十
年前的高醫阿米巴詩社，每月一次的咖啡時間裡，大家在口誅筆伐間練就了
一手的好詩，在切磋琢磨間涵養了藝術的心靈。回到學生時代的江醫師，洋
溢著純真知足的笑容。

　　如今，江醫師在現實與理想，醫學與文學之間，建構「愛與創造」的人
生哲學。他的生活樸素簡單，下了班，「仍然持續在醫學的殿堂外，另起一
個爐灶，烘煮詩。」文思或在火車上、公車上、高速公路上湧現，信手成
篇，又是充實的一天。記得也是醫生作家的柴霍甫說：「醫學是我的太太，
文學是我的情婦，……。」在行醫生涯中，由於對人類肉體心靈的觀察有敏
銳深入的體驗，所以更能產生膾炙人口的作品。從聽診器的那端，江醫師為
病人診斷症狀；從聽診器的這端，他為社會診斷病態，而連繫在兩端的是他
那尊重生命，悲天憫人的情懷。他的詩集《故鄉的太陽》、《從聽診器的那
端》，在平實凝煉又意蘊豐厚的詩句中，反映社會問題，關懷民生疾苦。

　　這幾年，他伸展文學生命的觸鬚，不只對這擾嚷不安的世界作更深層更
廣面的探尋與沉思，並自今年起，「台杏文教基金會」將常態性地舉辦「臺
灣文學研討會」，也努力不懈地耕耘臺灣文學的園地，甚盼有心人士共襄盛
舉。

四、在歷史的顯微鏡下，人何其渺小

　　在「愛與創造」的實踐中，江醫師充分體認自我生活追求的重心，不是
崇高的社會地位，不是耀眼的財富與權勢，而是堅持其理想和熱情——提升
精神、文化、心靈層次的生活，他謙沖地認為：每個職業各有不同的專長，
對社會各有不同的貢獻。何況在歷史的洪流裡，人類有如米粟般地渺小，
想到此，人間是非，何足掛齒！如此通達的曠觀，透顯他開闊的胸襟。誠
如在〈病理學家〉詩中說：「歷史／才是人類如影隨形的／永遠的／顯微鏡

啊！」江醫師在觀照歷史的盛衰興亡，與人類的生老病死中，對自己生命的
價值與意義有更深切的體悟。

五、仁心仁術

　　道別江醫師，直往南下的歸途上，遠望夜空下的大肚山，靜謐祥和，不
覺令我想起江醫師的〈我輕輕走過大肚山的天空〉：「我親愛的人啊／讓我
們默默撫慰彼此的一生／不一樣的命運之間應存有巧妙的諧和」，他的生
命與這一片土地緊密結合，纖細敏銳地道出他那寬廣而溫暖的關懷。若以吳
新榮醫師對「仁術」醫師的定義：「為社會服務的犧牲精神來做最高的道
德。」那麼，兼具專業醫術與淑世情懷的江自得醫師，真是實至名歸。

　　此刻的我，已迫不及待地想與輔英天使嶺的莘莘學子們，分享這個雋
永、豐盈的午後，我想告訴她們：臺灣醫界光明的希望，指日可待。

——刊登於惠氏立達杏苑第66期1999年冬季號

醫護詩人白葦訪談記
蒹葭蒼蒼惟見白衣

簡銘宏

　　在月夜的一片清輝中，達達的車軌聲輕輕拂過沉默的高屏鐵橋，不經意地向窗外望去，溪床上映照在月光下的那一層層柔和蒼茫向我招手，分不清是蘆葦？還是菅芒？感動的莫名，讓一位純真的少女在現代的詩海中深深地沉醉，揮灑一抹的青春無悔──白葦的誕生

一、小巷底的邂逅

　　南臺灣的十月仍舊是一望無涯的炙熱，「醫護文學研究小組」在高雄醫學院前的曲折小巷裡迷惘著。雖無法向青草更青處漫溯，今日小組成員卻都想滿載一身的詩人星輝。正苦惱詩人的雅築在何方？只聽見小巷底傳來一聲細微卻清晰的招呼，原來詩人早已在公寓的陽台上望見這群迷糊訪客。在她親切和悅的笑容裡，我們陸續進入那間乾淨清爽的客廳。此時，詩人已為我們這一行人親自沏了一壺香茗。大家就坐後，自然地就展開彼此心靈交流的那片船帆。

二、與文學的偶遇

　　「什麼情況讓妳與文學結下不解之緣？」詩人和現代詩的緣起，通常讓人不禁地好奇詢問。「這必須從個人的家庭生長環境說起。」的確，家庭生活環境是孕育個人性格本質的根柢，亦是詩人藝術心靈的培養苗圃。「老家位於潮州鎮郊的力社村。但上小學之前，便從自家院落遷往水底寮，寄宿

在遠房外戚的大宅院。小學時期，除了課業之外，便沉溺在連環圖畫（漫畫書）的無限幻想世界中。中學時期，轉而寄宿潮州鎮郊的明心佛堂，每天騎著單車上下學，遊走在一望無際的平疇綠野之中。課餘無事時，便喜歡觀察大自然的點點滴滴，生活是樸實而饒富趣味的。」或許正因如此，其詩作散發鄉土的清新芬芳，沒有沾染都會城市的喧囂陰沉。規律樸素的成長生活，篇中的文字無一身的鉛華巧飾。甚至連環圖畫也遞給詩人一把開啟通往活潑與想像樂園的鑰匙，而暮鼓晨鐘的肅穆亦沉澱出對事物觀照的一片清澈空明。

三、白葦花的初綻

「怎麼想到用『白葦』這個特別的筆名呢？」別有用意的想法與訴求，孕育出每位作家的奇特筆名。「記得當年初中一年級的國文課本中，讀過劉鶚的《老殘遊記》。其述大明湖之遊時，看見湖的南岸有叢生的蘆葦：『現在正是開花的時候，一片白花，映著帶水氣的斜陽，好似一條粉紅絨毯，做了上下兩個山的墊子，實在奇絕。』蘆葦花的清姿麗影，便這麼進駐年少夢幻的心版上了！多年之後，在一次夜行火車的車廂中，遙遙望見了掩映在月光下的沙洲上的白茫茫花絮時，夢幻中的風流靈動所能展現的極致之美與優雅，莫非便是月光的這一片景致嗎？這樣的美景，卻又是根植在荒涼的沙洲上。於是，輝映在這極清簡中的白色花絮，給予我更深一層的魅惑，終至於讓自己以『白葦』為筆名，便與銘印心中的這番意境永遠相隨。」每個奇特筆名的背後，總是有一段奇特的心情故事，讓人咀嚼回味不已。

四、生命裡的悸動

「在《白衣手記》這本詩集中，哪些作品最能展現妳豐富生命的感受？」每篇詩作恰似在母親溫暖的子宮裡，經過十個月的醞釀孕育，方能蒂

落誕生。但總有一些作品，特別撩撥起詩人生命深底的悸動。「……光燄在黑暗裡　雕琢著生命底劇白／哦！我把光燄擎舉　把自己雕成蠟炬。」詩人為我們徐緩地唸誦〈燭光〉這篇的詩句。一字字一句句恰如點點滴滴的蠟淚般熾熱，讓在場的每人情不自禁為護理人員的聖潔光輝而詠歎讚美。二十三年前，詩人參加護生的加冠典禮，從師長們的手裡，點燃一支支燭光，此種薪火相傳的場面，融化一顆顆年輕的心靈。這股心底的溫暖，歷經多年職場的風雨洗煉，仍舊在字字句句中放光。

　　正因詩人有著樸實無華的本性，能夠以近似冷靜的旁觀，自省地汲取周遭生活的真實體悟，凝結聚化為詩作的內容題材。「生活　是真與善與美的母親／我偎依著生活的母親　羞赧的算數　我的　蒼白與貧乏／色彩應在歲月中　在母親淚水凝眸處　渲染滲透」詩人細細呢喃著回憶中的自我體現。

　　生離死別的種種，一直刻劃著心版底千萬行的淚痕，總教人情何以堪。詩人經過雙親的遽別，千絲萬縷的哀慟層層裹住生命中的色彩，用難以察覺的哽咽訴說：「我們歸返故鄉　如今這是臍帶落植的方向　而含悲的哀思嚙淚的眼　都入故園夢裡　化濡古牆上斑駁的蒼苔」按捺不住的孺慕傷痛，釋出著蓼莪伊蒿的真滋味。

五、曲終猶未散

　　詩句中流露的真摯情感深深敲擊每個人的心坎底，而詩人親自誦讀其詩作，更讓字字句句化為生命中的迴響。在合照留影後，結束與詩人白葦的對話。走出幽靜的巷子，外面依舊車水馬龍，心湖的漣漪卻陣陣迴盪著。

——刊登於惠氏立達杏苑

王溢嘉訪談記
忠於選擇自我的身影

季明華

　　完成了醫學課程，這個盜取生命奧秘的人，卻獨自走向有風有雨、路的盡頭在雲深不知處的旅程。

　　他，曾經是人人稱羨的準醫師，即將擁有人人嚮往的美好遠景，一條平順無阻的路途就此展開，可是，他卻選擇了離開！留下白袍與聽診器，留下思索與感觸。他，就是王溢嘉。

前言

　　王溢嘉，1950年生於台中市。臺大醫學系畢業，現專事寫作暨文化事業工作。著有《實習醫師手記》、《世說心語》、《聊齋搜鬼》、《蟲洞書簡》……等，以下便是對他的專訪。時間是1998年8月，地點在臺北市。

　　我們在風雨飄搖中到了臺北，直奔仁愛路的「健康世界雜誌社」——王溢嘉在這家雜誌社擔任總編輯。見面的剎那，他即開口說：「我還擔心妳們無法前來臺北呢！」我們隨即散步走向咖啡店，選擇了一處僻靜的角落坐了下來。

　　午後的咖啡店，客人不多，雖有流動的人氣，但卻不吵雜。我們先從《實習醫生手記》這本書談起。

一、只想純粹地思索生命的意義與價值

　　「在醫生面前，病人順從的赤裸著。誰有權能如此坦然地檢視另一個同

類的痛苦呢？我毋寧覺得我是缺乏這種權利的，但我卻被賦予這種權利，這就是我的劫難。」讀過《實習醫生手記》的讀者們，鮮少不被書中這段文字所觸動，王溢嘉談起了出版這本書的因緣始末：「剛開始是應健康世界雜誌社之邀，在雜誌內寫了一些有關實習感觸的文章；後來聯合報暨中國時報的總編輯看到了之後，便力邀我在報刊副刊開設專欄，這才呈現了54個生命遭遇難題的故事。這些小故事篇幅都不長，主要就是為了要符合副刊專欄的風格。寫下這些故事已是實習完畢之後了！不是邊實習邊寫作的成品，所以細心一點的讀者應該會發現在這些回憶與反省的文字背後，實際上已發出我會離開醫界的訊息。」原來這本書的產生是為自己選擇離開所預留下來的伏筆，因此王溢嘉接著說：「寫這本書並沒有刻意要寫給醫科的學生看，我只是純粹為了要抒發一些感觸。至於我所思考的角度或思索生命的價值，是否造成一些負面的價值觀，這不是所能預期的。我一直以為寫書若太刻意設定寫給某一對象來看，那這本書的內容可能會被視為太簡單。我的用意只是為了呈現真實，因為成長往往可能是殘酷而黑暗的。」我想到了王溢嘉頗為服膺的尼采，曾經說過：「一棵樹要長得更高，接受更多的光明，那麼它的根就必須更深入黑暗。」

二、回應內心書生形象的召喚，出軌而行

　　談到這裡，我很自然的接續這個話題：「選擇離開醫界的具體原因是什麼呢？」王溢嘉笑了笑，我似乎也發現了他的無奈，我試探性地再繼續問道：「這個問題應該有很多人提到吧！」王溢嘉說：「沒錯！很多人都認為我會離開醫界，應該會有具體的原因，畢竟輕易地放棄令人豔羨的醫業，似乎真的需要很大的決心與勇氣。其實我也不是很清楚真正的答案是什麼，不過我想還是有脈絡可尋。記得初中時的我，每天早上五點鐘即起床，第一件要做的事便是背誦《唐詩三百首》，我對文學的喜好似乎是自發性的，可是

我並不能確定那就是自己的興趣。到了高中時期，念的是甲組，自己的感情卻始終游移不定。當時中南部地區普遍的觀念，是覺得男孩子最好是當醫生，我無形中也受到了這種價值觀的影響。」啜了口咖啡，他繼續說道：「後來如願地考入臺大醫學院，大一時，當同學還沉浸在醫科新鮮人的喜悅時，我卻買了一本《莊子》來研讀，每天晚上都在莊子的世界遨遊。」對大多數的人來說，考上醫學院正是人生夢想的開始，然而對王溢嘉來說，他的心境卻比任何人來得複雜。他沒有辦法同時專注於神經生理學和老莊哲學，索性便把教科書冷落一旁，開始大量的閱讀文史哲方面的書籍，誠如他所說的，對文史哲的喜好似乎出自於一種本能，醫科的專業反而讓他猶豫和抗拒。

三、存在主義的虛無，讓他衍生自我毀滅的衝動

逐漸和醫學背道而馳，除了內心本能的呼喚外，當時所流行的存在主義思潮亦深深地影響了王溢嘉。他說：「大學時代，存在主義的思潮漫延，我也深受影響，頗有一種『自我毀滅』的衝動。那時的我經常喝酒，甚至賭博，醉臥在臺北街頭是常有的事。我變得凡事都無所謂，過一天算一天，對周遭的人或社會上所發生的事我都漠不關心。」這種自甘墮落的生涯，對王溢嘉而言，似乎是成長所必須面對的，卻也相對的，他的身影在醫學院的長廊及忙碌的同學間，愈發顯得孤寂。這種狀態一直到大四時，學校「大學新聞社」的總編輯文榮光先生力邀王溢嘉加入，才開始轉變。往後直到大六，他都在忙著打筆戰；從總編輯、總主筆到擔任社長，王溢嘉看到了遠方有一線光明，隱約也為自己的未來找到了出口。

「所以我會選擇離開醫界的原因，大概就是這兩個原因：一是內心真誠的召喚，使我很自然地靠攏文史哲的領域；另一個原因則是受當時存在主義思潮的影響，對世間一些所謂的傳統價值觀產生懷疑。所以在抉擇時，我往

往是被動地任環境來推動著我變換軌道。另外還需補充一點的就是,當時我的成績並不理想,所以在畢業分發時,只能分到『耳鼻喉科』,不能如願進入『精神科』,我不太願意勉強自己,因為這和我心中最真實的對象不同,我意識到自己其實是受中國傳統儒生形象影響甚深的。終於,我被迫成為失去醫院的醫生。」人生有些事情真的很奇妙,現今的「耳鼻喉科」反倒成了醫科的大熱門,「精神科」則乏人問道。王溢嘉若晚讀幾年,可能就不是如今的際遇了。「那時的醫科學生是較有理想的,所以在選擇科別時,往往是基於自己的興趣或是使命感,和現今學生的現實導向有很大的不同。」王溢嘉笑著說。其實不只是醫科學生,整個大環境的變化,又豈是「現實」兩個字所能概括的呢?

四、大學是追求知識的地方,而不是高級職業介紹所

　　即使離開了醫界,可是王溢嘉並不後悔自己曾經擁有那樣的經驗。因為,醫科的基礎訓練,對他的創作或是研究扮演了相當重要的角色。「您對醫學沒有絲毫的眷戀與興趣嗎?」靜娟問道。王溢嘉開口說:「我不能說沒有興趣,當初若能如願選擇到臺大醫院的精神科,或許今天我就不是坐在這裡被妳們採訪了!那時的觀念又很固執,要不就是臺大精神科,要不什麼都不要。」「我覺得您的心路歷程和作家王尚義頗有類似的地方。」我提出了我的看法。王溢嘉則說:「我和王尚義有些不同。他是牙醫系,或許我們對哲學的喜好是相同的;但他始終徘徊在是否須要轉系的矛盾中,而我始終都沒有動過轉系的念頭。大一時的國文老師曾建議我可以考慮讀文學系,可是我以為我喜歡文學,並不一定非得讀那個系不可。知識的獲得要靠自己,不一定要受世俗的制約。臺大的環境和老師的態度經常給我這樣得啟示──『大學是追求知識的地方,而不是高級職業介紹所』。所以我認為,知識的本身是很迷人、很值得追求的;醫科只是做醫生的踏板,是將來當醫生時所

必須學習的過程，但它不能限定你只能有一種出路。」

五、「醫學和文學最不一樣的地方是，醫學往往只對周邊偏常的，少數不正常的地方有興趣。因為那是獲得知識最多的地方，也是最真實的地方。」

「您認為您的醫學訓練對您的創作和研究有很重要的影響嗎？」我提出了這個我長久以來即想詢問的問題。王溢嘉說：「影響是一定有的。我常用醫學所給我的訓練來思考，如以醫學的角度來分析哲學，往往都能有觸類旁通的效果。我記得有一位諾貝爾醫學獎的得主就曾經說過：『二十一世紀最偉大的哲學家是來自於研究腦神經的專家。』就拿結構主義來說，你若能熟悉大腦的結構再來研究結構主義，會容易得多。我必須坦誠地說，我對醫學的了解是大而化之，但醫學所給我的那一套方法及它所給我的生命觀、價值觀是很與眾不同的。醫學和文學最不同的地方是，醫學只有對周邊偏常的，少數的不正常的地方有興趣。因為，那是獲得知識最多的地方，也是最真實的地方。這是一種薰陶，所以我會選讀周邊非主流的書籍，例如中國的筆記小說為研究對象，想要為讀者介紹更多迷人的人物和故事。」王溢嘉說到筆記小說，眼神馬上亮了起來，我永遠忘不了，那是一種自得的神情。

在回程的飛機上，我想到了王溢嘉先生另一本著作《失去的暴龍與青蛙》封面上所說的：

當風起時，一片秋葉倉皇辭別枝幹，隨風飄盪，隨水漂流
雖然秋葉再也無法回過頭來依附它的舊枝
但追憶的迴光，卻也使秋葉對舊枝產生美麗的返照

王溢嘉先生雖然離開了醫界，但仍以這種「模式」來了解生命的諸多事

項。他的選擇是對是錯，旁人無法置喙，但可以肯定的是，醫學教育背景出身的他，對生命的思考是黑白分明的。那一代的年輕人執著於「理想」，為「理想」義無反顧，這種堅持值得這一代的年輕人深思。

——刊登於《文訊》第171期

再訪田雅各
文學創作與現代醫學的交會

簡銘宏

前言

　　在現代文學中，人文學科背景出身的作家占著絕大多數，同時也是文壇的主流。但是，時時面對人類的生老病死，有著最真實的情感衝擊，從事文學創作的醫護人員也不少。從日治時代力爭民族尊嚴的賴和，到近年來暢銷榜上擁有許多讀者群的侯文詠等。不論是詩歌、散文或小說，他們的作品裡呈現獨特的觀點與情感表達方式，往往受到眾多的矚目，也引起廣泛的迴響與討論。在為數不少的醫護作家當中，拓拔斯・塔瑪匹瑪，這位默默在偏遠地區行醫救人的布農族作家，無疑地，他的作品具有特殊的個人風格與視事角度，使我們不禁好奇地想要了解他的文學創作與其醫師兼原住民背景兩者之間的互動影響，所以做了以下的專訪。

一、醫學以「人」為中心、文學是「心」的體現

　　雖然我（以下第一人稱指的是田雅各）接受的是西方醫學專業教育與訓練，卻不認為西方醫學全然是講究理性思維和科學性。西方人用其思考模式來研究疾病的成因、症狀及治療方法，但直到現今，西方醫學仍然無法克服所有的疾病，治療方面有發展上的困境與瓶頸。目前只因為是醫學體系的主流，而似乎凌駕在其他傳統醫學之上。實際上，各民族自有其傳承已久的傳統醫療的經驗與知識，有其無法抹滅的治療效果。例如：長久以來，中醫早已成為中國人的生活與文化上不可或缺的一部分；布農族也有悠久的自然藥

物的運用經驗，配合心理治療上的宗教信仰。當今潮流，學術與科技走向整合，而西醫僅是所有醫學體系的部分，不應畫地自限，必須和其他另類醫療尋求互補，務求達到最好的治療效果。在《蘭嶼行醫記》中，我就有指出這些例證。

　　醫學不應是一門冰冷的科學。尤其臨床上面對病人時，並不能只仰賴教科書中的知識和學理，就冀望解決所有的問題。治療的態度與方法，要從多元化的層面來思索，例如：不同的年齡層、種族文化、階級地位、教育程度等等。我一直在臺灣本島的山地偏遠地區或離島從事醫療服務，他人或許認為是出自滿腔的理想與熱忱。但從內心作自我剖析，除了前者的理由外，更想藉著深入這些醫療資源匱乏且原住民占多數的地區，實際了解當地人們的真正生活與想法，以及對現代醫學的接受程度。這些人與人真實接觸的經驗，往往和文學創作題材有著息息相關的緊密性。例如：感冒，這是常見的普通疾病。可是，不同文化背景的人，對於病因有不同的說法、對現代醫學的治療方式也有相異的接受度。這不是在都會中的開業賺錢診所裡，有心去體會的遭遇；也不是在病號大排長龍的大醫院裡，有時間去思索的事。

　　我常觀看病情，首先是病人的眼神。因為主體是「人」，不能只侷限在症狀或受傷害的部位器官，這時文學創作的敏銳的觀察與用「心」的感受，往往能幫助我尋找到適切的治療解決方式。記得在大醫院實習時，曾經照顧一位罹患血癌的小朋友，他的死亡使我悲傷難過到藉著喝酒宣洩內心中那股不可遏抑的情感，以及生死一瞬間的無奈。也曾經疑惑醫院的總醫師為什麼總是編造病情的嚴重來嚇唬病患家屬？是為了事先推卸自己的醫療責任？或是事後證明自己的醫術高超能起死回生？我質疑這是一場騙局。他卻笑我行醫生涯不夠資深，經驗不足到麻木自己的感情。雖然日後行醫久了，明瞭生命是順應大自然的循環變化，但我仍然認為人與人之間存在著感情，對於生老病死，自然有著同情、哀傷等悲天憫人的情懷，這就是人與機器有所差異的本質。

　　由於醫生的身分，使我在臨床看病時，容易看到人生的真實百態，自然地孕育出文學創作的題材，並藉由寫作，省思生命的根底和反映人生。當前的醫學教育裡欠缺人文素養的培育，醫生缺乏對「人」的敏銳觀察力，視野中只有症狀的部位所在，忽略了生病的主體不是壞掉的機器，而是「人」。

Note

Note

Note

國家圖書館出版品預行編目資料

醫護文學選讀／方靜娟，簡光明，簡銘宏，林
秀蓉，季明華著. -- 二版. -- 臺北市：五
南，2020.10
　　面；　公分 --（現代文學系列）
　　ISBN 978-957-11-6052-8（平裝）

830.86　　　　　　　　　　99013921

1X1R 通識系列

醫護文學選讀

作　　　者 ― 方靜娟（3.4）、簡光明、簡銘宏、林秀蓉、
　　　　　　　季明華

發 行 人 ― 楊榮川

總 經 理 ― 楊士清

總 編 輯 ― 楊秀麗

副總編輯 ― 黃惠娟

責任編輯 ― 高雅婷

封面設計 ― 姚孝慈

出 版 者 ― 五南圖書出版股份有限公司

地　　　址：106台北市大安區和平東路二段339號4樓

電　　　話：(02)2705-5066　　傳　　真：(02)2706-6100

網　　　址：http://www.wunan.com.tw

電子郵件：wunan@wunan.com.tw

劃撥帳號：01068953

戶　　　名：五南圖書出版股份有限公司

法律顧問　林勝安律師事務所　林勝安律師

出版日期　2010年 1 月初版一刷
　　　　　2010年10月二版一刷
　　　　　2020年 9 月二版二刷

定　　　價　新臺幣320元

經典永恆・名著常在

五十週年的獻禮——經典名著文庫

五南，五十年了，半個世紀，人生旅程的一大半，走過來了。

思索著，邁向百年的未來歷程，能為知識界、文化學術界作些什麼？

在速食文化的生態下，有什麼值得讓人雋永品味的？

歷代經典・當今名著，經過時間的洗禮，千錘百鍊，流傳至今，光芒耀人；

不僅使我們能領悟前人的智慧，同時也增深加廣我們思考的深度與視野。

我們決心投入巨資，有計畫的系統梳選，成立「經典名著文庫」，

希望收入古今中外思想性的、充滿睿智與獨見的經典、名著。

這是一項理想性的、永續性的巨大出版工程。

不在意讀者的眾寡，只考慮它的學術價值，力求完整展現先哲思想的軌跡；

為知識界開啟一片智慧之窗，營造一座百花綻放的世界文明公園，

任君遨遊、取菁吸蜜、嘉惠學子！